黄海湿地文化丛书

和春天说说话

江兴林 ◎ 著

江苏人民出版社

图书在版编目(CIP)数据

和春天说说话 / 江兴林著. —南京:江苏人民出版社,2022.9
(黄海湿地文化丛书)
ISBN 978-7-214-27528-8

Ⅰ.①和… Ⅱ.①江… Ⅲ.①散文集-中国-当代 Ⅳ.①I267

中国版本图书馆CIP数据核字(2022)第171914号

书 名	和春天说说话
著 者	江兴林
责 任 编 辑	王 田
出 版 发 行	江苏人民出版社
地 址	南京市湖南路1号A楼,邮编:210009
照 排	南京东汉文化传播有限公司
印 刷	南京迅驰彩色印刷有限公司
开 本	787 mm×960 mm 1/16
总 印 张	126.75
总 字 数	1925千字
版 次	2022年9月第1版
印 次	2022年9月第1次印刷
标 准 书 号	ISBN 978-7-214-27528-8
总 价	474.00元(共7册)

(江苏人民出版社图书凡印装错误可向承印厂调换)

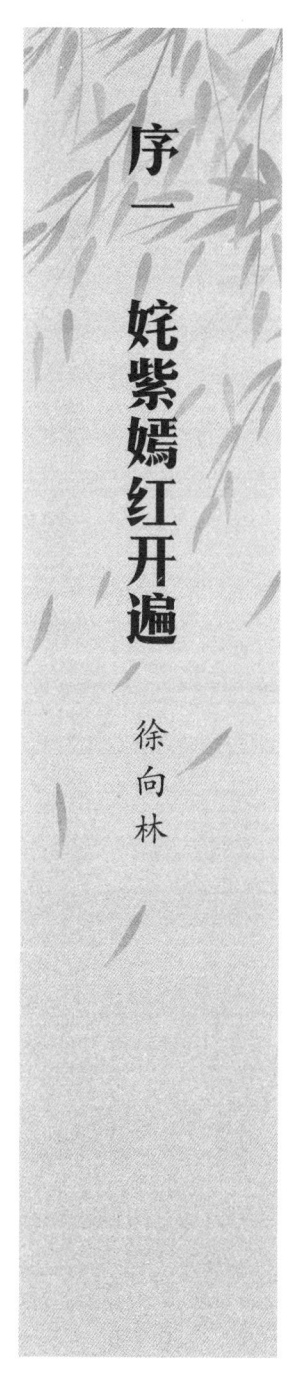

序一 姹紫嫣红开遍

徐向林

一

文学诸多文体中,有两类文体我不大碰:一类是儿童文学,一类是散文。

不是不想碰,而是不敢碰。儿童文学贵在永葆一颗童心,对于注满了人生风霜的成年人而言,一颗童心,是奢侈,是丢失,是可望而不可即;散文似乎是不分年龄段的,她可以在时序流转中自由穿越,也可在青丝白发中悠然行吟,还可在江河湖海中纵横驰骋,只须形散神不散,笔下春秋,纸上风景,似乎都可以称作散文。

其实不然。散文入门易,精通难。尤其是在内容为王、流量至上的当下,带有个体视角、个人体验感的散文,往往难以与读者共情共鸣,因而,当下不少散文要么是精英主义的曲高和寡,要么是自赏主义的情感茧房,散文创作队伍浩浩荡荡,各类散文作品洋洋大观,然而,散文精品力作却极其鲜见。

带着这样的成见,当韦国先生转来江兴林的散文集初稿并请我作序时,我是有几分担心的,担心这样的散文集也会落入俗套,担心却不过盛情写下的序文会成为一时的应景文章,这也是我极不情愿看到的。

及至我打开并深读了江兴林这本散文集后,我的担心一扫而光。散文集开篇的散文《和春天说说话》就让我眼前一亮:"将五指伸张开来,插进风里,春风的柔和与清新让人心醉。"这样的描写,几分灵性,几分俏皮,几分本真,皆丝丝入扣,融入其中。紧接着,作者笔锋一转,用独到的眼光告诉我们,春天从大地深处款款走来,从色彩斑斓的花朵里走来,从柔柔的柳枝里走来,从翩若惊鸿的风筝上飘来……这样的文字,呈现给我们的是一幅画,一幅没有世故的童心描绘出的一幅画,一幅令人看了即能产生走入其间冲动的一幅画。

这工笔画般的散文叙事方式,令人耳目一新,且直叩心灵。而收入本散文集的诸多散文,虽篇幅较短,却皆以童心书写,弥漫着不一样的质朴气息,作者能够用儿童文学的视角进行散文叙事,这是散文文体的一次突破,或者说是儿童文学文体的一次拓展。

当然,我这里所讲的儿童文学,并非纯文本意义上的儿童文学,而是能够以童心见童真、以童真彰童趣的一种表述策略。每个人心里都住着一个儿童,江兴林用她的文笔,让我们心中的那个"儿童"成活了,归来了,这是她的本事,亦是我们的幸事。

二

文学创作中,作家最难写又必须写的就是身边的风景。

"熟悉的地方无风景。"这样的定论,让许多作家陷入了写作困顿,也让一些作家有了远游的充足理由。诗在远方,成为不少作家的口头禅。

可是,远方真的有诗?

我看未必。一个人如果缺少了观照身边诗意的目光,我想,不论这个人行走在天涯海角的何处,他也未必会寻到想要的那首"诗"。

这个世界从来不缺少美,而是缺少发现美的眼光。特别是我们的身边,无论是寻常风景,还是日常生活,其间都蕴含着美的元素,等待我们去开掘、去寻找和去发现。而这,也是散文作家肩负的使命之一。

在江兴林这部散文集里,作者书写的多是身边的寻常风景和日常生活,在作者笔下,玉兰、采薇、海棠、槐花、桂花、栀子花、八月花、桑椹花……一朵朵苏北里下河平原的寻常之花,遍地开放。在作者刻意营造的"百花园"中,不独弥漫着花的馨香,还有小蒜香、粽叶香、芦粟香、小方糕香、月饼皮儿香……视觉与嗅觉被充分调动了起来。而这还不算,作者又充满灵性地"听"到了那花开的声音,在《你听到花开的声音了吗》一文中,作者写道:"夕阳下的校园宁静而美丽,走廊前面的花圃里,园工们还没来得及清理掉的几朵无名的小野花开得正好。一阵秋风吹来,我似乎听到了花开的声音。"如果仅是这样的描写,并不足以升华文章的主题,难能可贵的是,作者由"花开的声音"迅速激荡起心灵的回音:"原来,每一朵花都有绽放的权利,每一朵花也都在努力绽放,只是你听到了花开的声音了吗?"一番追问,前后呼应,浑然天成,文章的主旨和意境也得以攀升到一个新的高度。

事实上,作者无论是写花写味道还是写声音,最终的意旨都回到了"人"的本身,这个意旨也回归"文学即人学"的主旨,这充分说明江兴林已具备了一定的文学造诣。在江兴林的这部散文集中,在这姹紫嫣红的"百花园"中,作者的外婆、父亲、母亲、先生、女儿等亲人逐一亮相,他们或在香园小径上徜徉,或在柳堤烟雨中漫步,或在明媚春光里行走,景与人聚合,人与景融合,真真切切地将"生活即风景"演绎得淋漓尽致。

当然,江兴林身为人民教师,笔下自然离不开她的学生,她写给学生的既有拳拳师爱之心,亦有谆谆告诫之意,一件件小事中悟出的一个个哲理,不仅让她的学生们受益,也让我们这些社会人深深折服。

三

从文风上来看,江兴林的文风有点接近汪曾祺先生的文风。

在此需要申明的是,我在这里将江兴林与文坛大家汪曾祺先生相比较,并非差强人意地去捧高江兴林,而是我在通读这部散文集时油然而生的个人感觉。

汪曾祺先生文笔清新、空灵,言简意赅、意境深远。在这一点上,江兴林的文字与汪文有着形似之处。更为神似的是,汪文的"留白"方式,在江兴林的文字中亦有生动呈现,比如,在《又到桂花香远时》一文中:"那一场美丽的桂花雨不仅落在了我的身上,更是落在了我的心里……莫道幽芳不为春光发,直待秋风,只待秋风,香比余花分外浓!"几点愁绪,几多希望,几多不舍,几多希望,作者巧妙留白,让一切尽在不言中。

类似这样的"留白",在这部散文集中随处可见。

借着写这篇序言的"话语权",我也想给作者提一点中肯的建议,本散文集中虽也收入《春天到大丰来赶海》《母亲河的春天》等部分地域风情散文,但总体上看,篇数及分量皆略显不足。作者所生活工作的地方,是世界自然遗产核心区,有着许多外人急欲探知的秘境,希望作者能够在今后的创作中,捧得圭臬出深山,拿出更多更好的地域风情散文以飨读者。

对于江兴林这部散文集,我不想做过多的带有浓烈自我色彩的剖析,"一千个人心中有一千个哈姆雷特",这篇序言只想做一个小小的引子,个中情味,期待读者诸君去细品。

现在,就让我们正式打开江兴林的"百花园",尽情欣赏那姹紫嫣红开遍吧!

是为序。

2022年5月

(作者系中国作协会员,江苏省作协全委会委员,盐城市作协副主席兼秘书长,盐城师范学院文学院兼职教授)

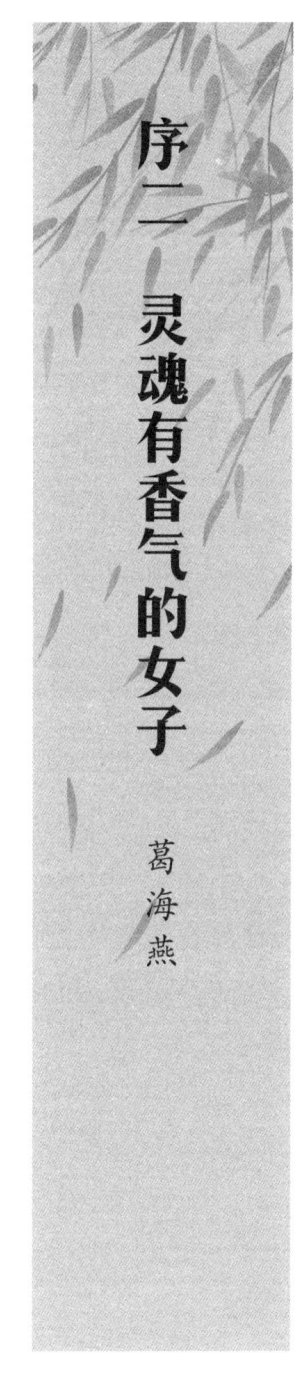

序二　灵魂有香气的女子

葛海燕

一个人,最幸福的莫过于做自己喜欢的事;一个教师,最幸福的莫过于点燃学生的读写之火,和学生彼此编织,一起成长!这些,她做到了。

还有什么比这个时刻更幸福吗?

海边小城大丰的会展中心,第一次对外开放。来自全国各地的新教育实验学校的教师代表,济济一堂,欢聚于此。她站在聚光灯下,面向代表,娓娓道来,诉说着自己与学生的读写故事,听者无不为之动容。她的学生快乐阅读,幸福书写,读读写写中获得骄人的成绩。学生开心,家长欣慰,她自己在教书育人的同时,笔耕不辍,佳作频频。此刻,她在万众瞩目中接受鲜花与掌声,而这一天,正是她的五十岁生日。

大丰人对她,并不陌生。

2017年5月,正是槐花飘香、蔷薇绽放的季节,《人民作家》一篇题为《当高铁从我们身边走过》的文章获得了62924的点击率!

这对72万人口的大丰城而言意味着什么呢?

意味着每10个成年人中就有1人读过这篇文章。

它创造了大丰文坛的奇迹。

这是一个怎样的作者,她轻轻振臂一呼,应者八方云集?

这是一群怎样的读者,蜂拥而至,激情满怀?

读者中靠她最近的当然是她的学生。现在的、以前的、历届的。不必说她灵动多姿的课堂给学生带来的文学滋养,也不必说丰富多彩的活动给学生带来的能力锻炼,单是她那洞察入微、善解人意的大大拥抱,就给了青春期的少女无限的慰藉和温暖。

还有她那高高举起又不能落下的戒尺,写尽了为师者无限的无可奈何。

她和孩子们一起体味着重新分班的痛苦和无奈,告诉他们:向前走,"我们都在"。孩子们看得见她眼中的光,感受到她传递的爱。

读者中当然有许多学生家长。她是孩子们的良师,也是家长的益友。六月考试季来了,她轻轻地告诉家长,抛弃焦虑,摆正心态,对孩子要有"天生我材必有用"的信心。

《两棵海棠的故事》让家长耐心些,再耐心些,冬天也会有海棠美丽的绽放。

她在呼吁,丢掉功利,让教育等一等我们的灵魂。她还在提醒:《亲,你儿喊你作业签字呢》,《你再不陪我,我就长大了》,因为陪伴是最好的爱。

面对花季夭折的生命,她痛心疾首,发出了《孩子,我只想问你》的悲鸣,提出了《且活着且珍惜》的规劝。

家长在她的引领下,和孩子一起成长,肩负起陪伴的责任,品尝着吾家有子初长成的幸福。

读者中自然有很多的同龄人——

他们看见她夏夜点亮的水蜡烛,想起了童年水边仲夏夜的美好时光。

他们看见她和哥哥们一起舔月饼皮儿的可爱模样,想起那些物质虽极度贫乏,家人却心心相连的温暖时光。

他们看见她在炎炎夏日曝伏,翻晒那些藏在衣被里的老时光……

这时候,她其实已经不再是她,她是质朴,是真实,是坦诚,是我们每个人心中回不去的怀旧情结。

读者中还有一个特别的群体:《大丰之声》网站发起筹建的大丰义工联的义工们。他们心怀大爱,无私奉献,默默为大丰的老弱病残,为大丰的弱势群体数年如一日服务着。她以自己的方式加入了他们,把每次写文打赏的款项悉数捐给了大丰义工联,已捐款20000多元,她在他们眼里,是战友,是同志,是一起播撒爱心的人。

读者中必然有她的亲朋好友。他们知道,她不仅是老师,是义工,还是孝顺的女儿、温柔的妻子、慈爱的母亲。

她任教双班语文,加上担任班主任,繁重的工作并没有妨碍她在假期洗手做羹汤,为家人烧一桌美味的饭菜,和女儿一起制作文美声靓的音频。

她更活成了她自己,她在花海徜徉,她在街头漫步,她在灯下漫笔,她在案头阅读,她还想瘦成一道闪电,炫煞众人。

她更是坚持不懈,2017年将52篇美文呈现在《人民作家》平台,赢得了一大批铁粉,拥有了一帮忠实的读者,读者对她的追随与其说是被她爱学生、爱家乡、爱生活的情感所吸引,不如说是与她向真、向善、向美的生活态度产生了强烈的共鸣。

倘若追根溯源,找寻原生家庭对她的影响,你会从她的文字中知道,她有一个勤劳能干善良睿智的母亲,一个能编织宽容的桑椹花环的母亲;一个酷爱养花、爱女成痴的父亲,一个能用烟丝和指甲花为女儿染红指甲的父亲,这是她爱的起点,力量的源泉,品格的模板。

不错,她是这篇六万两千多点击率文章的作者。她像静静绽放的一枚栀子花,"举白欣迎七月风,天然塑就玉玲珑。娇羞本是女儿质,散尽清香碧无穷。"她笔端有爱,心中有情,她用灵动的文字书写了万种风情。

从此,她的笔一发不可收拾,成就自己,引领学生,活成了最幸福的模样。

她,就是江兴林,本书作者,一个灵魂散发香气的女子。

打开这本书,走近她,倾听她与春天的细语呢喃,一起去感受她笔下的人间烟火,眼前风景,诗和远方。

第一辑　梦里花开知多少

和春天说说话 …………………… 3
春天到大丰来赶海 ……………… 6
又见玉兰 ………………………… 9
斗龙河畔言采薇 ………………… 12
母亲河的春天 …………………… 15
五月,许一场槐花盛开 …………… 18
你好!熟悉的陌生人 …………… 21
哭泣的玫瑰 ……………………… 24
梦里花开知多少 ………………… 27
奶奶窗前的栀子花 ……………… 30
穿行在母校的栀子花里 ………… 33
秋天该很好,你若尚在场 ………… 36
又到桂花香远时 ………………… 38
遇见花,只有爱 ………………… 41
点燃深秋的红灯笼 ……………… 44
突然很想你 ……………………… 47
冬至里的八月花 ………………… 50
有一种情怀叫初雪 ……………… 53
枇杷花开 ………………………… 56
等一场雪,温暖流年 ……………… 59

第二辑　烟叶味的红指甲

悠悠小蒜香 ……………………… 65
年年岁岁粽叶香 ………………… 70

桑椹花开满记忆	73
曝伏	77
点亮夏夜的水蜡烛	81
烟叶味的红指甲	84
父亲的车袋	88
母亲鱼	92
那些年,我们一起舔过的月饼皮儿	96
外婆的甜芦粟	99
母亲的铜脚炉	103
唯愿天堂有件羽绒服	106
思念	110
凌晨来电	114
女儿的味道	117
幸福的女孩都有一个霸道自私的老情人	120
你那里的天空下雪了吗	123
回家	126
我和女儿一起看阅兵	130

第三辑　许你一场海棠盛开

栀子花开	135
我要一个抱抱	139
遇见你,遇见花	143
许你一场海棠盛开	146
一缕凉风	150
你听到花开的声音了吗	153
两棵海棠的故事	156

你是我的"十里梅花" ……………………………………… 159
我们的教育是不是该等一等我们的灵魂 ……………… 163
你再不陪我,我就长大了 ………………………………… 167
当假期余额严重不足的时候 ……………………………… 171
亲,你儿喊你作业签字呢 ………………………………… 175
我的戒尺哪里去了 ………………………………………… 179
有一种"王者"是"毒药" …………………………………… 184
小野花也有春天 …………………………………………… 188
让我轻轻地告诉你 ………………………………………… 191
一块小方糕的冤案 ………………………………………… 195
那一年,我们的高考 ……………………………………… 200
那一夜的疯狂 ……………………………………………… 203
对此,我们只能"呵呵"了 ………………………………… 207
灯火明亮的周末夜晚 ……………………………………… 211

第四辑　愿种一片清明心

早起鸟的幸福晨光 ………………………………………… 217
愿种一片清明心 …………………………………………… 221
且活且珍惜 ………………………………………………… 224
人生不必如初见 …………………………………………… 227
最好的爱情 ………………………………………………… 230
请珍惜那个肯为你花时间的人 …………………………… 233
这些年,我们一起拉过的票 ……………………………… 236
行走在早秋的清晨里 ……………………………………… 241
九月的天空 ………………………………………………… 244
有雨敲窗的周末 …………………………………………… 247

花开无声 ………………………………………… 250
苹果，想要爱你已经不容易 …………………… 252
当高铁从我们身边走过 ………………………… 255
我和"好女"之间只有两个字的距离 …………… 258
学会爱自己 ……………………………………… 261
让生命与书香一起律动 ………………………… 264
我想和你一起来读诗 …………………………… 266
青椒土豆丝的幸福定义 ………………………… 270
我在，我很好 …………………………………… 272
感谢有你 ………………………………………… 275

第五辑　最后一片净海

有一种瀑布可以行走 …………………………… 281
山寨也可以成真 ………………………………… 284
青海湖的歌与远方 ……………………………… 286
在心中修笆种篱 ………………………………… 289
谢天谢地谢谢您 ………………………………… 292
有一种美丽叫"文化" …………………………… 295
最后一片净海 …………………………………… 298
感谢生命中的那次塌方 ………………………… 301
我们都不要"被游记" …………………………… 306
我们永远在一起 ………………………………… 309
不一样的春节 …………………………………… 312
如果可以 ………………………………………… 319
天使之吻 ………………………………………… 321
今年，我们把团圆留心底 ……………………… 324
最美的春分等到最美的你 ……………………… 326

第一辑 梦里花开知多少

总有一些花开,
惊艳了时光,
温暖了遇见。

和春天说说话

呼吸着微微润湿的泥土的芬芳,行走在深深浅浅的田间小路上。北归的新燕在稀疏寥远的电线间呢呢喃喃,晴空像是刚从梦中醒来的少女临溪浣洗过的明眸,澄净而又深邃。

除了夜的呼吸还带着些许寒凉的味道外,写满春意的阳光已经在清晨和午间灿烂而爽朗地洒满了每一根树枝和每一块空地。低语的春风迎面拂来,细密地梳理着我的鬓发,站在蓬蓬勃勃的绿茵田间,将五指伸张开来,插进风里,春风的柔和与清新让人心醉,唇角情不自禁绽开久违的笑容,清清亮亮的,为春天的悄然而至窃喜不已。

春天从大地深处款款走来。她融进小草的根部,躲藏了整个冬天的小草儿在她的敦促下,俏皮地探出了尖尖的脑袋,不安而又欣喜地窥视着大地的变化;她润进麦苗的叶脉,在春雨的呼唤下,沉睡了一冬的麦苗开始疯狂地生长,你甚至能听见麦苗拔节的声音。"田家几日闲,耕种从此起",沉寂了一季的田间地头渐渐热闹起来了,农人们笑盈盈地在田间劳作,翻土播种,把一年的希望深深地埋入土里。

春天从色彩斑斓的花朵里走来。田埂上许多叫不出名字的野花悄悄从芳香中跃出五彩的颜色。不经意间桃红杏粉，正星星细落，散作一地花瓣，无语漫过，落花正沾衣。"梨花风起正清明"。清明时节，微风细雨中，蝴蝶儿在洁白的花瓣上喃喃细语，淡淡的梨花清香弥漫一地。最袭人眼球的自然是那一大片一大片黄灿灿的油菜花了。我总疑心这是造化这位画家故意泼翻了他的颜料桶，为爬满希望的春日田野铺上了一层最为璀璨的生命底色……

春天从柔柔的柳枝里走来。当别的树木还很慵懒无趣地伸着光秃秃的枝丫时，爱美的柳树却早已悄悄地冒出了新芽，披上了一层鹅黄的轻纱。一两场春雨过后，那"绿柳才黄半未匀"的细小的叶芽儿拼命地吸吮着春天的甘露，在十里春风中，妩媚地扭动着她柔嫩的腰肢。你瞧，那河边依依的杨柳不正如一位温顺的长发姑娘，将满头青丝垂向水面，平静如镜的河面泛起了一道微波——柳树儿便在这春光里咯咯颤笑。

春天从翩若惊鸿的风筝上飘来。趁阳光正好，春风不燥，孩子们忙忙碌碌地赶制着各式各样的风筝，他们要趁这一季春风，放飞自己一年的心愿。

"儿童放学归来早，忙趁东风放纸鸢"，偶一抬头，你就会惊喜地发现深蓝的天空中时常会摇曳着各式各样的风筝，它们载着孩子们的笑声飞向蓝天白云，也载着我们深埋在心底的希望飞向美好的未来。

行走在这样的春天里，春天里的每一缕风，每一滴露，每一场雨，每一叶草，每一朵花，每一个悄然生长的生命，都会让你心怀感激——感激春天让生命如此盎然，感激春天让世界如此美好，感激自己在疲累喧嚣的日子里还能够嗅到春天的气息，还能够听到春天的吟唱，还能够偶尔驻足身边的草长莺飞，看着他们从容而生、从容而长，自己的心愿也便能在这样的春日里从容而生了。

在阴冷的冬天里蜷缩了一季，春天真的来了！

年年春风总相似,岁岁韶华难相同。让我们放下手机,走出房间,放慢脚步,和春天说说话,跟大地交交心,春风当美酒,春光作佳肴,不醉不回……

让春天的太阳,晒干你冬日的衣裳;让春天的和风,吹散你忧愁的过往;让春天的细雨,洗刷掉你尘封一冬的迷惘……

让我们的心和春天一起歌唱!

春天到大丰来赶海

春寒料峭、乍暖还寒的早春三月，午后的阳光明媚静好，约上三两好友，悄悄褪去厚重的棉衣，去和梅花湾的梅花来一次春天的约会吧！去赶赴这个春天的第一次花海吧！

一株株盆栽的梅花，造型独特，尽显粉雕玉琢之美；一片片缘坡而生的梅林，最是随性洒脱，俏也不争春，只把春来报！漫步在梅花湾的梅海里，赏梅，听戏，品茗；迎着吹面不寒的杨柳春风，仰面，闭眼，梅海的沁香扑面而来！"待到山花烂漫时，她在丛中笑！"这是一趟绽放在梅花湾的早春的梅海！

"微雨众卉新，一雷惊蛰始。"第一声春雷响过，东方桃花洲的桃花就要绽蕾啦！桃之夭夭，灼灼其华。行走在渐暖的时光里，摘一支桃花，站在春日的暖阳下，拈花微笑，相逢一个未曾相知的自己；漫步在不知细叶谁裁出的浅浅绿意中，在三月的春风里，轻轻剪下一缕牵绊，去邂逅另一个熟悉而又陌生的自己。"人面不知何处去，桃花依旧笑春风。"在美如仙境的十里桃花中，去叙写三生三世的桃花情缘。

清明时节,当全民返乡祭祖踏青之时,恰是"黄四娘家花满蹊"之际!无论是从千里之外开着汽车回家的游子,还是本乡本土的平头百姓,都会趁着小长假回到乡下去赶一趟菜花的海洋。那是怎样一片金灿灿的黄色海洋啊!一边,一角,一畦,一垄,一片一片,那一望无际的油菜花铺满金黄,汪洋恣肆,波澜壮阔。那片片深浅不一的黄色与青青麦田织就一幅撼人心魂的壮丽油画。

正是这苏北平原上最普通最平凡的油菜花扮靓了我们曾经贫瘠的春天,成为我们记忆中最有温度的美丽春花。午后阳光下的穗穗菜花,璀璨得让人觉得晃眼,和风吹送,翻起了一轮一轮的金波,送来了一阵一阵的芳香。"菜花香里说丰年!"这是一趟全民皆欢的汪洋!

如果你真的被逼你眼球的油菜花晃花了眼,你还可以来恒北赶一趟只属于梨花的小海。"冰姿玉骨,东风著意换天真"的梨花一定会让你在这个热闹的春天里,感受一份独特的小清新。"清明时节雨纷纷",最妙的就是下点小雨吧!放下那把油纸伞,就让自己和洁白娇俏的梨花一起去感受绵绵春雨的柔情蜜意吧!"玉容寂寞泪阑干,梨花一枝春带雨。"就这样静静地听雨,慢慢地赏花,竟然有一种光着脚丫在沙滩上赶海的凉爽惬意!

"浙江之潮,天下之伟观也。自既望以至十八日为最盛。"大丰之春潮,当以荷兰花海为盛中之盛了。

每到四月中旬,赶海人便会从四面八方涌向黄海之滨的新丰小镇,他们来赶的是一片汪洋的荷兰花海!这是一片占地一千五百亩的郁金香的海洋,一朵朵、一排排、一垄垄、一片片,红的热情,白的纯洁,黄的娇艳,粉的柔媚,紫的典雅,黑的鬼魅,两百多种近三万多株郁金香竞相绽放,真是闪亮了赶海人的眼!

闻香而来的赏花消费,丰富多彩的艺术活动,外籍友人的友情客串,明星大腕的推波助澜,把这趟郁金香潮推向了春天的巅峰!——荷兰花海已经不仅仅是大丰人的花海,她已经走出大丰,走向世界!

　　黄海之滨的大丰人,对于赶海是最为熟悉的,20世纪七八十年代有关赶海的记忆里弥漫的都是悲伤的色彩,这家赶摊拾泥螺的儿子被潮水卷走了,那家捞鳗鱼苗的船只再也没有回来!时过境迁,沧海桑田,随着捕捞技术的不断进步和美丽大丰港的建成,那样悲壮的赶海早已成为历史。这个春天,我们相约去赶的是一趟趟异彩纷呈的美丽花海,是一趟趟人寿年丰的幸福之海!

又见玉兰

当梅花湾的梅花覆盖整个朋友圈时,河滨公园的白玉兰也以她独特的姿态悄然开放了。

在微熹的晨光里,每当我从那几株高大的玉兰树下经过时,我总会不由得停下脚步,一个人静静地伫立在那几株高大的玉兰树下,每每看着那硕大的花朵端在空中,让寡淡、素简的空间不经意间就清婉起来,我的心里总会没来由地生出几许柔软的痴缠。

在我眼里,白玉兰比起别的花,那一身清冽的白,终是端擎了些、洁净了些、孤傲了些。她像一个怀揣心思的素颜女子,执着而孤傲地端在枝头,冷艳地俯视着树下的匆匆过客。

此时此刻,她虽近在我的眼前,可我又总觉得她是开在尘世之外了。一如我曾经非常熟悉的那个唤作玉兰的女子。

玉兰是我的高中同学,再见玉兰的时候,竟然是高中毕业28年后的那个玉兰花开的春天了。当我们在丰中名邸爱明家楼下的那株玉兰树下为玉兰拍下这张照片的时候,28年的韶光虽然在她的身上烙下了不可磨灭的岁月的痕迹,可是那抹似曾相识的笑意还是把我们一起带回到了那段苦涩而美好的青葱岁月。

因为都来自农村,因为都曾经在初中痛失第一次跳农门的机会,相同的经历和目标,朝夕相处的三年时光,让我们这群来自农村的女孩在丰中走得很近,也走得很努力。

苦于当时的高考录取率,加之我们高考那年的那场"风波",能够应届顺利走过独木桥的只是少数。姊妹六个的玉兰自然也不曾有机会通过复读跳出农门。自那年丰中校园里最后一朵玉兰花凋谢起,玉兰就再也没有踏进过母校的大门。我们也就渐渐失去了有关玉兰的消息。

前几年,随着各种同学群的建立,久已失联的各级同学渐渐重新建立了联系,可高中群里唯独没有我们一直牵挂的玉兰的消息。后来,我们通过转弯抹角的关系,依稀打听到了一些有关玉兰的情况。

恰如大家猜测的那样,高考落榜之后的她,情况确实不是太好。表面上大大咧咧、骨子里孤傲清高的她竟然让自己自闭了25年。这是一个女人一生中何其宝贵的25年啊!难怪我们找了她那么久,都一直没有她的消息。

当去年春天的玉兰花再度开放的时候,几经辗转,我们终于找到了我们的玉兰!我们也终于在老校区原址的那棵盛开的玉兰树下一个个拥抱了我们的玉兰。

"没想到的是,同学们几十年来一直惦记我,一直在找我,我很感动。进同学群后,发现同学们并没我想的那么势利,都很随和,更难得的是,他们并没有因眼前的优越条件而止步,还在继续奋斗。看看同学们绘展的宏图,想想自己的过去,白活几十年。该醒了!谢谢同学们!"

这是那次聚会后玉兰给我发的微信。我仿佛又看到了高中时那个清秀奋进的玉兰正向我走来!

人到中年,每个人都有太多的无奈和挣扎,不管是谁,总有些不堪需要一个人面对,总有些光阴只能一个人去走。如果我们在面对和走过时,都能如这早春初绽的玉兰一样勇敢而清冽,又何尝不是一种孑然特立的美丽?

微风过处,片片花瓣从空中慢慢飘落,原来,玉兰的花期也就只有一周左右的时间,当别的花蓄势待发之时,她便早早地收了容颜,在桃李即将笑春风的时刻悄然谢幕。

正如雪小禅说:"如果你没有绝世的容貌,那么,你有绝世的姿态也是好的。"或许我们无法像眼前的玉兰一样,不仅有绝世的容貌,就连姿态也是这般的绝世,那么,就让我们试着拥有玉兰花般绝世的姿态吧!

——开得清冽,落得清浅!

斗龙河畔言采薇

一场不疾不徐的春雨,仿佛下成了催促各种春花赶快谢幕的鼓点,前段日子绚烂了整个小城的海棠和晚樱,经历了春雨的宠幸之后,渐渐写成了"林花谢了春红太匆匆"的诗行。

开到荼蘼的油菜花在四月的阳光下依然有点晃眼,车窗外那一大片一大片绿得逼眼的麦田,在春风的吹拂下,让人只会想到两个字——生命!

"真的是要带我去掐枸杞头?这一路上除了油菜和麦苗,还是油菜和麦苗啊!"我睥睨了一眼正专心开车的闺密,不由狐疑起来。

"带你出来就是放放风的,至于枸杞头嘛,姐就两个字——随缘!哈哈哈!"没想到我的一个小眼神,竟然赤裸裸地出卖了自己,我也真是怕了她了。"好吧!跟你走吧,春天就出发!有一个地方,那是快乐老家!"我改唱着不成曲调先有情的《快乐老家》,随着她向麦田深处慢溯……

一个紧急刹车,让恹恹欲睡的我一下子清醒过来。我们的车子停在了一条蜿蜒的泥土路上,土路的两旁是那种怎么也望不到尽头的一片树林,树林里野草丛生,各种不知名的野花开得正欢!高大茂密的树林,郁郁葱葱的野草,似曾相识的野花。这是到了哪里?这熟悉而又陌生的地方似乎已经离我很远很远——远得我已辨不出东西南北;却又似乎近在眼前——因为它们和童年时在斗龙港边拔毛针、打猪草、捋槐花的情景总会时不时地出现在我的梦境中。

"旅客朋友们请注意,现在我们来到了大丰最古老最原生态的方强老斗龙港采摘林。请这位女士醒醒瞌睡,戴好手套和方便袋,准备开启幸福的掐枸杞头之旅!"原来,有模有样的闺密"导游"真的是把我带到了她的"快乐老家"啊。

我们深一脚浅一脚地跟在闺密堂姐的身后,在树林里"跋涉"了好久,都没看到枸杞树的影子,反而重拾了许多美好的记忆:猪草中的极品蒲公英在这里比比皆是,还有那种只能做羊草的泽漆也是随处可见的,还有刺艾、牛耳朵,还有可以做青团的野生艾草……让我这个曾经的农村娃,仿佛走进了一座珍藏记忆的宝库,俯拾的皆是童年中最美丽的珍珠。

"快来看看这一片是什么啊,怎么长得这么好这么嫩的?"眼尖腿长的闺密俨然发现了新大陆似的在前面咋呼着呢。我紧赶着追上了她,着实看到了一大片密密匝匝的野草,它们的主枝一节节向上伸展,每节又旁逸出一个分支,稀疏地长着长条形叶子,每支顶端都有纤细卷曲的触须,仿佛总在寻找攀缘的依靠。在每个关节处都缀有紫色的花蕾,宛如一只只在春风中颤动的紫色蝴蝶,星星点点地掩映在绿波中,温婉而美丽。这不就是小时候常见的绿肥苕(我们那时都念作shào的)子吗?

其实它最为人们所熟知的名字是"野豌豆",以前更是经常被人们称为"救命野豌豆"。因为自古以来,每到"旧谷既没、新谷未生"青黄不接的春季,野豌豆就是人们度过春荒的救急菜。当然这种曾经随处可见的野豌豆还有一个非常雅致的名字——薇。这些可都是有史有诗为证的呢!白居易在《续古诗》中有言,"朝采山上薇,暮采山上薇""岁晏薇亦尽,饥来何所为",描写的正是这种情景。

第一次知道苕子头竟然还有一个特别高雅的名字，是读大学的时候。那时学《诗经》，自然会读到《采薇》："采薇采薇，薇亦作止。曰归曰归，岁亦莫止。"当时那位极为方正的古文学老师就曾经很严肃地告诉我们："这里的'薇'其实就是一种常见的野草，俗名野豌豆，在缺衣少食的时代，这种野豌豆是被人们经常采来食用的。"当我从古文学老师那里知晓曾经的苕子头原来就是《诗经》中屡屡出现的"薇"时，小时候曾经觉得难以下咽的苕子头在那个捧读诗书的青春芳华里似乎晕染了一层别样的诗意。

我读大学时，已经是20世纪80年代末了，改革开放早已让吃苕子头充饥永远成为童年里苦涩而又甜蜜的记忆了，各种化肥和有机肥的大量生产，加之后来离开农村，一直在城镇工作和生活，苕子这种绿肥和野菜也就渐渐淡出了我们的视野。今天，我竟然在古老的斗龙河畔邂逅了这片阔别已久的苕子。自小就在方强小街上长大的闺密自然不认识这曾经陪伴了我整个童年的苕子头，自然也就无法理解我此刻站在这片绿植前内心的百转千回了。

"这就是野豌豆，小时候我老家的斗龙港边也长着许多呢！它的头摘下来也可以做菜呢，味道和营养都不会比枸杞头差的。要不，我们行动起来？"我似乎有点反客为主了。

于是，2020年这个特殊的春日午后，古龙的斗龙河畔，走来了两个采薇的女子，心心念念的全是宋代美食家苏轼的"烝之复湘之，香色蔚其馥。点酒下盐豉，缕橙芼姜葱。那知鸡与豚，但恐放箸空"的诗句。

或许我们想要寻找的枸杞头依然还在河畔的前方，但我相信除却滩涂湿地，在大丰可能也只有这依然清澈蜿蜒的母亲河畔，才能拥有如此丰富古老的野生树草，也只有这依然清澈蜿蜒的斗龙河，才会让原本毫无交集的譬如我和闺密这样的两人或者更多的人渐渐走到了一起，只因我们共饮一湾斗龙河的河水。

母亲河的春天

因了傍河而居的便利,一直以来,我早就在心里悄悄地把河滨公园当作自家的私家花园了。为了更从容地欣赏春日花园的各色美景,一进三月,我已经一而再、再而三地提前每天清晨从家出发的时间了。纵是如此,随着春天的渐次铺排,你会发现,三月的河滨花园每天都会给你不一样的惊喜。

走进三月,走进三月的河滨花园,能够在某一个春寒料峭的清晨,最先让你无比惊艳的肯定是那一株一株仰天而绽的白玉兰了。河滨花园里的玉兰树很高很高,高得让每一个匆匆而过的行人或许都会忽略到她的花开;河滨花园里的玉兰花很美很美,美得让每一个偶尔能仰望天空的人可能都无法挪步。

尽管白玉兰那一身清冽的白,在早春寡淡、素简的天空下,显得有些端擎、有些洁净,还有些孤傲。可是,正是这一朵朵凌空绽放的白玉兰,让我捕捉到了来自春天的最早讯息。

"东风有信无人见,微露意,柳际花边。"与其说苏子的这句词是在感叹春天的姗姗来迟,不如说,他还在告诉我们唯有柳树才是真正的报春使者呢!"绿柳才黄半未匀",最喜欢的就是早春刚发芽的新柳了——远远望去,仿佛一堆堆淡黄色的轻烟柔柔地卧在河畔;慢慢走近,一根根嫩黄的柳枝,在晨风的吹拂下正对着"银镜"兀自梳洗呢!

春日清晨的第一缕霞光,很自然地为这些"对镜贴花黄"的娇柳,抹上了一层粉粉的胭脂。此时的新柳宛若一个个不胜娇羞的迎宾少女,巧笑倩兮地倚立在二卯酉河畔,等候渐次醒来的小城和小城人的检阅。

"春天的门帘"!当我在群里看到本土的一位诗人如是赞柳的时候,我就特别产生了一种想要掀开这扇门帘的冲动。还没容我去慢慢掀开这扇"春天的门帘",河滨花园里的各种春色,就迫不及待地主动向我扑来了。当这扇神奇的门帘由嫩黄渐渐变成浅绿的时候,花园里的一株株红叶李竞相绽放了。

如果说桃花是千娇百媚的大姐,杏花是冰清玉洁的小妹,那么这眼前盛开的李花,应该就是那位最不引人注目的老二吧!她虽然没有桃的艳丽,也没有杏的洁白,可是她是三姐妹中唯一先长叶后开花的,每每从她的花树下走过,这份"花叶相依""俏也不争春"的朴实内敛,总会让我心生怜惜。

当我每天清晨沿着二卯酉河的北岸"寻花问柳"之际,偶一抬头,河对岸的河坡上不知何时已是满坡金黄了。"一夜东风暖,点点春雨柔。花开金满树,连翘笑枝头。"隔河相望,沿坡盛开的连翘花,仿佛给三月的母亲河戴上了一条金黄的腰带,张扬而恣肆。也唯有如此汪洋恣肆的绽放,才会把柳绿花红的河滨花园的春天真正推向高潮。

于我这样一个超级"花痴",只能远远地隔岸观花,不能不说是一种遗憾了,总要亲近一下"芳泽",才不负如此盛大的花事啊。可是,对于真要去"亵玩",我还是心有余悸的,因为往年在对岸散步时,一不小心总会交上"狗屎运",屡屡中招以后,我已经对对面的那片河岸望而生畏了许久许久了。

"亏你还是义工呢！你都没有关注到义工群里保护母亲河的行动吗？"同行的美女摄影师一脸鄙夷地打消了我的顾虑。

"每个周末都有20名义工自带工具沿着二卯西河风光带从东往西沿河捡拾、清理垃圾呢！现在的二卯西河不仅河水清澈，河畔也很干净呢！我昨天才在那边拍了连翘呢！"

当她通过微信把她拍的对岸的连翘一张张分享给我的时候，那一朵朵、一簇簇绽放在母亲河边的黄色连翘，有的含苞待放，是羞答答的鹅黄；有的花蕾微绽，是醒目的桔黄；有的花开四瓣，是俊俏敞亮的金黄；有的花朵相拥簇放，一串串，一片片，黄艳艳，金灿灿……

"就是这张了！"或许从专业的角度来看，这肯定不是拍得最好的一张连翘花，可是还有什么能比这黄灿灿的连翘、红艳艳的红马甲，更能明媚母亲河的春天呢？有人说，连翘花的花语是"预见"，我却更宁愿是"遇见"。因为正是这些绽放在母亲河边的连翘花，让我遇见了最美好的春天。

五月，许一场槐花盛开

午后的阳光明媚而澄净，一如我们此刻的心情。抛却尘俗中的一切琐事和纷扰，这个午后，我们只想去和槐花来一场美丽的约会！

蒹葭苍苍，杨柳依依，槐花伊人，在水一方！家乡曾经随处可见的槐花，如今却成了我们心中难以企慕的伊人！

传说中的槐花大道也只是传说而已？沿着这漫长寂寥的海堤公路真的能找到那条美丽的槐花大道吗？

海堤公路上鲜有路人，只是偶尔有运输货车从我们车旁呼啸而过。约莫走了近两小时的辰光，依然找不到我们的槐花大道。好不容易拦到一个开着电瓶车的当地渔民，他也说不清楚传说中的槐花具体在哪里，只是说，有可能还在前面，不过现在槐树真的不多了，海堤两侧基本上都改种了速成的杨树，谁还去种那种长得又慢，又卖不到好价钱的槐树啊。

沿着海堤公路，继续前行。不知是光线还是心理的作用，总让我们以为前方绿叶的罅隙中透出来的点点白色，极有可能就是我们要找的洁白美丽的槐花。我们就这样在希望与失望的交替中走了一程又一程,可传说中的槐花大道依然还在远方。

"这边有个小店,咱们进去问问?"

守店的女主人很热心地告诉我们:"我在这条海堤上开店好几年了,你们所说的那么漂亮的槐花大道我还真没见过,只听在港口上班的他爸说过,在港口加油站附近似乎还有一些槐树,也不知现在有没有了,因为现在槐树是真的很少见到了。"

港口加油站?我们先前明明从那里经过的呀!就这样和心仪已久的槐花擦肩而过了?那就原路折回试试?到了港口加油站,借着加油的机会,打探着槐花的消息。加油工人很是不屑又有点理解地指着东方,对我们说:"喏,就在那儿呢,什么槐花大道,不就几棵钉子槐嘛!"

钉子槐!多么遥远而又亲切的称呼啊!钉子槐曾经盛满了我们童年时光多少美好的记忆啊!那时候,房前屋后,田埂路旁,河畔坡前,随处可见的便是家乡的一棵棵槐树、一片片槐林。春夏之交,槐花盛开,一串串,一簇簇,一丛丛,在阳光的照耀下,星星点点,闪闪烁烁,绚烂地挂在树梢上,点缀在绿叶间,白得耀眼,繁得热闹。上学放学的路上,随手捋几串槐花,自己先解解馋、充充饥,然后装满打猪草的箩筐,手巧的母亲总能在那个青黄不接的春夏之交,让饥肠辘辘的我们享受好一阵子的槐花盛宴。至今仍觉得母亲当年用极少的面粉屑做成的槐花饼是这世上无上的美味,后来无论我多么努力调料,都再也做不出那么美味的槐花饼了。更有爱美的女孩,摘下新鲜的槐花,或做花环,或做耳环,或做项链……记忆中的槐花的味道永远是香香的、甜甜的、美美的……

今天,我们就是为寻这香甜美丽的槐花而来!加油站向东,是海堤公路的一支分路,这条路的两侧真的长满了十几米高的槐树,只是与我们想象中的槐花大道相差甚远!想象中的槐花大道该是"夹道数千米,中无杂树,枝繁叶茂,槐花似雪,槐香袅袅"的。可眼前的这片硕果仅存的几百株槐树,虽然还算高大,却失去了这个季节槐树应有的葳蕤与美丽。它们树皮斑驳,枝丫瘦削,只在树梢上零星地挂着几串不太饱满的槐花。尽管如此,还有一对老夫妻,用他们特制的加长钩刀,钩下好大一枝槐树的枝丫,只为了那树梢上那些还不太饱满的槐花。我们一边惊叹着农人打槐花的技艺高超,一边也渐渐明白缘何这片硕果仅存的槐林是如此沧桑瘦削了!

　　我们的目光沿着这条路的尽头无限延伸,缕缕槐香裹挟着海边的夕阳,在海风中氤氲……

　　我们始终坚信:前方一定会有一条更美丽的槐花大道,正如我们始终相信诗和远方一样!

　　人生是本太仓促的书,但是在仓促的岁月里,仍旧会遇见许多值得我们去留恋的风景。让我们一起默念——年年五月,期许一场槐花盛开!

你好！熟悉的陌生人

"又要买花瓶了！"

看见微友蔷薇在圈里晒的自家院子里种的各色蔷薇，一向花痴的我唯有隔屏闻香了。

当初夏的蔷薇和月季陆续成为朋友圈的网红以来，我早晨步行上班的路线也从工农路南跳跃到工农路北了。不必说阳光一期大门口那天天让我驻足的满架蔷薇，单是沿路一楼人家的门前的小院就足以令人流连忘返了。

每天清晨，行走在一户户小院前，目光抚过每一个院子里的每一株树，每一朵花，嘴角都会自然上扬，百炼成钢的心也渐渐柔软，此时此刻，慢下来的已不仅仅是匆匆的步履了。于这些或大或小、或荒芜或繁茂、或整洁或杂乱的院子中，我最喜欢的自然就是蔷薇家的院子了。

蔷薇家的小院几乎能满足小城里每个想要拥有一方庭院的女人的所有梦想。院如其名，蔷薇家的院子自然少不了爬满小院的蔷薇了，而且是一簇簇我们很少见到的淡紫色的蔷薇，微风过处，那一簇簇淡紫色的蔷薇摇曳成一幅流动的淡紫色的瀑布，一阵阵幽香扑面而来，小城的空气里满满的都是这甜甜的、幽幽的蔷薇香了。

"哪天早上剪点蔷薇给我插办公室啊？"花痴的我全然不顾我和蔷薇只是朋友圈的点赞之交而已，竟厚着脸皮公然索花了。

"明天早上，再不剪，这个花期就没有了呢！"

明天早上？我可是每天六点二十就会经过她家门前的哦！如她这般的小资女人肯定还在睡美容觉吧？看来我的花瓶有可能真要错过2018年的最后一期蔷薇了。

"早啊，江老师！怕不新鲜，我一直在等你来，才准备开剪呢！"

周一的清晨，当我习惯性地且走且看且胡思地沿着工农路一路向西的时候，蔷薇竟然早早地拿着剪刀候在她的小院里。

一身黑色的居家服把她的皮肤映衬得越发雪白，一张圆圆的娃娃脸，如果不是在朋友圈里得知她有一个正在读高二又高又帅的儿子，你是怎么也想不到眼前这个站在蔷薇花下笑意吟吟的娇小女子早已过了不惑之年。

初夏清晨的第一缕阳光透过蔷薇的罅隙投射在那个忙着为我挑剪蔷薇的女子身上，当她捧着一大束沾满晨露的各色蔷薇向我走来的时候，我总觉得眼前的画面美得有点恍惚——庭院深深、满架蔷薇、手捧蔷薇的美丽女子，还有那玫粉色的晨光——一切宛在画中。

"再来一枝黄色的吧！这样配色更好看些。这是今年才培植的新品种，一般人我真舍不得给呢！"当我从栅栏里满心欢喜地接过那捧在我看来已经相当美丽的蔷薇时，她还是有点小忍痛地剪下了院子里屈指可数的几朵黄蔷薇中最大的那一朵递了过来。

"进来坐坐吗？"

如果不是要赶到学校上晨读课，我肯定不会放弃能够和她院子里的各种花草一亲芳泽的机会的。初夏的早晨，坐在秋千上，即使不读书、不品茗，只闻花香，只听鸟鸣，也足矣足矣！

余下的路程既美好又尴尬了。越是靠近学校，路上遇到的家长和学生越发多了起来。什么节日也不是的周一清晨，一个年近半百的女人捧着一大捧娇艳欲滴的蔷薇，迎着各种目光兀自欢喜地走进了校园。

"你又在编小说了吧？你和人家不熟，人家这么早就起来剪花给你？"和我搭班的小吴老师俯身贪婪地嗅着蔷薇的花香，脸上写满了"不相信"三个字。

"我和蔷薇熟吗？"我也不由得在问自己。

其实我们只是在朋友圈里很熟。现实生活中这只是我们第二次见面。第一次见面也是这样一个走路上班的清晨，当我正在偷窥她院子里各种多肉的时候，她正在院子里给多肉浇水，一抬眼就看到了栅栏外的我。

"你就是江老师吧？"

如果我没有记错的话，蔷薇应该是两年前通过我的闺密小丽加的我的微信。于是她自然通过我的文一眼就认识了胖胖的正在偷窥她小院的我，我也自然通过她的朋友圈记住了这张一直在路上却又能把一方庭院打理得惹人艳羡的娃娃脸。

虽然我对她的前世今生知之甚少，却从她的朋友圈中渐渐认识了她——当她无数次一个人长途驱车奔走在实现梦想的征程中，当她归去来分时在自己的小院里拈花浅笑，当她在精致的厨房里为家人洗手做羹汤……

其实，在我们的朋友圈中，像蔷薇这样，在现实生活中少有交集、却在朋友圈中渐渐熟悉的陌生人还有许多许多。虽然很少见面，甚至从不见面，却因为某种机缘巧合，彼此成了惺惺相惜、互相搀扶甚至温暖一生的朋友。正是因为他们的到来，让我们在庸碌机械的生活中收获了许多意外的美好。

感谢生命中每一个熟悉的陌生人！感谢你们给我带来的每一份温暖与感动！

——你好！熟悉的陌生人！

哭泣的玫瑰

这个季节有点难穿衣,好不容易敲定一身自己还算满意的行头准备出门时,抬头一看墙上的挂钟,竟然六点二十五了,步行肯定是来不及了,那就骑单车吧!

许多时候,我们总是习惯于已有的生活模式,一如我已经习惯于每天清晨沿着美丽的河滨公园,一路小跑,一路神游着上班。偶尔的骑行或许会让我错过河滨的满园春色,却也让前行的脚步从容了许多。

就这样不疾不徐地骑行在通往学校的人行道上。人行道上多是骑电瓶车送孩子上学的家长和自己骑车上学的孩子,偶尔还有一两个晨跑的行人。早晨的阳光暖暖地斜射在他们的身上,有柔柔的风儿从耳畔轻轻地吹过,还有丝丝的柳絮轻轻拂过我不再年轻的脸庞……

上个星期还让人无比惊艳的一树树的海棠花再也难觅芳踪了,只有极个别枝条上星星点点的残红似乎在提醒人们:其实她们真的来过。所幸尚有几棵硕大的晚樱还在昭示着春天的气息,只是一夜之间,许是被昨晚的那场风雨"劫色"不少吧?

不仅人行道上已是"落红堆满径",伴随着阵阵晨风,绯红的花瓣宛如一只只粉色的蝴蝶在上学的孩子们头顶不断地盘旋,然后簌簌地落在他们的发梢上、衣服上。我就这样一边骑车一边欣赏着这幅绝美的落樱晨卷……

左拐是红灯,必须等待!有些时日没走这条线了,不知何时,新词红绿灯路口的花池里竟然移栽了这个季节小城鲜见的玫瑰,而且是造型各异的玫瑰!有的"被长成了"花瓶模样,有的"被长成了"圆球模样。花瓶模样的还算安好,叶还绿着,花还红着。圆球模样的玫瑰可就惨不忍睹了。

每一株原本应该顺天而生的玫瑰植株,硬生生地被弯曲成了360度。那只很圆的圆球上只顶着几根稀稀疏疏的叶子和两三朵耷拉着脑袋的快要蔫了的玫瑰,和煦的春风和清晨的露水似乎也无法让它们花红叶绿了。

我不知道其他路人是否会为这样别具一格的园艺惊叹,我只知道我似乎听到了这些被强迫弯曲的快要夭折的玫瑰的哭泣……带刺的玫瑰,每一朵,每一株,只要有适宜的气候,就能站成春天里一道属于自己的最美丽的风景。

有必要煞费苦心"栽培"成如此模样吗?这恐怕只是园艺师们自己想要的美丽模样吧?他们有没有考虑过带刺的玫瑰本该生长的样子以及受众真正想要的审美愉悦呢?

过了红绿灯,继续向西骑行,那几株在我眼里"被长残"的玫瑰始终盘旋在我的脑海里,让我原本愉悦的心情也渐渐惆怅起来……

我想到了昨晚和女儿的通话,一开始我们就她今天要参加的五四奖章的答辩演讲相谈甚欢,谈着谈着她说到了院长找她谈话,希望她能考选调生的事情。对于传统的我们来说,觉得这无疑是已经大三的她的最为务实的奋斗目标,而且这样的机会也不是每个人都可以有的。谁知她却在电话那头明确地向我们表示，她对选调生没有兴趣，出国深造是她唯一的选择！

和绝大多数平凡而普通的父母一样，我们不指望孩子以后能大富大贵，有多大出息，只希望她能有一份稳定的工作，有一个幸福的家庭即可，考公务员无疑是我们心目中她未来最好的样子。

而她呢？她想要的样子绝不是以后只是在机关里朝九晚五地了此一生。世界那么大，他们想出去看看，人生滋味多，他们都想尝，即使是苦味，因为年轻没有失败，青春允许任性。

她甚至还在电话里算起了三年前填志愿的旧账——"三年前，我选择了你们想要我读的专业，放弃了自己最爱的专业，三年后，你们能不能考虑一下我自己最想要的是什么！"……

原来许多时候，作为父母，作为老师，我们都成了那个自以为是的"园艺师"！我们一味地从自己的角度精心雕琢、苦心栽培着我们的子女和学生，希望把他们培养成我们想要的样子，而这却不是他们自己最想要的样子。

于是，有了一些貌似成功的作品，譬如花池里的花红叶绿的花瓶造型的玫瑰，当然更多的就是那些被我们矫枉过正的"球形"玫瑰，造型很抢眼，内心却很无奈！

眼前就是靠近学校的那个红绿灯路口了。许是远离市中心的缘故吧，路口的花池里没有新词那里造型独特、精心设计的人工玫瑰，只有一些叫不上名字的小花，它们在朝阳的抚摸下，正可劲儿地开着呢！一如那些背着书包蹦蹦跳跳地走过斑马线的孩子们！

推着自行车，行走在这些孩子们中间，我有些释然，我又有些茫然了……

梦里花开知多少

"惊鸿一般短暂,像夏花一样绚烂。"每每听到朴树的那首优美而略带忧伤的《生如夏花》,总会想起自己十分喜欢的泰戈尔的那句"使生如夏花之绚烂,使死如秋叶之静美"。我常常想:是怎样美好的女子,才能生如夏花般绚烂,死如秋叶之静美呢?可绚烂的夏花中,那初夏绽放的并不绚烂的栀子花却总是最让我魂牵梦萦,难以忘怀的——

儿时的记忆里,在那个物质相对匮乏的年代,村里的女性对美的精神追求似乎就定格在那一朵朵初夏绽放的栀子花里。

记忆中,每逢布谷鸟悲啼的插秧季节,就是村里的大人小孩开始觊觎村里极少的几户人家房前屋后的屈指可数的几棵栀子树的时候——只因那洁白的栀子花首先是那个年代那个季节村里所有女性的最美也最奢侈的花黄,还因这芬芳的栀子花还是那个年代那个季节和菖蒲艾草一样可以驱蚊虫的原生态绿色驱虫产品吧!也似乎唯有这栀子花的装饰是没有年龄界限,也没有红白禁忌的,即使是年事已高的老妪也会在那个季节在早已泛白的鬓角旁插上一支洁白的栀子花。初夏的夕阳下,鹤发白花，还有那饱经风霜写满沧桑的皱纹——站成了儿时记忆中最动人的风景之一。

最壮观的莫过于在秧田里插秧的村妇们头戴白花的场面，一二十个村妇一字排开，在一大片白色的水田里，行行青苗，在村妇们几乎整齐的节奏下应运而生，朵朵白花随着她们娴熟的插秧动作，跳跃荡漾。那场面曾无数次令儿时的我无比羡慕，立在水田边的我彼时最大的理想就是赶快长大，学会戴着美丽的栀子花在秧田里妖娆地插秧。

当然栀子花开的时节也是我们这些女孩最兴奋最期待的季节！每天早晨，我们总是会精心挑选出家中最大最白的一朵或两朵很张扬地插在头上，到了学校，还要比比谁的那朵是花型最美、花色最纯、花香最浓的。记忆中，我常常是所有女孩嫉妒的对象——是因为邻居王大伯为了讨好当时握有"实权"的当村干部的父母，每天清晨，都会送一大捧上好的栀子花给我们，还是因为当时班里几个调皮的男生为了抄我的作业，每天都会供奉我几朵极好的栀子花？——有些往事真的如烟如风，模糊不清了——栀子花开，开在童年的记忆里！

上了中学，少女的羞涩已让我不再会如儿时那样张扬地在羊角辫上插上两朵娇美的栀子花到处招摇了。然而天生爱作怪的我，会用一根紫色的丝线，选一朵娇小的花骨朵，做成一条别致的挂饰，挂在颈间，巧妙地藏在外衣的里面。那股栀子花特有的清香将会淡淡地幽幽地氤氲整个教室、那个初夏，甚至整个花季。

读高三那年，疯狂地迷上了席慕容，手抄了当时所能找到的席慕容的所有诗歌，在那本手抄本的扉页上就是那首我最爱的"如果能在开满了栀子花的山坡上与你相遇／如果能深深地爱过一次再别离／那么／再长久的一生／不也就只是／就只是／回首时／那短短的一瞬。"那开满栀子花的山坡，又成了那着一袭白裙的少女无数憧憬的美好情节里唯美的永恒的背景！——栀子花开，开在少女的情怀里！

工作后,先后辗转于四个校园,每所校园里的每个初夏,都会让我的心里溢满了一种似乎早已注定的期待,当栀子花还是一个个小骨朵儿时,便会常常驻足其旁,等待花开!

因了为人师表,从不敢堂而皇之地采摘,总会在某个月黑风高的夜晚,约上一两个如我般挚爱栀子花的密友,悄悄地摘她几朵,即使是弄脏了白裙,即使是划破了丝袜,也乐此不疲,无怨无悔!每当辣手摧花之时,内心也会隐隐的歉疚,可每每总以"有花堪折直须折"以及"如花者窃花不为偷"等谬论聊以自慰。

只因是"偷"来的,自是十分珍惜,只是很吝啬地分一羹给目击者,其余悉数带回家,洗净冬天养水仙的青花瓷盆,只要在里面装上清水,那些洁白的栀子花便会渐次地在青花瓷里静静地绽放,幽幽地吐芳——那些日子里,无论你曾是多么的疲惫沧桑,只要打开家门,只要嗅到家中栀子花的芬芳,你就会觉得心里柔柔的、暖暖的、香香的——栀子花开,开在平凡而美丽的生活里!

"栀子花开 so beautiful so white 这个季节我们将离开……"每当校园广播里循环播放这首经典老歌时,我就知道又到了栀子绽放的季节了!我更知道,我又一届的学生将在这栀子飘香的六月,去完成他们人生中第一次完美绽放!栀子花开,淡淡的青春,纯纯的爱!

栀子花开——开在梦里!开在心里!

奶奶窗前的栀子花

每当初夏的空气中氤氲着一种似曾相识的幽香,奶奶窗前的栀子花就会从童年的记忆里向我走来。

小时候,每个村里总有几户人家的房前屋后,会有那么一株或几株栀子花的。但长得最高、花开得最多的当属奶奶窗前的那棵栀子树了。

奶奶窗前的栀子树很高很高,高得几乎遮挡住了整个窗户;奶奶窗前的栀子花很多很多,多得我和小伙伴们怎么数也数不过来;奶奶窗前的栀子花很香很香,香得整个院子,不,整个村子荡漾着的都是栀子花的清香。

每当栀子花开的时节,奶奶窗前的栀子花就会锁住村里每一个小姑娘、大姑娘、小妇人、老妇人的心。她们不仅喜欢来到奶奶的窗前轻嗅那栀子的芬芳,她们更喜欢把栀子花戴在发辫上,插在鬓角上。

儿时的民间,一向忌讳头上扎白头绳、戴白花的,似乎只有父母双亲去世了,做儿女的才可以扎上白头绳或插上白花戴孝。所以儿时的我一直心存疑问:白色的栀子花怎么就可以很招摇地戴在大姑娘、小媳妇甚至老太太的头上而百无禁忌呢?

初夏的每一个晨光里,奶奶总会挎着一个小竹篮,细脚伶仃地来到窗前的栀子树下。她的脚步是那样轻,轻得睡懒觉的我们几乎听不见早起的奶奶的任何声响。每当我们睁开睡眼惺忪的双眼时,我们的床头已经换上了带着露水的无比新鲜的栀子花。家里的饭桌上、条台上,甚至灶台上都用酒瓶或者瓷碗盛上清水,插上了朵朵洁白莹润的美丽栀子花。

为了能够和奶奶一起摘到晨露下的最美的栀子花,我不知道下了多少次决心,才在一个内急的凌晨,终于逮到了悄悄起床的奶奶,蹑手蹑脚地尾随在奶奶的身后。

我从没见过这等模样的奶奶!栀子花树下的奶奶宛如一个娇羞的少女,"只把栀子嗅"。平素行事风风火火的奶奶,在这一树洁白温润的栀子花前,就这样柔下去,柔下去了!她总要这朵看看,那朵嗅嗅之后,才会选出一朵她自己最为满意的沾着露水的栀子花,轻轻地插在她绾得十分精致的髻旁,然后对着窗前的玻璃莞尔一笑。直到她对自己发髻上的这朵栀子花的花型、花色以及插放的位置都十分满意后,才开始很小心很小心地摘下一朵朵在晨露中悄然绽放的栀子花,满心喜悦地轻轻地放到竹篮中。

小小的我看着这样的奶奶竟看呆了!许多年以后,每当想起奶奶,这样的画面总是定格在我的脑海里,挥之不去!

奶奶窗前的这株栀子花一直可以开满整个六月。六月的每一个清晨,奶奶总会把带着露水采摘回来的栀子花分成三份:一份是自己家里留着的;一份放在栀子树旁的窗台上,让路过的小姑娘大媳妇都能挑上一两朵插在她们的发辫上或者别在衣襟上;还有一份是奶奶精挑细选了让我带到学校送给老师的。

直到我后来也在农村做了老师后,我才渐渐明白奶奶当初为什么总让我带栀子花给学校的老师,因为在那种物质和精神都相对匮乏的年代里,一朵初夏的栀子花,一个立夏的鸡蛋或者一只端午的粽子,总会让人觉得分外温暖和美好!疼爱我的奶奶或许就是想用这种极为朴素的方式来表达她对愿意到乡下来教她的孙儿的老师的一点敬意和一份善意吧!

年幼无知的我在那样的年纪自然无法明白奶奶"望孙成龙"的良苦用心的,内心里总嫌奶奶的做法有些瘆人,经常在内心腹诽:凭啥要把这么好的栀子花带给那些对我特别严厉的老师呢?

奶奶窗前的栀子花不仅深受村里大姑娘小媳妇们的青睐,小孩子们也毫不例外。因为奶奶窗前的栀子花一直是全村栀子中的上品,所以每当栀子盛开的六月,因为奶奶窗前的栀子花,追随在我身后的小伙伴自然也就多了起来。平素跟我玩得好的,我自然会想办法从家里给他们带上一两朵;关系一般的,我就做不到天天给他们提供免费的上好的栀子花啦!

这时就有家庭条件稍好些的同学提出可以拿出自己的零花钱跟我买或者用零食来换我家的栀子花。我自然是一万分的愿意了。于是奶奶每天精挑细选的让我带给老师的栀子花就这样被我以一朵一分钱的价格卖给了我的小学同学们。

约莫一个月的栀子花卖下来,我渐渐成了班里的"小富翁"了——奶奶窗前的栀子花让我淘到了我人生中的第一桶"金",我用这一桶"金"到镇上买回了几本我觊觎已久的小人书,又因为拥有了这些小人书,即使暑假里栀子花已经开尽,可同学们对我的追随和崇拜从未停止!

奶奶窗前的栀子花啊!就这样丰润了我曾经贫瘠的童年,给我留下了太多有关栀子花的美好回忆……

长大了以后才慢慢知道,栀子花的花语是——永恒的爱与约定。因为,栀子花从冬季开始孕育花苞,直到初夏才会绽放,含苞期愈长,清芬愈久远;栀子树的叶,也是经年在风霜雪雨中翠绿不凋。原来,虽然看似不经意的绽放,也是经历了长久的努力与坚持。原来在它平淡、持久、温馨、脱俗的外表下,蕴涵的其实是一种美丽、坚韧、醇厚的生命本质。一如那崴着小脚在晨曦中轻捻手指把栀子花插在鬓角的满脸含笑的我的奶奶。

奶奶窗前的栀子花,你还好吗?

穿行在母校的栀子花里

如果让我在监考和上课之间进行选择，我宁愿选择一天上满八节课，也不愿意选择什么事也不允许做，只能在规定的动作之内全程"相呆"的监考——因为姐监的不是考，是无聊和压力啊！可今年的中考监考却因为母校那满园芬芳的栀子花而美好安然了许多。

不必说食堂前那一大片一大片的栀子花的海洋，也不必说行政楼和实验楼后那迎着朝阳尽情绽放的栀子花垄了，单是两幢教学楼之间的小花园里那么几株或盛开或含苞的栀子花，都足以让酷爱栀子花的我流连忘返了。

当我在乡镇工作十年后，调到母校教书时，母校已经发生了巨大的变化，曾经让我们围桌分食的食堂兼会堂和那片能够让"赫赫有名"的叶老师坐着轮椅自由出入的男生宿舍区早已不见踪影，取而代之的是一幢幢功能各异的现代化楼房。

再回母校，高中时代的龙爪槐竟然还在，岁月的洗礼让它们越发葳蕤苍劲。宿舍楼后的梧桐也在，只是读书时最喜欢的语文老师竟然已经走了两个！特别是那个总爱在语文课上用他特有的四川普通话读我的作文的刘道良老先生，九泉之下的先生有否想到正是他当年的一再鼓励，才会让当年那个怯怯的有点自卑的黄毛丫头"长大后我就成了你"，成了一个远不及先生的语文老师。

那时阅览室和行政楼之间的小花园里也是长了一两株栀子花的。只是当时"公办民助"的尴尬体制，让初来乍到的我们整日疲于奔命，不用说没有双休日，甚至还有所谓的"晚办公"，那一段我们教学生涯中最不堪回首的"激情燃烧的岁月"里，我似乎早已"不闻花香"，只言分数了。

后来，随着初高中的彻底剥离，当我们的校区与母校的新校区隔路相望时，母校于我而言似乎真成了别处的风景了。幸运的是女儿读高中三年的每一个初夏的清晨，我又能嗅着栀子的芬芳，和夹着课本的孩子们一起穿梭在母校美丽的校园里，一起感受着生命的律动和青春的盎然了。

最喜欢的就是母校食堂前的那一簇簇栀子花了，它们俨然就是我眼里最美丽的风景。因为那一季的栀子繁华，让我这个每日必经的匆匆过客，也能渐渐放慢脚步，憬悟着岁月的静好以及人生的安然。

如果是傍晚下班的闲暇时分，我常会在此驻足小憩。在夕阳的余晖下，有的整棵树上缀满了绿中泛白的彰显无限生命张力的花骨朵；有的悄悄绽裂出几道白缝，仿佛多情的女子在悄悄表白她纯洁的心迹；有的开了一两朵，羞涩地低头默思或骄傲地迎风而笑；有的花满枝丫，洋洋洒洒。一阵微风吹过，枝头的那些栀子哦，绵绵轻摇，让人真正体会到了暗香的涌动……

在母校监考的这三天里，让我欣喜的已经不只是那满园绽放的栀子花了。我惊喜于每天早晨当我们匆匆走进有些压抑的考务办公室时，有心的考务老师早已用一次性水杯养着一杯杯带着晨露、散发着清香的栀子花，等候着我们的到来；我更惊讶于穿着紫色校服的中考志愿者们每天都会很走心地更换放在厕所窗台上的栀子花——丰中的厕所里氤氲的都是栀子花的芳香,这绝不是夸张!

就这样穿行在母校的栀子花里,我不仅嗅到了满园的栀子馥香,我更感受到了母校几十年的文化积淀和人文情怀。

就这样穿行在母校的栀子花里,栀子洁白的花瓣、馥郁的芳香,如同岁月的素笺,和我一起记录着人生的悲欢离合、阴晴圆缺。行走在尘嚣甚上的凡尘里,无论岁月变迁,世事沧桑,只要我们心怀栀子,心存美好,我们就有理由相信青春还在,爱还在!

又是一年考试季,又是栀子花开时。你还记得母校六月里绽放的那一朵朵洁白美丽的栀子花以及那一段纯纯的青春、淡淡的爱吗?

秋天该很好，你若尚在场

"楼下小区的花园里种了许多的桂花树，每年的这个时候，小区里都弥漫着桂花的香气。我家厨房北窗靠近花园，每当打开窗户，阵阵花香飘进来，都会忍不住吸一口带着花香的空气。"

闺密今天一早发的这条朋友圈，应该是这个秋天我在朋友圈里看到的第一条有关桂花的信息了。

早在中秋前后，每当我和我的摄影师跑友一起行走在秋天的清晨里，我俩心心念念的都是：今年的桂花开了吗？因为以我俩对河滨公园一草一木的了解，时至中秋，往年的这个时候，风光旖旎的河滨公园里早该是八月桂花遍地开了呀。

这半个月来，我们每天清晨遇到的第一声问候都是：桂花开了吗？我甚至会冒着上学迟到的危险，每遇到一棵桂花树，就会和她一起跑过去，扒开密密层层的树叶，期冀能看到一朵桂花的初蕾。可这矜持的桂花啊，愣是让我们在长假前都没能捕捉到一点花的影子。

是上次那场肆虐的台风给予了今年的桂花一场最毁灭性的打击，还是今年的节气本身就迟呢?"这个秋天桂花不会真的不来吧?"初秋的每一个清晨就在我们对桂花的无限牵念中悄然而逝。

"今年的桂花终于开了!"当我宅在家里看到这个秋天朋友圈里第一条关于桂花的信息时,我竟然长长地吁了一口气。

世上本无忧,庸人自扰之。现在想来,这世上最有契约精神的应该就是我们身边的这些草木吧?无论气候如何变幻,它们一直很努力地在自己的世界里生根、发芽、开花、结果,年复一年,周而复始。或许有些时候,因为外界的影响,它们的花期可能会迟一些,它们的果实可能不会那么丰硕,可她们终究会尽其一生的努力,认真地开花,拼命地结果,他们从来都不会辜负那些心心念念等待的人们。

其实更多的时候,反而是我们这些自以为是的人类一再怀疑并试图打破这种最美好的契约精神。看看我们身边,焦虑型的父母比比皆是,孩子读书期间,他们不能耐心地等待孩子慢慢地成长,不顾一切地揠苗助长,忽视过程,只要结果;孩子毕业了,又是各种催婚催生,许多女孩因为怕被"剩",在父母的安排下穿行在各种相亲场所,一份瓜熟蒂落的美好爱情竟然成了许多年轻人永远的奢望。速食时代的所谓爱情,有多少誓言早已随风而逝,又有多少等待曾被无情辜负!

此刻,当我坐在书房里码下这些文字的时候,一股甜甜的香味从窗外飘来——无需移步窗前,我就知道河滨公园的桂花肯定也开了呢!

疏影轻疏,花开几何,盈鼻的桂香,一如门前的二卯西河清澈的水流流过我等待已久的心田。突然想起了两句很应景的歌词:秋天该很好,你若尚在场。

——愿每一个心怀美好耐心等待的人,都能等到他想要的那份静静的美好!

又到桂花香远时

忙忙碌碌间，开学已经一月了！每天行色匆匆地穿行在家和学校之间，任凭花开花落、云卷云舒，我已是无暇顾及了！

可是，纵然是在这样的急行军中，纵然我已没有了上学期每天步行赏花的那份闲情逸致，你却依然如期而至了！你总是这样的善解人意，又总是这样的低调内敛！未见其花，先闻其香！你虽然没有菊花的五彩缤纷，争奇斗艳！但你却用你独特而绵久的幽香浸染了整个小城，氤氲了每一个寒意初凉的秋天！

是该停下匆匆的脚步循香探花了。难得周五的下午，学生可以提前一小时放学，我也可以不用"带月荷锄归"。浅笑着让时光在懒散中滑行，孩子似的追逐着那些流落在凡间的棵棵桂树。你细碎的朵朵小花缀满了枝头，星星点点地躲在枝叶背后，带着微微的甜美，优雅宁静，宛若清新脱俗的江南女子，在那层层叠叠的绿叶中欲说还羞地低吟浅唱。你用你的娇小玲珑掩藏了你的美丽身姿，你却无处掩藏你那沁人心脾的清香。你的花香浓而不烈，幽而不怪，秋风乍起，你不经意间的举手投足，一笑一颦,就让你的气息弥漫在小城的天空,让人情不自禁地探寻,探寻到那最浓之处,却仍是一份清雅。

夕阳西下,如血的残阳给朵朵黄色的小花镀上了一层微微的粉色,黄昏下的那些玲珑剔透的桂花更是不胜娇羞了。莞尔间突然想起了去年独自一人偷摇桂花的情形。

那是一个放学后的黄昏,淅淅沥沥的秋雨无规则地敲击着办公室的窗户,整理完办公桌,习惯性地查点窗户的搭扣,准备下班回家。透过窗户的玻璃,我竟然目睹了一场凄美艳丽的桂花盛雨——烟雨迷蒙中,无数朵细黄的桂花在萧瑟的秋风中翻转、挣扎、飞扬以致坠落。我仿佛看到了那不断在风雨飘摇中打着旋儿的瓣瓣桂花的柔美、缠绵、迷茫以及不舍。一天下来,窗前的桂花树下已经洒落了厚厚一层的桂花雨,湿重的水汽使地面上的花朵泛着晶莹的亮泽,却仍不失一份她独有的清新雅致。一种怜爱之情油然而生——难道这些美丽的小花真的就要在这场风雨中香消玉殒了吗?

撑着雨伞,迂回走到窗前的这棵桂花树下,弯下身子,小心翼翼地拾起那瓣瓣尚没有被泥水玷污的粒粒黄花,我的指间萦绕的竟然都是这久久的满满的桂花余香了。眼瞅着这场不紧不慢的秋雨似乎毫无停意,我的心不由得一紧,如果任由风雨肆虐,明天,我的这些桂花还能安然无恙吗?

与其让这些可人的黄花遭受风雨的肆意摧残后身陷泥淖,不如让我来普度众生吧!有点心虚地瞅了瞅偌大的校园,确信周围真的没有一个学生了,我连忙将撑开的雨伞仰放在桂花树下,疾步走到树下,抱着树干猛摇了一阵,然后又快速逃离树下。

轻轻拂去发梢上的零星花瓣,回望那些被雨水打湿的黄色桂花已经铺满了我红色的雨伞——明艳而凄美。

那一场美丽的桂花雨不仅落在了我的身上,更是落在了我的心里……

莫道幽芳不为春光发,直待秋风,只待秋风,香比余花分外浓!

又是一年秋风起,又是一岁桂花香!花开是风景,花落亦是风景。花开是人生,花落也是人生!无论时光何其匆匆,不管人事何其纷纭!流逝的是时光,变幻的是人事,不变的应该是如桂花般那股幽香,那份从容吧!

遇见花,只有爱

有人说,总有一些花开,会惊艳了时光,温暖了遇见。

曾经以为,这样的遇见本该属于鸟语花香的人间三月,可在这橙黄橘绿的中秋时节,家乡的荷兰花海却用她的满园芬芳给了我们2020最美的遇见。

秋日的午后,徜徉在家乡的花海里,从百合花园到格桑花园,从格桑花园到马鞭草园,从马鞭草园到向日葵园,从向日葵园到硫华菊园,一园连着一园,一花挽着一花。漫步在这样的花海里,轻嗅着馥郁的百合芬芳,渐渐地将自己也站成了一株花树。

"格桑花开,浪漫染云彩,花蕊捧着心,花瓣牵着爱……"藏族有一个美丽的传说:不管是谁,只要找到了八瓣格桑花,就找到了幸福。一阵秋风拂来,象征着"美好时光"和"幸福"寓意的藏族格桑花在大丰的蓝天下花开遍地、摇曳生姿。微波荡漾的格桑花海引来众多游人赏花拍照,镜头前的每一张笑脸都灿烂成了幸福该有的模样。这让我不由得想起王潮歌导演对花海未来的美好设想:"未来,我想在荷兰花海,建设一个有爱的乐园。看着年轻人,穿着非常好看的婚纱;看着扶老携幼的人,在各种各样的花里面照相。每个人脸上都挂着笑在说——我爱。"

夕阳西下,游人渐少,落日余晖下的格桑花海素朴雅致,美得好似一幅色调柔和的水粉画。从花田间缓缓走过嘴角上扬的每一个女子,都能成为夕阳下一道曼妙的风景。

就这样慢慢行走在花海深处,仰望广阔天空,聆听灵动风声,尘世浮华恍如过往云烟,一切似乎皆已成空,突然间就觉得这或许就是自己最想要的生活了。

一簇簇雏菊逢时而开,装点着花海的早秋时节。只见那满畦绽放的黄茸茸的小花,在绿色叶片的衬托下,黄得分外耀眼。毗邻而绽的红菊更是挨挨挤挤,相互簇拥,不知它们拥在一起正说着怎样的悄悄话呢!

那一垄垄明黄和紫红的小菊不仅晃花了赏花人的眼,更是让无数勤劳的蜜蜂流连忘返。时令虽然已是中秋,可那"蜂争粉蕊蝶分香"的画面让你恍然还在春天。

放眼东望,那一大片一大片柳叶马鞭草是最能引起矫情如我这样的女子一声声毫不掩饰的尖叫的。那是一片怎样的紫色啊!浅浅的、淡淡的、柔柔的、朦朦的……那该是哪位颖脱不羁的画者随意泼洒的紫色颜料吧?否则怎会如此的汪洋恣肆,而又这般的浪漫旖旎呢?如果时光可以倒流到二十年前,好想着一袭白裙,沉沦于这片紫色的海洋,静静地看天,幽幽地做梦……

置身于这片紫色的海洋,再庸俗的女子,似乎也能将日渐平淡的柴米油盐的日子重新镀上斑斓的向往。驻足在这样的花海里,她们一边凝望风景,一边装饰了别人的风景。

"更无柳絮因风起,惟有葵花向日倾。"穿过百合的幽香,越过紫色的浪漫,便该是我最心心念念的向日葵了。

可能是因为气候的原因,今年的向日葵花株不是太密,花盘也不是太大。她再也不能像往年那般亮瞎我的双眼，震撼我的心灵，但是她依然能站立成一种蓬勃向上的姿态，依然始终向着太阳微笑——于我而言，如此足矣！

倒是花海最东侧的那一片硫华菊给了我一份意外的惊喜。一簇簇深黄色的硫华菊在防护林边尽情盛开。这样的绽放真是极好地诠释了其"野性美"的花语，每一朵迎着夕阳绽放的硫华菊，都能让你感受到那份既让人寂静欣喜的、又肆意有力的生命绽放。

穿行在秋天的花海里，你会发现：每一朵花瓣，都绽开得恰好，如彩蝶翩翩；每一瓣心香，都能荡起层层涟漪，字字温暖。行走在这样的花海里，2020年的春日之殇已渐渐抹平，这里不只有花，这里更有爱；这里不只是花的世界，这里更是爱的海洋。因为这里还有一个"你从来没有到达的地方，却是你心中有的地方"——只有爱·戏剧幻城。在这个剧场里什么都不装，只装下爱；什么都没有，只有爱。因为爱，我们和武汉人民一起抗击了疫情；因为爱，我们和南方人民共同击退了洪水；因为爱，我们还将和全国人民一起迎接经济的全面复苏和政治的更加稳定……

如烟往事，刹那飞花。你听，婉约的格桑在私语，妩媚的百合在浅吟，娇小的雏菊在呢喃，浪漫的马鞭草在低唱……这是一个生命对另一个生命的礼赞，这是大丰这座小城和小城的人们拥有的"只有爱"的最好模样。

生活不止眼前的苟且，还有诗和远方。许多时候，我们常常以为生活总在别处，我们总是千里迢迢地寻寻觅觅，步履匆匆。其实许多时候，诗和远方就在我们身边。

在大丰，你能在花开的声音里聆听岁月的絮语，你还能用清浅的脚步慢慢丈量四季的风景，你更能在四季的风景里演绎爱的真谛。

因为，这里不只有花，这里还有爱！

点燃深秋的红灯笼

"秋深山有骨,霜降水无痕。"霜降过后,秋意渐深,前几天还曾香飘满园的桂花,经过一场秋雨的洗礼后,只有所剩无几的几粒枯黄的花蕊零星地点缀在桂树的枝头,在瑟瑟的晨风中摇摇欲坠。

"今年花落颜色改,明年花开复谁在?"一想到这两天在朋友圈刷屏的李咏和金庸,还有重庆公交坠江事故等等,这个寒意已经很重的深秋的早晨似乎又平添了几丝寒意。

心情不好的时候,我总习惯仰头看看天空。深秋清晨的天空,冷冽而寥廓。可前方不远处的一簇绯红却吸引了我的眼球,惊艳了这个深秋的清晨。

远远望去,一棵高大的树木,伫立在常新桥边,它的根深深地扎在地下,树干笔直,树冠如盖,树顶上开满了红色的树花,聚集在一起,像一簇簇红色的火焰在高高的树顶燃烧。极目远眺,这些绿叶之上的红花,宛如绿海上飘浮着的层层红云,煞是好看!

深秋时节,当各种花儿都渐次退出秋天的舞台之后,河滨公园里还有如此枝叶葳蕤的花树？这究竟是一棵怎样的花树？习惯性地拿起手机"形色"一下，原来这就是传说中的栾树，那惊艳了深秋清晨的朵朵红花其实并不是它的花，而是它的果。

栾树的每个果实由三片纸一样的果皮包裹，每片果皮呈三角形，里面是空的，宛如一个个小灯笼，一串一串地挂在树梢，点燃了萧瑟的深秋，所以此树又名"灯笼树"。清朝诗人黄肇敏还写过一首《灯笼树》的诗：

> 枝头色艳嫩于霞，树不知名愧亦加。
> 攀折谛观疑断释，始知非叶亦非花。

现在想来，我原是见过栾树开花的呢。夏末秋初的时节，我曾见过秀丽华美的栾树枝叶间，翘起的一簇簇嫩黄色的长辫子——那就是栾树开始开花了。栾树的花也是开在树梢上，嫩黄嫩黄的，比米粒稍大，一串一串的，成簇，成片，并不特别好看，也或者是因为不能近看，所以看不到它的美丽。只因栾树的花的形态和那刚凋谢不久的桂花一样，先前我曾屡屡怀疑过那从高大的栾树枝头随风飘落的朵朵栾花就是我心心念念了许久的桂花。

"快看，一树三色呢！"

一起晨跑的美女摄影师喊我看她拉近的镜头里捕捉到的栾树近景。

真的是一树三色呢！——深绿的锯齿形的树叶，嫩黄嫩黄的栾花，艳红艳红的蒴果，构成了这个深秋里最美的图画。

见惯了太多的"花叶两不见"之后，再目睹栾树绿叶、黄花、朱果的和谐相融，我对眼前的栾树越发心生欢喜了——原来栾树的博大绝不止于树形啊！

或许它只是一棵树，一棵风来了吹风、雨来了淋雨的道旁树，树下人来人往，路上车水马龙，似乎都与它无涉，它只是站成一棵树，一棵默默生长、慢慢开花、静静结果的树。秋风中,它无欲无求、不贪不嗔,简单生活,兀自成长。

哲学家叔本华说:"生命是一团欲望,欲望不能满足便痛苦,满足便无聊。人生就在痛苦和无聊之间摇摆。"汲汲奔走的我们,或许就因了太多的诸如名、利、情、权的诱惑,每每总觉得疲累不堪、忙碌迷茫。如果我们都能活成一棵树的样子,或许这些所谓的痛苦和无聊便会渐行渐远了呢!

走进深秋,许多树木经过了春夏短暂的辉煌后,呈现的多是一番萧索,弥漫的多是几许抑郁。唯有,这棵棵高大的栾树,在安静的秋阳下,挑起一盏盏火红的灯笼,引领我们一起走进渐行渐近的寒冬。

一阵秋风吹过,有几串红红的灯笼从高大的栾树上簌簌落下,我小心地捡起一只小巧的沾着晶莹晨露的灯笼,迎着清晨的第一缕阳光,我分明看到了它的通透明亮。

突然很想你

这个季节的早六点出门,感觉自己像做贼似的。悄悄地开门,轻轻地下楼。有时连楼道里的灯也不敢开,似乎唯有这样才不会惊醒那些还在睡梦中的邻人。

河滨公园里晨跑的人自然也比其他季节少了许多,一个人的身影被昏黄的路灯拉得很长很长。走着走着,我总疑心这到底是清晨还是黑夜;走着走着,渐渐地会有送孩子上学的汽车从身旁疾驰而过;走着走着,有丝丝雨点轻轻拂过脸庞,冰冰的,凉凉的;走着走着,就会想,如果下的是雪,那该多好啊!

记忆中的许多场雪,都是和清晨有关的。因为,有人说雪是冬天的精灵,她只在寂静的夜里造访孤寂的灵魂。比如寒窗夜读的书生;比如灯下雾鬓云鬟的女子;比如独钓寒江的蓑笠翁;比如黑夜轻骑逐敌的壮士;比如正在苦苦等待一场大雪的你和我……

阴沉的冬日傍晚,铅灰色的云块像居无定所的流浪汉在头顶大片大片地飘浮着,云集着,渐渐在天际形成更厚实、更凝重的一大片一大片凝固的黑云，人们的心就会随着这厚重的黑云慢慢地慢慢地沉下去，沉下去。然后又会随着那一阵紧一阵的北风浮起一丝缥缈而美丽的幻想：要下雪了吗？"晚来天欲雪，能饮一杯无？"许多时候，我们总是枕着对一场雪的渴望在微醺中酣然入梦。梦里一定会有一场纷纷扬扬的大雪，梦里的每一片雪花都是香甜芬芳的。

"已讶衾枕冷，复见窗户明"，一睁眼，透过窗帘，分明觉得凌晨的窗外格外白，格外亮，格外静——我最想念的那场雪终于在我无数次的默念中闪亮登场了！这场随梦而来的雪仿佛一台巨大的消音器，将过往晨间的一切嘈杂都过滤得干干净净，天地间只剩下一片肃穆得让人屏气凝神的宁静。我一改往日晨起的莽撞，屏住气息，轻轻地披衣下床，悄悄地掀开窗帘的一角，两眼发光地偷窥着这个冬天的第一场雪。任凭我的内心早已因为这第一场雪百转千回，窗外的那场雪啊，却还是兀自不紧不慢、若无其事地飘着、飘着。仿佛全然不知它这一夜的纷飞给我们带来了多少惊喜和幻想。

它像一位手艺纯熟的棉花匠，明明已弹了一层又一层厚厚的棉絮，可仍是不想停下来，只想为寒夜里的一切生灵盖上一层又一层厚厚的棉被。晨风中飘舞的片片雪花，像春日的白蝴蝶在空中翩跹，还是像无数的白精灵在盘旋飞舞之后又义无反顾地投向大地的怀抱？心心念念了一冬的雪，已经如约而至。喜欢雪的你，还有什么理由不去拥抱它，迎接它呢？雪中的空气，清冽中带着一股陌生的冰冷气息，但还是让人忍不住要深呼吸几口。那种沁入心、脾、肺乃至每个毛孔的凉意，让人会不由自主地一边打着寒噤，一边忍不住在心里畅快地笑出声来。

头顶着飞雪，脚踏着积雪，朝前走。湿润凉沁的风中，雪花簌簌地飞落。脚下松软而有韧性的积雪传来嘎吱嘎吱的声响，像雪们忍俊不禁的笑声。这时，哪怕你只是在没有方向地自由行走，心也是沉静的，如眼前的皑皑白雪一般。这时，许多关于雪的美好的过往都会像放电影似的一幕幕呈现在眼前。

小时候,特别盼望下雪。

雪后的清晨,一定会早早地起床,用冻得通红的小手掬一捧最上层的白雪,轻轻地舔舐,仿佛天空下的不是雪而是糖。雪后的清晨,看着那被白雪覆盖的大地,既兴奋又不舍地踩上自己小小的脚印,仿佛在这片雪白的大地上盖了一枚印章,似乎整个大地上所有的雪都属于自己了。雪后的清晨,喜欢在老屋门前的雪地上写上几行歪歪扭扭的文字,然后等待着飘洒的雪花一点点地雪藏那些属于一个小女孩的私人日记。雪后的清晨,还会全然不顾哥哥们的呼喊和劝阻,总要一个人抢先踏上上学之路,然后等哥哥们把我从浅沟里连滚带爬地拉上来,才会悻悻地踩着他们的脚印继续上路……

雪花曼舞,心头温暖。童年的记忆从冬天清晨的雪中慢慢归来。它让我每到冬天都会想念一场亦如从前一样冰清玉洁、晶莹剔透、薄如蝉翼、飞如柳絮、酣畅淋漓的飘雪。

每每想起那样的雪,我仿佛又回到了童年,童年的村庄、草垛、房屋、麦田,渐渐笼进了这一场又一场的雪里。我仿佛看到了漫天飞雪下教室的窗户结满无数的冰凌,同学们的琅琅书声将雪落的声音悄悄收藏。我还看到了祖传的铜炉里,母亲把放在炉里的蚕豆和花生烤得"噼啪""噼啪"响……

"早啊!江老师!下雨了,怎么不打伞呢?"几乎每天都能在这个拐角处遇到的老友,他的一声问候,才让我明白,今天的这个冬日清晨,只是下了一场雨,一场久违的冬雨!那么,何时才能再下一场记忆中那样铺天盖地的雪呢?

你是不是也和我一样,正痴痴地怀想这个冬天的第一场雪,就像怀念一段渐行渐远的时光?

冬至里的八月花

"井底微阳回未回,萧萧寒雨湿枯荄。"连续的阴霾天气加之一整天的萧萧寒雨怎么也无法让我感觉到所谓冬至后的阳气微回,向来畏寒的我只是无比真切地感觉到了今年冬至日的阴冷潮湿。

穿过校园里长长的甬道,淅淅沥沥的冬雨,恰似李峤笔下的"类烟飞稍重,方雨散还轻"。下意识地裹紧大衣,快步闪进办公室,只因这下了一整天雨的冬至日委实太冷!

泡上一杯热茶,习惯性地打开微信,最上面的一条未读信息来自"姐妹阁"里的心无痕:"怕冷的姐妹们,冬至日羊汤喝起来啊!"

如此寒冷的冬至日,喝上一碗热乎乎的羊汤,似乎真的是很好的选择呢!可是,这窗外已经下了一整天的冬雨非但毫无消停之意,眼瞅着到了要下班的关键时刻,还刮起了阵阵北风。

"肥吃不如瘦困"(虽然于我而言还是"肥困"),况且我新一轮的减肥计划还正在实施呢!——不如早早回去钻进被窝里去逃避这凄风冷雨的冬至以及那诱惑至极的羊汤吧!

"冬至日必须喝羊汤的！今天喝了羊汤,整个冬天都会暖暖的呢！凄风冷雨的冬至日,姐妹们团坐在一盆飘着红色枸杞的奶白色的羊汤前,请问怎能少得了老大你呢？六点半,臧书羊肉馆不见不散哦！"

我还没来得及回复"No",俏皮的Albert又极尽其做思想工作之能事,开始对我进行赤裸裸的"食诱"。

"晚来天欲雪,能饮一杯无？"或许就是这样的美好意境吧？好吧！我还是从了吧！喝饱了才有力气减肥呢！

酒足汤饱之后,微醺着走出羊肉馆的大门,下了一天的雨竟然停了！习惯性地选择步行回家——或许这样就可以减轻一点饕餮大餐之后的罪恶感吧！

尽管羊汤的余温尚在,可是雨停后的冬至夜的温度明显下降了许多,呼啸的北风正竭尽全力地撕扯着马路两旁高大的银杏树,全副武装地把自己包裹起来,还是觉得寒风刺骨、寒气逼人——原来这才是"冬至"的真正内涵啊！——冬天是真的来了！

这样的天气是很不适合漫步的,尽管河滨公园的夜景一年四季都是旖旎迷人的。

沿着河滨公园一路小跑着到了楼下,仰头看看那扇最熟悉的窗户和那抹最温馨的灯光,心里顿时觉得定当了许多。

正当我迎着凛冽的北风准备转角上楼的时候,一股浓郁的桂花香在北风的吹送下扑面而来,顿时占据了我所有的味蕾！

桂花？真的是桂花？这个季节还有桂花？

再次死命地嗅了嗅鼻子,分明就是我最熟悉的那股馥郁芬芳的桂花香嘛！

放眼四周,夜色下的团团树影里,哪一棵才是我要寻找的正在幽幽吐芳的那一棵呢？

打开手机电筒,闻香寻树,原来你真的在这里——在那棵高大的冬青树旁的那棵矮矮的、小小的,正是你呢!

  我小心翼翼如获至宝地走近你的身边,如获至宝地抚摸着你的枝丫,一朵朵黄色的小花在身后住宅楼顶亮化光带的映射下,正在寒风飘摇的枝丫上瑟瑟绽放呢!

  "八月桂花遍地开!"现在已近寒冬腊月了呀,怎么还真的有桂花在开呢?眼前的桂花虽然没有八月的桂花那么汪洋恣肆,可我分明看到了每一朵小黄花在寒风中的分外努力呢!

  我不知道眼前的这些桂花缘何姗姗来迟!我更不知道为了今夜的绽放,这棵桂树以及这些花儿曾经错过了多少美好,经过了多少等待,甚至付出了多少常人无法想象的努力,才会迎来今夜的这份迟到却美好的粲然绽放!

  我只知道:每个人的心里,或许都和眼前的这棵桂树一样,无论曾经错过多少,抑或曾经有过多少过错,内心最柔软的角落里都该拥有一场终其一生都要致力抵达的美丽吧!

  我还知道:岁月的流光里,无论物换星移几多春秋,不变的,应该都是最初那份最美丽的执念吧!一如眼前的这棵桂树,只要不忘初心,砥砺前行,即使在最寒冷的冬夜也能美丽绽放!

  今夜,我的生命中有一树桂花正在盛开!

有一种情怀叫初雪

今年家乡的第一场雪,来得比往年要早些。当第一片雪花伴随着无声的冬雨悄然降临小城时,小城的人们早已按捺不住对这场初雪的无限热情。

在这个不用出门就能知晓一切的自媒体时代,率先向人们报道初雪消息的依然是那万能的朋友圈,难怪人们总会戏言:每次下得最大的雪都在朋友圈里。

"漫刷手机喜欲狂",当看到朋友圈里第一条"下雪了"的动态时,我连外套也顾不上披,立即从热乎乎的被窝里跳将出来,拉开窗帘,推开窗户,将脸和手伸出窗外,只想去掬一朵这个冬天的第一片雪花。

原来,有一种情怀叫初雪,它一直深埋于我们的内心深处,只等每一年冬天的第一片雪花来把它轻轻地、轻轻地撩拨。

如我这般的中年油腻女关于初雪的美好臆想,更多源于韩剧的影响。《来自星星的你》中千颂伊曾经对着初雪说:"下初雪要吃炸鸡和啤酒。"《鬼怪》里池恩卓说等到了初雪那天,就要帮金信把身上的剑拔出来。《蓝海》里人鱼说要在初雪向男主告白……

而这一切最早可追溯到那部风靡全亚洲的《冬日恋歌》：银装素裹的冰雪世界，黑色的枝丫，白色的雪花，还有那个戴着眼镜和围巾的深情男人！

原来，初雪的情怀恰似那美好而纯洁的初恋。听说在初雪那天向恋人表白，成功的概率会很大——相恋的两个人，无需打伞，在初雪里走着，走着，就能一起白了头。

人到中年，我们对初雪的期盼早已不再是浪漫韩剧里这些美丽的初雪梗了。只是已经习惯于等待每一年冬天里的每一场初雪……

第二天上班时，雨夹雪还在不紧不慢地下着。看来，今年的第一场雪更多的是落在屋顶上和汽车上了。全然没有期冀中银装素裹、玉树琼花的唯美画面。有点悻悻地抬头望天，白雾蒙蒙，那纤瘦的雪花，一如娇羞的少女，在细雨的掩饰下，正悄悄地舒卷着初雪的情怀，抛洒着幽幽的相思，倾诉着柔柔的爱恋。

我在风中御雪而行，夹杂着雪花的冬雨似乎正在慢慢退场，雪渐渐大了起来，纷纷扬扬。当片片雪花轻轻滑过我的脸庞，凉凉的，痒痒的，我对第一场雪的渴念这才似乎拥有了我想要的那份抚慰。

每一场关于雪的断想，都离不开童年和故乡。冻得通红的小手，造型各异的雪人，雪地上的涂鸦，还有白雪覆盖下的老屋和麦田……

原来，每一场初雪的到来，不仅抚慰了无数颗期盼许久的心，更是缠绕着太多关于雪的遐想与情怀。我们会在初雪里怀恋许多美好的过往，怀恋儿童时的那份纯真，也怀恋青春年华时那份懵懂的情感。

或许那些曾经陪你看雪的人已经渐行渐远，但你依然期盼初雪，因为初雪依然可以温暖你，在每一个寒冷的冬季。

路上行人匆匆，许多人似乎也如我一样正沉溺于各自的初雪情结之中。尽管天寒地冻，尽管雪还没有下成人们特别想要的那场雪的样子，他们依然忙着用手中的相机记录着今年这场初雪的到来。对于奔忙的都市人来说,或许在这样的天气里,喧嚣、浮躁,都能暂且搁浅。或许,雪的冷,反倒更能衬托出人心之暖。

或许,每一场初雪,都能让我们从纷繁的红尘世界里捻出一瓣纯如白雪的心香。又或许,我们对纯洁初雪的执念,将支撑我们,面对人生中的一些挫败和污浊,依然相信,一切美好都在美丽的初雪之后!

枇杷花开

"好消息！好消息！我校四个中级职称和七个高级职称全部过关啦！"

大家一边抢着职称过关老师们发的红包，一边发着各种祝贺的表情和话语——沉寂已久的教师群在这个寒冷的冬夜里一下子沸腾了起来——

当看到我的好友殷姐姐喜气洋洋地在群里发着红包的时候，我一方面由衷地为她感到高兴，一方面又感到一丝心酸。因为，作为她的朋友，我太明白这份迟来了九年的高级职称于她而言何其喜悦又何其沉重了。

当绝大多数人都认为或许这辈子如殷姐姐这样的普通老师退休前都不可能再评到高级的时候，所幸她一直没有放弃。无论职称评定的环境何其凛冽，他们都在默默地耕耘、慢慢地积累，而今，终于迎来了属于他们的职称评定的春天。

回顾殷姐姐的职称之路，我突然想起了这个冬天我才开始关注的枇杷花。

没错，我是这个冬天才知道枇杷树是冬天开花、夏天结果的。那是立冬前后的一个清晨吧！我一如既往地沿着工农西路往学校走去，一路听着音乐，一路慨叹着冬天的萧瑟——那些一直让我羡慕不已的一楼人家的院子里除了偶有一些被霜打蔫了的残菊之外，似乎难觅花踪了——冬天是真的来了！

一股花香——一股淡淡的、幽幽的花香氤氲在薄薄的晨雾中。这种香味既没有刚刚退场的桂花的馥郁，也没有尚未出场的梅花的香甜，这是一股怎样的花香呢？闻香寻花，原来是御景家园一户人家院子里那棵高大葳蕤的枇杷树开花了！

这真的是我第一次看到枇杷开花，隔着冰冷的铁栅栏，我不由地驻足细细端详起这些年来一直被我忽视的枇杷花来。这才发觉这点缀在茂密的枇杷叶间的小小枇杷花还真的别具一番风姿呢。粉白色的花瓣，每五瓣围成一朵，有的像谛听晨曲的小耳朵，有的像播报春讯的小喇叭；嫩白的花蕊吐出鹅黄的蕊丝，丝丝缕缕平添妩媚；锈褐色的花萼较为厚实，仿佛在这寒冷的清晨在嫩白嫩黄相间的裙子上为娇小玲珑的枇杷花罩上了一件温暖的毛绒马甲。三色层叠的枇杷花，花蕾个头很小，小到不愿意独立绽放，她们总是几十朵、几十朵地簇拥成花团，堆放在枝叶梢头。这些抱团取暖，悄然开放在寒冬里的枇杷花，瞬间惊艳了这个萧瑟寒冷的冬日清晨。

此后的每一个工作日的清晨，我都会去看一看这些盛开在冬天里的枇杷花。

小雪日。粉白色的枇杷花花瓣渐次舒展开来，鹅黄的蕊丝在嫩白的花蕊里探头探脑。还没到要为花蕊保暖的时候，锈褐色的花萼褪得很低，花萼上的茸毛也很淡。我竟然在晨曦中看到了两只身材瘦长、屁股尖尖的小蜜蜂，全然不顾冬天清晨的寒冷，兀自在花丛中紧赶着采蜜呢。

大雪日。嫩白的花蕊尽情绽放，粉白色、鹅黄色、锈褐色纷呈的小花朵，簇拥成了灿烂的花团。只是天气有些阴冷，前几天一直造访的蜜蜂们似乎也被寒风吹跑了,全然不见了踪影。

　　冬至日。粉白色的花瓣凋落了少许,花蕊里吐出的蕊丝纷纷弯下了头,锈褐色的花萼正急匆匆地包裹上来。或许是为了抵御即将到来的严寒,这些花团好像簇拥得更加紧密了。一场淅淅沥沥的冬雨,把枇杷叶滋润得油绿油绿的,枇杷花泊在水汪汪的宽大枇杷叶中间,顽强地随波浮动着,自是不肯飘零。

　　我翻了翻我的相册,这个冬天我第一次拍枇杷花的日期是十一月十五日,原来这小小的从不吸人眼球的枇杷花竟然已经默默地开了一月有余。你千万不要以为她会像其他许多花儿一样,经历了这场冬至雨后就会渐次凋谢了。我很好奇地查阅了相关资料,资料告诉我:枇杷花的花期大致就是整个冬季,她会从萧瑟初冬一直绽放到春寒料峭。

　　这就是枇杷花,这就是默默无闻地盛开在冬天里的枇杷花!这就是装点了整个冬天,都不被人们所关注的枇杷花!

　　如果枇杷花不够内敛,她怎会选择在秋花已尽春花未开的寒冬盛开?如果枇杷花不够睿智,她又怎么能够悄悄积淀了整个冬天?如果枇杷花不够坚忍,她怎能熬过这漫长而寒冷的酷冬?

　　当绝大多数人都在赞美高洁雅致的梅花时,有多少人注意过这些坚忍执着、恬静内敛、睿智谦逊的枇杷花呢?正如当绝大多数人都在仰慕那些名师的风采和巨额的津贴时,又有多少人关注到那些在自己的教学岗位上兢兢业业、辛勤耕耘却连职称都很难晋升的普通教师呢?

　　默默无闻的枇杷花,经过一个冬天的风霜雨雪、日月精华的滋润,终于迎来了春末夏初的满树金黄。相信每一个普通劳动者,只要你也能像这些冬天里的枇杷花一样,无论生活会带给我们怎样的磨砺,只要我们不忘初心,耐得住寒冷和寂寞,辛勤地耕耘,默默地积淀,即使经历一个又一个寒冬,也一定会迎来属于我们的枇杷花开。

等一场雪，温暖流年

等一场雪已经等了很久！

当大丰人在朋友圈里看到无论是比我们寒冷的朔方，还是比我们温暖的江南都已经下了不止一场雪的时候，大丰人焦虑了！

因为整个大丰都在等一场雪，等一场几乎期盼了整个冬天的雪。

"盐城将出现暴雪！就在今夜！"当看到朋友圈里的这条链接的时候，我正一个人坐在窗前，窗外，不紧不慢的一场冬雨滴落在楼下住户的雨棚上，淅淅沥沥……还有几天就打春了，今夜即将到来的这一场雪，辜负过多少期盼，就会增添多少憧憬。

素来不喜欢冬天，因为寒冷总不如温暖来的舒服，那满目的荒芜，萧瑟黯然，让人倍感悲凉与落寞。虽然不喜欢冬季，却无来由的喜欢冬天的雪，也许生命本身就是这样的矛盾体，你接受它的绚烂，却难以接受孕育绚烂前的灰暗。

一生中最难忘的还是去年的那场初雪吧！那是一场酣畅淋漓的初雪。

当我从道诚科技开完新联会理事会出来的时候，外面已经是白茫茫的一片了。尽管理事会留了工作餐，但因为那天是闺密的生日，我无论如何也要赶到市区为她庆生。因为自己要提前回城自然就无法再搭乘刘会长的便车了。

正当我在大厅里打电话准备让先生来接我的时候，大厅前台那个正准备下班的短发女员工，主动走到我的面前问我："你是要回市区吗？我可以顺带你呢！现在是下班高峰期，即使是好天，城东桥那儿正常会堵车，更不要说这样的恶劣天气了。等你先生从城西赶过来，不知要等到何时呢？"

女孩不算漂亮，却有一双让人过目难忘的会笑的小眼睛，在这样的冬日傍晚，让人倍感亲切。

下雪天的傍晚，室内外的气温都是越来越低。我抬头看看外面，雪越下越大，一片片雪花在昏黄的路灯下旋转、翻飞，地面已经有了一层薄薄的积雪了。看着女孩那双含笑的眼眸，我毫不犹豫地跟着她上了她的车。

路况比我们想象的还要糟糕，可能是气温太低的缘故，路面竟然已经开始结冰、打滑。还没驶出内部道路，女孩就不敢再开了，她赶忙靠边停车，拿出电话向老司机咨询雪天开车的注意事项。

"我就在你的后面呢！我看到你的车了！"坐在副驾驶位上的我自然听到了她求助的对象的电话。不一会儿，一辆白色的SUV停在了我们车旁。

"这种天气你肯定不能开了，让这位大姐坐我的车回市区吧！"从白色SUV上下来的是一个憨憨的小伙子。"那大姐就交给你啦！我是一点也不敢开了，车就停在这儿吧！"女孩一只手帮我撑伞，一只手拉开车门把我送到小伙子的车上。

经过这番"倒车"后，路上的积雪似乎又厚了一层。小伙子的车技明显比女孩好了许多,我紧张的心情也慢慢放松下来。

"大姐是李经理的朋友,还是?"小伙子跟我拉起了家常。

"你是说刚才那个女孩?我不认识她啊!"

"啊?那她还特地送你回市区?"他狐疑起来。

"啊?她是特地送我?她不是家在市区?"我更狐疑了。

"她是浙江人啊!她就住在公司公寓啊!她肯定是舍不得你一个人呆在已经下班的大楼大厅里又冷又饿吧?李经理真是一个好人呢!难怪年纪轻轻就当了经理呢。"

小伙子的这番感慨也让我不胜唏嘘起来,在这个初雪肆虐的寒冬的傍晚。

果不其然,当我们的车距离城东桥还有两里路的时候,就开始堵车了。

"你们先吃吧!不要等我!这边堵车了,今天下雪,不知啥时才能通呢?"听着他打电话的内容,我就知道:这个点,他的家人也在等他回家吃饭呢。

"听你口音你肯定是大丰人啦!你应该是下班回家,不是特地送我的吧?"我有点不好意思了。

"看这情形,不知道要堵到什么时候呢!大姐,你坐好了呀!这儿还有个空当,我要倒车换路线了啊!"他竟然答非所问。

我本来就是个路痴,更何况是在我一点都不熟悉的城东。我就坐在车上,看他七绕八绕地终于开到了飞达路中学门口的那条路上。

当他把我送到饭店的时候,无论我和朋友多么挽留,他都没有肯留下来吃饭,尽管那个时候已经是晚上七点半了。

因为恶劣天气,更因为一桌人都在等我,一路上我更多的时间都在和家人朋友联系,粗疏如我,竟然都没能留下短发女孩和小伙子的联系方式。

只是,从那以后,每当想起雪或者下起雪的时候,我总会不经意地想起他们,想起两个素昧平生的年轻人在茫茫雪夜里给我带来的温暖和感动。

无独有偶,上次去素食馆做义工时,我竟然又遇到了那个短发女孩,当我和她一边做着义工,一边聊着那个雪夜的美好过往时,我才得知小伙子也是特地送我到城西的,因为小伙子的家住在城东桥东面!

原来,岁月,总会给人一个交代。我们不必心急如焚,安之若素,侧耳细听,这个冬天的第一场雪或许正深一脚浅一脚地向我们走来!

等一场雪,想一些人,雪落倾城时,愿流年更加安暖!

第二辑 烟叶味的红指甲

有时候,
放慢脚步,
翻晒翻晒我们的人生,
我们的生命将会更加澄澈明净。

悠悠小蒜香

"这是豌豆头,这是菜头,这是我用薄膜长的莴苣……"每次回娘家,母亲总会在我临走时让我捎上她一早就为我准备好的自家菜园子里长的各色新鲜蔬菜。

看着母亲日渐佝偻的身子,从母亲手里接过这些母亲亲手打理包装好的蔬菜时,我总是极力让自己显得特别欢心,我又总是极力掩饰着那种唯恐母亲一天天老去的无奈与担忧。

"瞧我这记性!差点把这宝贝忘了!这可是女婿的最爱呢!"母亲一面拍着自己的脑袋,一面颇为神秘地从冰箱里拿出一大瓶新腌的小蒜出来。"哪里来的小蒜?还是用玻璃瓶装好的!不会又是你自己挑的吧?"只要看到母亲冰箱里那些大小不一的包装瓶,我已能猜个七不离八了。

"自然是我挑的呀!你真以为你妈老得连小蒜都挑不了了?"我七十五岁的老母亲语气里竟然还带着一丝孩子般的得意。"你呀!年轻着呢!可是,你总不会这把年纪了还能溜到六七十里外的外婆庄上去挑小蒜吧?"我对这小蒜的来历还是心存狐疑。"你这丫头,真是书读呆了!还在翻那几十年前的老皇历,这小蒜就和那早些年就从外婆庄上迁到这的小龙虾一样,我们西乡里也有啦!这几瓶小蒜就是我前几天和隔壁的王婶一起在西大垟上挑的呢!"

我的老家也有小蒜了?我对小蒜的所有记忆似乎都定格在四十年前的那个跟在母亲后面挖小蒜的乍暖还寒的春天里了……

小蒜是一种外表像韭菜,味道介于葱和大蒜之间的野生植物。小蒜的味道特别香,只要稍事腌渍后便可直接食用,也可切碎了撒点香油放在锅里炖着吃,不用揭锅便能闻到一股股扑鼻的蒜香,是下饭的绝佳佐菜。

只有家里来亲戚时,大人才舍得从鸡窝里掏出两个鸡蛋炖小蒜,或者拿下挂在房梁上因为一直舍不得吃都有点走油的那一小块腊肉来炖小蒜。那小蒜炖鸡蛋或者小蒜炖腊肉的香味成了童年的记忆里挥之不去的无上的美味。

每年春季的三月,当家乡的田野渐渐涂抹上一层翠绿的底色时,经历了一冬严寒侵袭的小蒜,在春风的吹拂下,舒展开了柔嫩的身姿,开始疯狂地生长。那墨绿色的蒜叶一簇簇地紧拥在一起,总能在青黄不接的日子里给农人们带来些许温暖和希望。然而我所谓的"西乡"里的老家,却是很难寻到小蒜的芳踪的。乡亲们如果想要挖小蒜充饥做菜,都必须要到所谓的"东海"里去挖。

我到现在也没弄明白母亲当初怎么会从相对富庶的裕华"远嫁"到穷乡僻壤的"西乡"的。听母亲讲,因为这个"远嫁",起初可是吃了不少苦呢!人生地不熟,再加之海门人和本场人的风俗习惯也有许多不同,初来乍到的母亲总觉得自己很难融入到村里那群媳妇大婶之中。

可是,到了春天就不一样啦!每每这时,村里的那些媳妇大婶就会想办法来和母亲套近乎,因为只有和母亲搞好了关系,才能有机会和母亲一起回娘家——远在七八十里外的"东海边"的裕华去挖小蒜。清明前后是挖小蒜的最佳时节,这时的小蒜又多又肥。因为路途遥远,再加之当天还要赶回来,母亲和那些婶娘们总是天不亮就开始准备上路了。

现在想来,我那时还是太小,太不懂事,压根就不能体谅身材瘦小的母亲不仅要挖一天野菜,一天来回还要骑那么远的路程的辛苦,竟然也早早起来,缠着母亲非要跟路。宠溺我的母亲总是拗不过我,就会佯装很生气地把我包裹得严严实实地往自行车大杠上一放,然后就一路向东了。

那时候,总觉得通往外婆家的那条路好长好长,迷迷糊糊中总能在母亲自行车的大杠上睡上好几觉。"都来啦!小林也来了?"恍惚中似乎听到了外婆的声音,睁开惺忪的双眼,天已经大亮了,春天早晨的阳光洒在外婆的身上,仿佛给我慈祥瘦小的外婆镀上了一层金边。

在那样的短三春里,生活再不济,只要我来了,外婆就能像变魔术似的从她床底下那只神秘的陶罐里给我掏出点她过年时省下来的果子或者麻切来,现在想来这应该就是我那时特别想要跟路的最主要原因吧。

还有外婆家的午饭,自然也是和在家里不一样的,不仅能吃到纯米饭,还能吃到新鲜的小蒜炖鸡蛋。绿油油的蒜叶和黄灿灿的鸡蛋简直就是绝配,那小蒜的香味和鸡蛋的香味,不绝于鼻——外婆家的小蒜炖鸡蛋一直是我童年记忆中的山珍海味!

为了能让我们在最短的时间内挖到最肥最嫩的小蒜,约莫着母亲要来的前两天,我那细脚伶仃的外婆就会早早"踩好点",等母亲带的挖蒜人一到,外婆就会凭借她丰富的经验,把我们领到少有人去的坟场附近的荒地里或者桑园里。那里的蒜苗不仅长得葱茏旺盛,叶肥茎大,而且挖出来的蒜果也大。

一到目的地,母亲她们就会从自行车上取出磨得锃亮的铲锹,迅速占领最佳地形,蹲下身子,瞄准那一团团簇拥而生的小蒜,下锹、拔蒜、抖土、装篮,一气呵成,荡气回肠。那场面让跟在后面的小小的我心生无限艳羡,这时,我就会去央求外婆把她的小锹给我挖一挖,不知是我力气不够,还是技术不行,尽管我也一招一式都在努力学着母亲的样子,可我总不能如她们那样一锹下去就能挖出一大把叶嫩瓣白的小蒜,每次只能挖出几根蒜瓣被我刺破的小蒜。看到我无限懊丧的样子,外婆就会摸摸我的头,安慰我道:"傻宝宝,还要吃好上十几年的谷子,你才能像她们一样呢!"

母亲和婶娘们总要把她们带来的两个装棉花的无比硕大的白布包装满、压实,才会恋恋不舍地离开还有好多蒜苗的桑园。因为不用母亲在前面带路了,也可能是婶娘们的车上少了一个七岁的跟屁虫的缘故,还是她们挖的蒜压根就没有母亲的多?回程的路上婶娘们一个个都骑到我们前面了。

坐在车杠上的我明显地感觉到了母亲顶风骑车的吃力!骑到化肥厂那个大拱桥时,我第一次主动要求下车,不再坐在车上让母亲推着上桥,而是默默地跟在母亲身后,和她一起推车上桥。过了这座全程中最陡的高桥后,余下的路程似乎轻松了很多,因为,我分明听到我的母亲一边蹬着那辆老旧的自行车,一边还在哼着小曲呢!不知不觉中我竟又伏在自行车龙头上睡着了,颠颠簸簸中我似乎还做了一个很长很长的梦,梦中我和母亲一起挖了好多好多的小蒜……

当晚,母亲就会把其中的一包野蒜洗干净,晾晒在柴帘上,以备腌制,月色下,母亲疲累的眼眸里似乎闪烁着一些希望的光芒——这个春天的咸菜又有着落了!第二天,母亲还会再起个大早,赶到附近的白驹集镇上,趁早市卖掉另外那包野蒜,好贴补家用。

……

时至今日,小蒜作为本地特产,在农贸市场已经随时都可以买到了。随着年岁的增长,我似乎渐渐能够理解母亲这份几十年都难以割舍的小蒜情怀了。这迎春而生的小野蒜不仅见证了母亲一生的坎坷岁月,而且给她至爱的家人带来了一个个更加美好的春天。

从母亲手里接过那瓶已经腌制好的小野蒜,小野蒜被严实地封装在玻璃瓶中,但那股独特的蒜香却氤氲在我和母亲之间,久久不散……

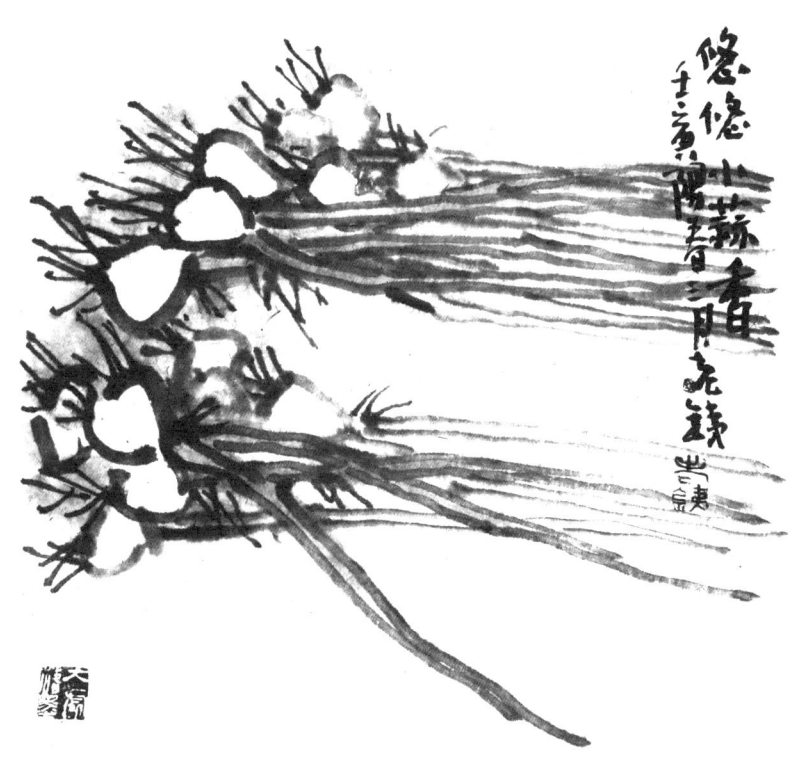

年年岁岁粽叶香

又是一年端午时!

端午前后,空气中氤氲着挥之不去的粽叶清香。缕缕粽香,牵引了关于端午的诸多情愫——儿时对端午的种种期盼——期盼端午的粽香,期盼端午的新衣,还期盼端午手腕间的美丽丝带。

记忆中的端午时节,总是农忙的时节——不是收麦,就是插秧!可是再忙,能干的母亲总能在端午前一天的晚上,像变戏法似的变出各种馅的粽子。

那时肉粽是相当奢侈的,尽管舍不得像现在这样买好多鲜肉用各种佐料压好备包,但母亲总是能从过年腌制的咸肉中省出一块来,然后剁成细细的肉块,分裹在粽子里。和而今肉粽里的肉量相比,彼时的肉粽只是有些肉味罢了,但是那种悠悠的肉味,早已让我们这群馋孩子垂涎欲滴了。

其他的馅,母亲就能就地取材,大显神通了——花生、红豆、绿豆、蚕豆、豌豆、红枣,然后还要通过各种办法,做上各种记号,好让我们能各取所需。

母亲裹粽子的时候，我总会蹲在那盛放粽叶的大桶旁，目不转睛地盯着母亲那双满是老茧却又灵巧无比的手，用一种膜拜的眼神看着母亲选取两到三片煮熟了泡在清水里的粽叶，先平铺，再翻卷成漏斗状，接着用勺子舀取适量淘洗好的白如珍珠的糯米放在漏斗的底部，然后再放些适量的准备好的各色馅料在中间，最后再盖上一些糯米，包裹，翻转，扎绳，打结。

这一套程序让小小的我看得有些眼花缭乱却又蠢蠢欲动，偶尔也会有模有样地跟在母亲后面一招一式地依葫芦画瓢，可包出的那只粽子总是又松又小又丑甚至漏米的，它无需做任何记号，已经深深地打上了我的烙印。

当一大锅粽子在土灶上翻腾、冒泡、飘香的时候，我们兄妹三个就一直守候在灶台的旁边，唯恐错过了端午节的第一只粽子。当母亲认为火候已到，可以揭锅的时刻，大哥就会第一时间揭开锅盖，然后以最快的速度用指尖拎起一只粽子，嘴里嚷嚷着"吃粽子啰！吃粽子啰！"，飞快地跑到外面去边吃边炫耀了。我那时尚小，还够不着灶台，只能一边咽着口水，一边等母亲帮我拿。母亲就会边把上面没能全淹到粽汤里的粽子翻到下面，一面安慰我说："咱不急，要得好，到临了！妈给小林挑一个最大最好的，看他们以后还让不让着妹妹了！"

在那个物质相对匮乏的年代，端午节的粽子该是彼时很好的大餐了。那时家里没有冰箱，煮好的粽子就淹没在浓浓的粽汤里，尽管是初夏时节，也能存放一周左右的。如果存放久了，略有些馊味，也是断断舍不得丢弃的，就会切成薄片用喷香的菜油炸，再撒上点糖精水，又香又脆又甜，真是味道好极了！

随着时代的进步，粽子的品种、外表、实质都发生了很大的变化。每到端午时节，超市里就会有各种品牌的包装精美的价格不菲的粽子，可谓琳琅满目，让人眼花缭乱！

可是我最爱的还是自家包的绿色粽子。新鲜、没有防腐剂姑且不说，粽叶的清香也是超市里的粽叶所没有的，更主要的还是那粽里包裹了一种独特的味道——母亲的味道、家的味道、亲情的味道！

"小林啊！还有三天就端午啦，妈明天就准备煮粽叶包粽子了，最近记性不好，老忘记东西，我再跟你对一下你们的口味，你最爱红豆的，丫头是蜜枣的，女婿最喜欢肉粽？"

一大早接到母亲的电话，我竟有些哽咽了！

四季年轮犹如一件马褂，二十四节气就是那马褂上的二十四个钮扣，人们在它解解扣扣、扣扣解解间，由稚嫩而苍翠、由苍翠而垂老。我七八十岁的老母亲已经忘记了许多东西，唯独忘不了她的儿孙们各自喜欢的粽子！

母亲也如那粽叶一样，也曾苍翠如烟，也曾伴春风吟唱，也曾与夏蛙和鸣，也曾经岁月煎煮。我希望年年岁岁、岁岁年年的端午，都能闻到母亲的粽叶香！

72 和春天说说话

桑椹花开满记忆

朋友圈真是个好东西,她能让你不会忘记任何一个节日,无论是传统的,还是舶来的;她还能帮你捡拾许多你无意捡拾的记忆,无论是美好的,还是酸楚的。

这几天的朋友圈里,满满的都是紫紫黑黑的桑椹了。和所有晒桑椹的朋友们一样,我对这紫紫黑黑的桑椹也有一些酸酸甜甜的属于我自己的独家记忆的……

"黄栗留鸣桑椹美,紫樱桃熟麦风凉。"每到麦穗收浆、桑椹红熟的初夏时节,当一天中最后一节课的第一声放学铃声响起的时候,我和我的小伙伴们就会以百米冲刺的速度冲出校门,冲进学校后面的那片桑园里。

一头钻进高大茂密的桑林里,猫着腰瞄准一棵枝繁果盛的桑树,偷偷地观察那些隐藏在桑叶下的桑椹,哪个最紫,哪个就会率先成为我们的战利品。摘下一棵熟透的桑椹,丢一个进嘴里,稍稍一咬,轻轻一抿,汁水就会溢满嘴颊,那种香甜的味道,软糯的感觉,霎时浸满全身,惬意极了。

"桑之未落,其叶沃若。于嗟鸠兮,无食桑葚。"在那个一年三百六十五天几乎只能吃杂粮和粗粮的岁月里,被桑葚醉了的岂止是斑鸠?

不一会儿,我们的小嘴就像戏剧里涂着紫黑色唇膏的青衣似的,甚至连牙齿都是紫黑紫黑的了。这个时候,我们就会看着彼此怪怪的样子哈哈大笑。

等吃饱喝足了,总有特别淘气的小伙伴用手涂满桑葚汁水,再轻手轻脚地走到还在摘桑葚的小伙伴面前,趁她不注意就猛地往她脸上一抹,被抹的小伙伴立马成了一个大花脸。被袭击的那位是绝不会善罢甘休的,立即就地反击,把她手里刚摘的一把熟透了的桑葚扔在袭击者的脸上和身上,一场桑葚大战自此拉开了序幕,一阵又一阵的追赶声和欢笑声荡漾在夕阳下的桑园里……

小时候还算文静乖巧的我,很多时候都只是尾随在小伙伴们后面摘摘桑葚、挖挖猪草而已。我是很少参与这样的"战斗"的,但也难免会被"流弹"击中。即使被"流弹"击中,我也只是笑笑转移战场,找一个离他们远点的桑树继续我自己的"战斗"。

"啪——嗒——"当我自认为在安全地带自吃自乐的时候,一大捧熟透了的桑葚冷不丁地向我砸来,我还没有完全反应过来,砸我的琴已经瞠目结舌地站到我的面前,她的手就那样僵在半空中,眼睛因惊惧而瞪得很大很大……

"我的衬衫!我的白衬衫!!!"这可是我"勤工俭学"了一年,磨了大半年,母亲因为我今天要担任学校"六一"儿童节的报幕员,咬咬牙才舍得请村里的裁缝给我做的我生平第一件也是我们班上第一件白色的确良衬衫啊!

你完全可以想象这件崭新的白色的确良衬衫在那样一个"六一"儿童节里,是如何极大地满足了一个十岁女孩的自豪感和虚荣心的。

可是,可是这件才穿了一天的让小伙伴们无比艳羡的白色衬衫,就这样被琴给毁了——那可是怎么也洗不白的一块块又紫又红的桑椹汁啊!

"哇——"我还没来得及哭,琴竟然先大哭起来了!感情她也知道闯了大祸了吧?看着她哭成这个样子,仿佛我倒成了做错事的了——我不该穿这么惹眼的白衬衫!我更不该穿这么珍贵的白衬衫来摘桑椹!

"可是,可是,我这可是一件新衬衫呢!我不管!我要你赔!"一想到这件衬衫的来之不易以及回家可能要挨的棍棒,我还是抽抽噎噎地提出了索赔的要求。其他的小伙伴也早已停止了追赶和打闹,原本很热闹的桑园里,一下子安静了下来,安静得只听到我俩的哭泣声,初夏的傍晚渐渐渗透了丝丝凉意……

"到底出啥事了?都咋的啦?"泪眼婆娑中我看到了一个熟悉的身影风风火火地向我走来。

看着身上这件已经被紫红的桑椹汁完全染花了的白衬衫,我实在不敢正视母亲凌厉的眼神,因为我太知道当时这件衬衫对我们家来说是何等珍贵的了。我不由得往后退了几步,只是哭声愈发响亮起来。

母亲分明已从去喊她的小伙伴那儿约莫了解了一些情况,只是她可能怎么也没有想到这件全家人从牙缝里挤出来的我们兄妹仨中唯一的一件白衬衫,第一天穿就会被毁成这样。我从母亲的焦急的询问中似乎已经听出了母亲的愤怒、无奈和心痛……

"是琴的桑椹不小心打到了林的身上,才,才……"一向善于主持正义的红还没有说完,原本因为听到我母亲来了而吓得愣在那里的"罪魁祸首"琴,仿佛被谁猛不丁地揪了一块肉似的,又开始号啕大哭起来——因为母亲在我们村里可是出了名的"精明泼辣"的,要不她怎么能担当"妇女主任"这一吃力不讨好的"重任"呢。

桑园里的空气似乎更加凝固了,凝固得仿佛一幅夕阳下的油画——有一种令人窒息的忧伤和魅惑……

第二辑 烟叶味的红指甲　75

"哦！原来是这样啊！琴，你是不小心的吧？"母亲走到了琴的面前。"我，我……是，是……"琴一边后退着，一边抽噎着，琴许是因为害怕而战战兢兢、语无伦次了……

"多亏了你的不小心呢！你的不小心，让林的白衬衫上开出了一朵朵紫色的桑椹花呢！你们看！紫色的桑椹花开在白色的衬衫上是不是特别好看呢？"母亲蹲下身子，用她那双长满老茧的手，为琴擦干了满脸紫色的鼻涕和泪水。

"是真的很好看呢！白色的底子，紫色的小花，比原先的纯白好看多了！"小伙伴们一边纷纷附和着，一边拉着琴渐渐散去了……

当桑园里只剩下我和母亲的时候，当母亲粗糙的大手牵着怯怯的我走出桑园的时候，回望夕阳下的桑园，我仿佛看到无数朵我以前从没见过也从没听说过的紫色"桑椹花"正绽放在葱绿葳蕤的桑树的枝头——美丽而神奇。

经年之后，我才逐渐明白：这是一朵睿智而美丽的宽容之花！正是母亲在我贫瘠的童年里种下的这朵睿智而美丽的"桑椹花"，丰盈着我生命中每一个平凡而琐碎的日子，让我始终向着美好奔跑。

曝伏

这个夏天太疯狂——热得使人发狂！入伏以来，老天爷发了疯似的将滚滚热浪可劲儿地泼向大地，泼得人们大汗淋漓、气喘吁吁。

大伏天的中午，窗外骄阳似火，热浪滚滚。为了隔断毒日和热浪的侵入，即使是中午我也习惯去拉下厚厚的窗帘。透过窗玻璃向外一看，对面楼下的晾衣杆上、地上的席子上、敞开的木箱子里到处都是花花绿绿的棉衣、棉鞋和一些小杂物，——原来是住在一楼车库里的董奶奶在曝伏呢。

多么熟悉的画面！多么温馨的场景！

曝伏！这可是小时候在乡下，母亲每年伏天必做的功课呢。经过一个漫长而潮湿的梅雨季节，家中的棉被、冬衣、还有我们学习的书等存放的物品常常会受潮发霉，所以只要约莫着进了大伏，母亲就开始着手准备曝伏了。现在回想起来，我总觉得母亲的"曝伏"是极具仪式感的，正是因为这种仪式感才让那些曝伏的场景经常浮现在我的眼前。

曝伏的日子是需要精挑细选的。母亲首先会吩咐我们兄妹仨仔细地听好广播里的天气预报,确信广播里预报第二天是"晴天",才会考虑第二天曝伏的事宜。记忆中母亲还会在准备曝伏的前一天仔细观察着天气的情况,如果前一天的傍晚晚霞满天、夜里天高星亮,摇着蒲扇、抬头观天的母亲就会很果断地对父亲说:"明儿早点起来搁帘子,我要曝伏。"

得了指令的父亲和两个哥哥第二天就会早早地起床,将门口打谷场的地面打扫得干干净净,然后用条凳、竹棒支起好几条秋天晒棉花的柴帘,还会在房前屋后能晒到太阳的地方拉上几根结实的绳子——万事俱备,只等母亲回来曝伏。

母亲才不理会我们几个孩子尤其是我对曝伏的无限期待呢。即使在我认为很重要的曝伏的日子里,她照例会赶早凉下地里除草或打药水,总要等到太阳升到老高才会回家准备曝伏。

记忆中的曝伏俨然就是夏日里的一场重要的战役。母亲就是这场战役的指挥官了,父亲和我们兄妹仨自然就是她手下的小兵了。因为箱柜橱中的衣物收放只有母亲一个人心中有数,哪些需要继续收藏,哪些需要淘汰,也只有母亲说了算数。当她在组织曝伏的时候,我们必须随喊随到,父亲和两个哥哥在她的指挥下,有序地将家里三门橱、五斗橱里的衣物、被褥一应搬出,摊晒在没有一点露水的柴帘上。

等到曝伏的衣服全部搬上柴帘或挂上绳子之后,母亲仍然忙忙碌碌。她要把那些在梅雨季节中发了霉的衣物重新清洗晒干,还要把柴帘上淘汰出来的旧衣破袄拆拆洗洗,积攒起来,以备日后泥衬子,垫鞋底,做布鞋;那些从棉衣中拆出来的旧棉花,她也会拈清线头杂物,等秋天再和些新皮花,请绷花匠绷成新棉卷或新棉絮……

小小的我就像个跟屁虫似的随着母亲进进出出,我最感兴趣的自然是外婆陪嫁给母亲的那只红色木箱了。那是一只一直放在母亲床头的红色木箱,木箱边角的红色的油漆已有些许斑驳脱落。印象中,那只木箱的铜锁始终是锁着的,钥匙自然也是由母亲亲自保管的。只有每年夏天曝伏的时候,这只木箱才会毫无遮拦地敞开在火辣辣的太阳底下。

每当看到母亲开锁木箱时的各种小心翼翼和神秘兮兮,儿时的我就越发对这只木箱产生了无限的好奇与猜想。在我眼里,那简直就是一只无比神秘的百宝箱,里面到底存有多少不为人知的秘密和无穷无尽的宝藏呢?

幸运的是,母亲竟然把看守这只木箱的重任交给了我!待父母合力将那只大木箱抬到太阳底下的时候,我就搬张小板凳坐在箱子旁边,眼睛一眨不眨地盯着,这才发现百宝箱里好像也没有什么特殊的东西,最多的就是花花绿绿的碎布头、碎毛线和我们小时候穿过的小衣服、小布鞋。但这丝毫不影响我对这只木箱的兴趣,等到父母午休的时候,我总是一遍又一遍地将小衣服在身上比画着,将碎花布一块又一块地顶在头上,将碎毛线一圈又一圈地缠绕在手上,还会偷偷地穿上母亲藏在箱子里一直都舍不得穿的红嫁衣,一点也不怕热地在太阳底下旋转着,旋转着,仿佛自己就是童话中的小仙女。

曝伏的那天下午,母亲是不会下地干活的。约莫午后三四点的辰光,无论天气多么炎热,为了避免身体上的汗渍滴到已经晒透了的衣物上,母亲都会顶着一条毛巾,穿着长衣长裤开始对柴帘上的衣物被褥一一折叠清点,然后一抱一抱地收进屋来,母亲总要等衣服上的热气散了,才会有序地将它们收进弥漫着樟脑丸气息的橱柜里。那一夜,因为白天的曝伏,屋里的温度总会比平日高出许多,一家人总要在门前大场上凉透了才回屋睡觉。

后来呵!我也成了母亲,我们住在学校分配的低矮潮湿的平房里,曝伏也成了我伏天必做的功课。为了曝伏,我总是一早就要起来抢占有利地形,那时我也才渐渐明白母亲当年曝伏的辛劳和为一家人生计盘算的艰辛。

而今，母亲和我都已经住上了通透性很好的楼房，曝伏已经成为我们生命中一抹独特的记忆，永远镌刻在我的灵魂深处。

今天是进大伏的第三天，窗外骄阳似火，热浪滚滚。我忽然觉得我们或许也可以在这样的夏日午后，来翻晒翻晒我们的人生，让生命中的那些我们曾经不敢直视的点点霉迹在烈日的炙烤下无所遁形，让生命在这个夏日更加澄澈明净。

点亮夏夜的水蜡烛

我原本想去西郊看荷的,不曾想却邂逅了一池香蒲。

浩渺的人工湖中,无花无船,却有这么一丛植物,从水底滋滋冒出来,遍身裹满碧绿,密匝匝地林立于水面之上。那蒲叶郁郁葱葱,修长而干练。浩浩荡荡的一片剑林,舒展的剑叶在晚风的吹拂下,仿佛一群青衣女子在凌波舞剑。

香蒲与荷花,皆有亭亭玉立之姿,但荷的姿态是温婉的,如端庄的淑女;香蒲的姿态却是张扬的,如独行的侠客。

此时已是大暑节气,香蒲花期已过,每株香蒲的茎秆上都顶着一支黄色的柱状蒲棒,恰如一支支黄色的蜡烛摇曳在水波之上,十分有趣。这或许就是香蒲雅号"水烛"得名的缘由吧。

水中之烛!如此诗意的雅号赋予这依水而生的菖蒲多少诗意的美好啊!

每一株临水而居的香蒲,都可以站成夏日池塘里一首首意味深长的古诗。"扬之水,不流束蒲。彼其之子,不与我戍许。怀哉怀哉,曷月予还归哉!"诗人以"蒲草"为意象,寄托自己对远方人儿的"怀哉"之情。"彼泽之陂,有蒲与荷。有美一人,伤如之何?悟寐无为,泗泪滂沱。"《诗经》以香蒲与荷花起兴,抒写"悟寐无为,泗泪滂沱"思而不得的哀伤。"君当作磐石,妾当作蒲苇,蒲苇纫如丝,磐石无转移。"刘兰芝用柔韧的蒲苇,为后人留下了比蒲苇更为柔韧绵长的爱情故事。

穿行在菖蒲的诗意里,徜徉在雨后的人工湖边,丛丛香蒲传来阵阵蒲香,阵阵蒲香氤氲着我难忘的童年时光。

青黄不接的三春时节,白嫩白嫩的蒲草根自然是可以填饱我们贫瘠饥饿的童年的野味之一。只是比起沟渠边随手可拔的茅针和大路边信手而采的槐花来说,那个季节赤脚下沟挖出沾满淤泥的蒲根,再要洗净自然是费事许多。所以我对香蒲的记忆更多的还是那夏夜里点燃的一根根散发着蒲香的美丽水烛。

哥哥们总会在相对凉快的清晨或傍晚,约上小伙伴们到沟渠里或池塘边去割蒲叶和蒲棒。盛夏时节的太阳,无论是清晨还是傍晚,总是火辣辣的。荷叶就成了他们最好的遮阳帽。为了防止沟渠里的污水和淤泥弄脏了衣衫,他们总是先脱下汗衫挂在沟渠边的树枝上,然后打着光脚下沟割采。我呢,就在渠边上帮他们照看衣服,同时还要负责把他们割好的蒲叶和蒲棒接上来、分开捆扎。

再大的荷叶毕竟也只能遮住脸和脖子,如果那光着的上身实在晒得吃不消了,他们就会在身体裸露的部分涂上黑黑的淤泥防晒,完工后就在附近寻一处清幽的池塘,"哧溜哧溜"地跳进池塘里,溅起一簇簇白得耀眼的水花。

以致我现在做藻泥面膜的时候常常就会想起当年的情形——一群十来岁的黑娃,头顶着硕大的荷叶,浑身涂满黑色的淤泥,追逐在茂密的菖蒲丛中。遇到那些比较成熟的蒲棒,他们就会搓散出一朵朵柔软的蒲絮,使出吃奶的力气朝天劲吹,比比谁的气流更长,谁的蒲花飞得更高远。那一串串缥缈的精灵,轻盈如仙子,一直在我们的脑海里翩飞曼舞……

如此火辣的天气,只需一两个太阳,蒲叶和蒲棒自会晒得透干。晒干了的蒲叶是给农闲时的母亲编织蒲席蒲垫之用的,这样的席垫据说是不惹蚊虫的,可以安放我们彼时一个个燥热的仲夏之梦。

于我们而言,当时最大的乐趣自然在那晒干了的蒲棒上了。

白天,晒干了的蒲棒成了我们玩打仗游戏时的独家兵器,我们煞有介事地挥舞着手中的蒲棒,感觉自己就是那个挥舞着利剑的武林高手。遇到被"敌人"包围的危急时刻,就会快速撕扯下蒲棒上的丝绒般的缕缕白絮,一股脑儿地抛向对方,宛如放了一枚烟幕弹,然后乘其不备,逃之夭夭……

香蒲生长的地方虽然是蚊虫滋生的沟渠,但是香蒲却有着很强的驱蚊功效。小时候的夏天是没有空调,少有电扇的,为了蹭那夏夜的习习凉风,一家人总是在屋门口的打谷场上吃晚饭的。

每当夜幕降临的时候,我们就会在饭桌四周的打谷场上插上一圈蒲棒,然后一一点燃。有了这一圈蒲棒的保护,蚊虫自然是无法靠近辛苦劳作了一天的父母了。我们就在这阵阵蒲香中,团坐桌前,吃饭、聊天、纳凉以及听父亲讲故事。

故事听腻了,兄妹仨就会从打谷场上各拔起一支火烛,去和村里其他的孩子汇合,这时你会发现有一条燃烧着的蜿蜒长龙行走在乡村的小路上,夹杂着孩子们的笑声,点缀着彼时有些寂寥的夏夜。

现在回想起来,正是那每一个夏夜里点燃的每一根不太明亮的"火烛",点亮了我们贫瘠而蒙昧的童年。

"蒲苇纫如丝,磐石无转移",我们跌宕起伏的人生,不正是因为渗入了蒲草那样柔韧的性情,不正是因为这一支支散发出微弱光亮的"火烛",才让我们在复杂、浮华、虚化和迷乱的生活中永远不忘初心、一路温暖前行吗?

烟叶味的红指甲

　　清晨的古镇一洗昨夜的喧嚣浮华，清新而宁静。一个人徜徉在古镇悠长的小巷里，一任温婉的晨风零乱着我的衣袂和头发，忽然觉得此时的古镇才是我最想要的古镇。

　　回眸一瞥，那斑驳的砖瓦间苔痕染碧，小巷两侧的人家依旧朱门紧闭，每一扇油漆斑驳的朱门里，都曾上演或正在上演着怎样的悲欢离合呢？

　　每户人家的门前或多或少地栽种着一些这个季节常见的花花草草，这样的几抹红绿仿佛青衣老妪发髻上斜插的红花绿叶，在朝阳的斜射下，让睡眼惺忪的小巷一下子明艳了许多。微风过处，我竟然看到了两盆好久不见的指甲花正兀自摇曳在一户人家的台阶旁呢！

　　已经不记得有多久没有见过这曾经陪伴过自己懵懂岁月里每一个夏季的指甲花了。透过指甲花蝴蝶般的花瓣，嗅着淡淡的花香，我仿佛看到父亲在晨曦中缓缓向我走来……

　　父亲是一个特别喜欢栽花种草的人。老屋的房前屋后，一年四季都有父亲栽种的各种花草，洁白的栀子花、火红的美人蕉、明黄的步步高，还有五颜六色的太阳花等等在老屋的四周争奇斗艳、暗香盈袖。

每到暑假,老屋的墙拐,篱笆的边角,或者一树栀子花的左右,随处可见的就是那一丛丛的指甲花了。指甲花无需精心培育,它们总是以最平淡最简单的方式低调生存着,只要第一年秋天的种子随意掉落在墙角的砖缝里,第二年的春天,如期而至的春风总会及时唤醒这些随意洒落的种子,一株株指甲花的嫩苗在一场场春雨的滋润下生长,生长。

季节刚刚进入夏天,指甲花郁郁葱葱的枝叶间,早已悄悄孕育着层层叠叠的花苞。在某个晨露滴答的清晨抑或是一个月色如水的夜晚,那些花苞就会情不自禁地露出娇媚的笑靥。

当高大的梧桐树上的知了在声声叫着夏天的时候,也是指甲花开得最茂盛的时节,指甲花的那个红色哦,在儿时的我的眼里简直就是最好看的红色了——美人蕉的大红太深,夜来香的紫红太紫,只有指甲花的洋红是最恰到好处的,是最适合爱臭美的小姑娘的。

爱臭美的小姑娘总会在指甲花盛开的每一个伏天的傍晚里,渴望为她小小的指甲染上她最爱的指甲花的洋红色。因为听隔壁王奶奶唠叨,伏天染指甲不仅易于着色,而且能够保证一年四季手上不长肉刺呢!

每当看到房前屋后的指甲花次第开放的时候,我就会掰着指头计算着从王奶奶那打听到的"进大伏"的日子,只要一进大伏,我就要开始染红指甲啦!

现在回想起来,我依然觉得儿时用指甲花染指甲是极具仪式感的。以致于我现在一看到指甲花就会想起父亲亲手帮我染红指甲的每一个伏天的傍晚。

别人家都是母亲或祖母帮家里的女孩染指甲的,或许是生活的重压让当时的母亲失缺了对生活的细致和耐心,当我第一次无比期待地捧着一捧刚从屋檐下摘回来的鲜红的指甲花央求她给我染指甲时,在田里劳作了一天的母亲总是很不耐烦地说:"大人都忙死了!哪有闲工夫给你染红指甲啊？红指甲能当饭吃啊？"

"可是，可是我和小红、小翠她们约好了今晚一起染的呢！说好了明天一早就要比比谁的指甲最红最好看呢！"少不更事的我哪里懂得母亲当年劳作的艰辛，竟然捧着那捧鲜红的指甲花坐在门槛上哭了起来。

"丫头不哭呢！不就染个红指甲吗？妈妈累了，我来！保准明早比她们的指甲都要红！"一向最宠我的父亲连忙抱起坐在门槛上的我，用他那宽大而有些粗糙的手掌为我抹去脸上的泪痕。

父亲会染红指甲？

我有点不相信自己的耳朵了！

"咱没吃过猪肉，难不成还没看过猪跑吗？快去洗澡，洗好澡爸爸就来帮你包指甲。"对于我的狐疑，父亲是一眼就看穿了的。看来为了我美丽的红指甲，我也只能信他了呀！

洗了澡的我，静静地坐在院子里的凉竹床上，目不转睛地看着我高大强壮的父亲有点笨拙地把新鲜的指甲花放在干净的碗里，添上几枚指甲花的叶子，再加进少许明矾，这还不够，他还会从别在耳后的纸烟里抽出几根烟叶放进碗里，然后，才用菜刀柄的顶端开始捣碎花泥。

这时我就在心里怀疑起他的配方来，因为王奶奶从来都没加过烟叶呢。同时我又觉得他的力道似乎太大，很是担心他会把碗底捣破，我的心简直都提到了嗓子眼儿了。现在想来，父亲那时似乎比我还紧张，因为我到现在还记得月光下的父亲满头大汗的情形。

原本四两拨千斤的活儿，父亲貌似费尽了九牛二虎之力。倒腾好花泥后，父亲就会拿来白天里我和小伙伴们一起采来的鲜绿的麻叶，坐在小凳子上，准备给我包染指甲啦。他学着王奶奶的样子，用他那粗壮的手指捏着指甲大小的花泥，小心地放在我的指甲上，用麻叶轻轻地包裹，再用细细的丝线绕缠起来。

那一刻，看着月光下的父亲吃力地咬着线头的样子，一种暖暖的甜蜜从指尖顷刻间氤氲我小小的心田。

染指甲的每一个伏夜里,我都会小心地把手举过头顶。即使夜里醒来,迷迷糊糊中也不会忘记抬起手看看,生怕一不小心弄掉了染包。染指甲的每一个清晨,不用母亲催喊,天刚放亮,我就会骨碌一下爬起来,扯掉还没有脱落的麻叶,无限期待地想要看看父亲的战果。

晨曦中,除去食指的每一个指尖上都盛开着一朵鲜红鲜红的指甲花,当然还有一股似曾相识的烟叶味荡漾在我那分外明艳动人的十指之间——我那笨手笨脚的父亲竟然为他最宠爱的女儿染出了她生命中最独特也最美丽的红指甲。

许多年之后,我才明白烟叶能为指甲增色的原理;许多年之后,我也才真正读懂父亲为我染指甲的独家秘方。

父亲的车袋

"爸爸回来了！爸爸回来了！"

父亲的自行车还没撑稳，扎着羊角辫的我早已迫不及待地踮起脚尖去翻父亲的车袋了——父亲车袋里的东西真多呀，多得我小小的手臂怎么也捧不下！

无数次，我总是在这种捧不下的抓狂焦急中蓦然惊醒。

父亲离开我们已经有十八个年头了。十八年来，许多人事已渐行渐远，渐渐淡忘，唯有父亲的车袋却总在我的梦中挥之不去，终生难忘。

20世纪70年代初期的苏北农村，自行车俨然是很奢侈的交通工具了，父亲凭他的聪明能干攒下一笔钱，从他战友手里特批了一辆永久牌自行车！

新车到家的那天，母亲在邻居们艳羡的目光中给这辆崭新的自行车装上了她连夜缝制的用零头布拼凑成不规则图案的车袋，嘴里还嘀咕着这下好了，既可以保护大杠，又方便盛东西了。

从那以后，父亲的车袋就成了我们兄妹仨童年时最好的念想。

父亲是大队里的民兵营长,时不时地从大队里唯一的商店里买几块糖果或半包麻切甚至只是一个月饼给我们解馋。但更多的时候,都是他参加了社员家的红白喜事后带回来的喜糖、馒头、粽子、红蛋等等。

估摸着父亲该回家的傍晚时分,兄妹仨都很想提早知道父亲的车袋里今天有没有给我们带来啥好东西,但每每都是最得父亲宠爱的我前去打探消息。

那时,我就会早早等候在路口,等待着父亲的归来。远远地看到我高大帅气的父亲在夕阳的余晖中骑着那辆超神气的永久自行车,我小小的心里盛满了无限期待。

父亲看见我,就会远远地按一下车铃,然后缓缓地下车,用一个胳膊把我一夹,稳稳地放在大杠上,嘴里喊着"回家啰!回家啰!"还会用他的下巴蹭蹭我的头顶,问着诸如我乖不乖、哥哥们有没有调皮之类的话题。

这个时候,我会不动声色地用我的小脚偷偷地探一下父亲的车袋,只要看到我的手势,站在家门口的哥哥们就会知道今天的车袋里有没有我们的希冀了。

当我们兄妹仨陆续上学了以后,父亲车袋里的东西也不只是与吃有关了。当我第一次从父亲的车袋里翻出一本连环画时,我们兄妹仨足足兴奋了一个晚上。

那是中秋后的一天,月光分外皎洁,亮如白昼。我们兄妹仨在院子里就着月光一起读完了那本连环画。偶尔抬起头来,父亲的笑容在烟火的映照下格外慈祥。

从那以后,父亲的车袋里每天都会有几份从大队部带回来的报纸。晚饭后,一家人团做在小桌周围,妈妈在纳鞋底,父亲先看报,我们兄妹仨做作业,谁的作业先做好就可以先读到父亲带回来的报纸。

因为第二天父亲还要把报纸带回大队部，我们都读得小心翼翼，唯恐弄破了报纸。

后来，我先后到乡里、县里读初中和高中，家里的条件也渐渐好转，父亲每次到学校来看我，远远地我就会看到那鼓鼓囊囊的车袋。

到了宿舍门口，父亲会很小心地很小心地一样一样地边拿边叮嘱——这是才煮的鸡蛋，趁热更好吃；这是你妈熬的花生辣酱，给你拌饭的；天气转凉了，这是妈妈给你带的新棉鞋；这是你要的资料，我刚上书店买的，也不知有用没用！

就在父亲弯身从车袋里拿东西的那一瞬间，我看到了父亲头顶的几缕白发，心不禁一颤。

九十年代初，时髦的年轻人都买上了摩托车，我们也在结婚那年买了一辆当时价值不菲的嘉陵70。我一直与时俱进的父亲也不甘落后，买了一辆改装的汽油助力自行车。

彼时父亲的车袋也发生了巨大的变化，前面大杠上的那个依然不变，后面车座上还加了一对邮包。那时我刚在镇上成家生女，父亲每次来我家，前后车袋里总是装满了各色时令蔬菜和他们腌制的咸蛋咸鱼等等。

这还不够，父亲还会在后座上带上一袋新大米或者一壶新菜油。

看着花甲之年的父亲，曾经魁梧的身躯已渐佝偻，我再也不会如儿时般无限期待父亲的车袋了，我总是一边赶快帮他卸下车上的东西，一边嗔怪道："爸，不是让您不要带这么多的吗？现在市场上啥都有呢！您一把年纪了，还开着这么快安全系数又不是很高的改装自行车，不是让我们担心吗？"

那时的父亲，就像一个做错了事的孩子，一边挠着他稀疏的白发，一边嗫嚅道："爸能走一天，就会给你们供应一天，爸是当过兵的人，硬朗着呢！"

爸,说好了硬朗着的呢?怎么说走就走了呢?

1998年的那个初冬,我一直硬朗健康的父亲仅支撑了三个月的时间,最终不敌病魔,撒手人寰!

父亲走后,每次回家看到那辆蛰伏在墙角的改装自行车,我总是不能自已,唏嘘不已——仿佛又看到在夕阳的余晖下,我高大帅气的父亲,正骑着那辆车袋鼓鼓的自行车向我走来!

母亲鱼

踏着暮色,拖着疲乏的身子,爬上六楼,打开家门,习惯性地把自己和背包一起重重地摔在沙发上。然后闭目养神一会儿——只想把白天班上的所有的烦累都能在进家门的那一刻画上一个静静的休止符!

可是今天,我那馋猫般的嗅觉竟然无法静止——工作日从不开伙的家里竟然传来一股我太熟悉的鱼煮咸菜的味道!——不用看我就知道一定是我那已经七十五岁高龄的老母亲又给她特爱吃鱼的馋猫女儿捎来了煮好冻好的咸菜煮鱼了!

走到餐桌前,哇!好大的一盆冻鱼——清一色的巴掌大的野刀鱼,应该都是我年迈的母亲一条条从鱼贩手里精挑细选的吧?再佐以母亲亲手腌制的深绿色的咸菜,加之红辣椒、青葱花的点缀,眼前这盆普通的家常冻鱼在柔和的餐灯的映照下俨然成了这世上最美味的佳肴!

自从丫头上大学后,除了双休日,我和先生的吃饭问题都是各自在单位自行解决的,加之母亲年事渐高,身体也是一年不如一年。所以上次在电话里我已经跟母亲提及这个冬天真的不用再为我们准备咸菜煮鱼了。

可是当第一个寒潮如期而至时,母亲亲手煮的咸菜鱼亦一如天气预报的寒潮如期而至了。她在电话里的理由也很简单:大冬天的,你不是说过最喜欢喝着玉米糁儿粥吃着咸菜野刀鱼吗?

我拿什么来说您呢?我至亲至爱的老母亲!我知道,只要您能够,您一定愿意永远为您馋嘴而任性的女儿煮一辈子她最爱的咸菜煮鱼的吧!

一路走来,这种熟悉的母亲鱼的味道已经伴随了我们多久?

儿时的冬天总是记忆中最为寒冷的冬天。那个时候的我们和绝大多数贫穷的农村家庭一样缺衣少食。可是我勤劳质朴的父亲和心灵手巧的母亲,总能在那些天寒地冻的冬日里为他们的三个儿女带来别样的温暖。

记忆中的父亲一直以来都是一个捕鱼高手。

每每到了冬季农闲的时候,父亲就会早早地检查好他的捕鱼工具——一件用胶水和橡胶皮补了又补的皮袄,还有一个背在身后的鱼篓。当老家的沟渠里开始结冰的时候,父亲就会穿上那笨笨的丑丑的皮袄,背着那重重的鱼篓,挂着一根打鱼棒,开始了他的"摸鱼"行当。

小时候,懵懂无知的我总是不明白父亲缘何总是在特别寒冷的天气里,选择那些特别狭小逼仄长满芦苇菖蒲的沟渠里摸鱼。后来我才渐渐懂得,长满芦苇菖蒲的沟渠是鱼儿们冬日最好的过冬场所,越寒冷的天气,鱼儿就越懒得动,摸鱼人的热手,对它们就越有吸引力。

为了能多摸几条沟渠,父亲总是等到实在看不见的时候,才会依依不舍地从那些沟渠里爬上来。我和哥哥们通常都会搓着冻得通红的小手,跺着小脚站在家门口的路头上盼望着父亲的归来。

只要在暮色中远远地听到那种属于我们摸鱼的父亲特有的"咯吱咯

吱"的踩踏在冻得僵硬的泥土路上的脚步声,两个哥哥便会以最快的速度迎上前去,一个熟练地解下父亲后背上的鱼篓,无比自豪地背在自己的背上,一个接过父亲手中的打鱼棒,一溜烟地小跑着回家了,嘴里还嚷嚷着"有鱼吃啰!有鱼吃啰!"。

估摸着父亲回家的时间,母亲早早切好了葱姜,还有她自己腌制的咸菜——万事俱备,只等鱼来!迎在门前的母亲总是笑意盈盈地从大哥手里接下鱼篓,把鱼倒进堂屋中央的大桶里,我们兄妹三人团团地围在母亲的身边和她一起检阅着父亲的"胜利果实"。

母亲麻利地把鱼篓里的鱼分成两份,大一些的都挑拣在家里专门养鱼的一个水缸里,明儿一早,母亲就会骑着自行车赶个早市到镇上把它们卖掉,好贴补家用。

那时候我们不懂事,哥哥们还会趁母亲不注意,偷偷地从水缸里捞出一两条稍大一些的放在备煮的这份里。如果被母亲发现了,母亲也不会骂他们,她只是一边娴熟地给鱼开膛破肚,一边嗔怪着对他们说:"好吧!这两条大鱼就留给妹妹吃吧!她最喜欢吃鱼,又容易吃卡住了,你们不许跟妹妹抢啊!"

屋外北风呼啸,滴水成冰!屋内,卸去了厚重皮汉的父亲正抽着廉价的纸烟在铜炉上捂着他那一整天都浸泡在冰冷的河水里已经冻僵了的手脚,围着围裙的母亲正揭开锅盖品尝着鱼的咸淡,我和哥哥们总是心不在焉地做着作业,只等着母亲的一声:"好了,可以开饭了!"

整个屋子都氤氲着一股暖暖的香香的咸菜煮鱼的味道,正是这股暖暖的香香的味道温暖了我们贫穷而快乐的童年时光的每一个冬天!

此时此刻,早已亦为人母的我伫立在已七十五岁高龄的母亲今天煮的这盆咸菜鱼前,不能自己了!

母亲早已不再是我们那个曾经风华正茂巧手能干的母亲了——母亲瘦小的身子越发佝偻了!可能是年轻时大冬天的早晚走村串乡帮人

家接生中了风寒的缘故,现在每到冬天,母亲就会饱受哮喘的折磨!可即便如此,我的母亲仍然都会记得在每一个寒冷的冬天里,为她的儿女们煮上一盆又一盆他们从小吃到大的咸菜煮鱼!

可怜天下父母心!尽管我一再让她别煮,可我知道,这盆吃完了,第二盆、第三盆还会纷至沓来!这个冬天,母亲亲手煮的野刀鱼一定还是我们餐桌上必不可少的一道最为美味的家常菜!

可是,已经奔五的我吃母亲煮的鱼什么时候才能吃到老呢?如果哪一天母亲真的老了再也不能为她的儿女煮鱼了,已经习惯了母亲鱼的味道的她的儿女们又会是怎样的一份依恋和流连呢?

"妈妈!我想家了!妈妈我最想吃你烧的红烧鱼了!"正当我在愣怔的时候,我在苏州读书的女儿给我发来了这样的微信!

"周末妈妈去看你!红烧鱼一定会有的!"

那些年，我们一起舔过的月饼皮儿

"亲们，又是一年中秋节，需要定制老味道月饼的亲可以开始预订啦！"只要一看到娟在圈里发的预售广告，我总会迫不及待地订上几卷家乡老作坊里手工做的老式月饼。在这个特别害怕"三高"的年代里，与其说我是喜欢吃月饼，不如说我是在怀念那种老式月饼特有的回忆与味道吧。

小时候在农村长大，最盼望的就是逢年过节了。除了过年之外，我们第一盼望的就是中秋节了，因为那时候生活拮据，只有过中秋节时，才能吃到香甜可口的月饼。

无论生活多么拮据，中秋节的那天傍晚，父亲总会带着我和他一起去买月饼。小小的我坐在父亲自行车的大杠上，心却早飞到了两里外的村部供销点里。那时的月饼只有一种，圆圆的，小小的，鼓鼓的。油乎乎的酥皮上，沾着些芝麻粒儿，月饼中间总有一个蚕豆大小的红点儿，似乎预示着节日的喜庆。等后来长大后才知道这应该就是现在所谓的"苏式"月饼吧。

我跟在父亲身后,踮起脚尖无限期许地看着高高的柜台里那位漂亮的售货员阿姨从盛放月饼的大缸里拿出四个月饼用暗黄的牛皮纸包好,再用细细的麻绳捆扎好,最后打一个可以拎也可以挂的拎扣。

许是因为适逢卖月饼的季节,供销点里满是月饼混合着煤油的味儿,那种特殊的香味儿钻进鼻孔,馋得小小的我直咽口水。

不知是我咽口水的馋样让售货员阿姨动了恻隐之心,还是父亲当时是村干部的缘故,如果那时店里没有其他的顾客,那位漂亮的售货员阿姨就会在父亲付好月饼钱后,迅速地撕下一小块报纸,用舀白糖的勺子从缸底舀上半勺月饼皮儿,十分麻利地对折包好,往我手里一塞,然后又若无其事地去打她的毛线了。

回去的路上,我依然是坐在父亲自行车的大杠上,只是父亲的车龙头上多了一拎香喷喷的月饼,我的手上多了一小捧香酥酥的月饼皮儿。

盼望了一年的月饼的味道终于近在咫尺,却又仿佛依然远在天涯。

因为这四个月饼是父亲早就计划安排好了的:两个是要送给爷爷的,还有两个是要等全家祭拜好月神才可以另行分配的,按照惯例,十五当天晚上,全家只能分吃一个月饼,还有一个是要省在那儿,以备这段时间来了贵客用来"喝茶"的。

至于这一小捧香酥酥的月饼皮儿,以我当时的善良,我也绝不会独吞的,这是要回去和哥哥们一起分享的,毕竟我已经每次都独占了这每年一次跟着父亲到供销点买月饼的机会了呢。

我就这样一边嗅着月饼的香味,一边咽着口水,十分小心地捧着那一小捧月饼皮坐在回家的自行车上。

我家住在村子的东头,我坐在父亲的自行车大杠上,远远地就能看到又大又圆的红月亮挂在村东头的树梢上,远远地也看到了夕阳的余晖下不断向西边路口张望的两个瘦小而熟悉的身影。

"怎么样?馋到皮儿了吗?"性急的大哥边跑边向我喊话。"当然!"

我高高扬起手中那一小捧用旧报纸包着的月饼皮儿,俨然一个凯旋的将士。父亲的自行车还没撑稳,大哥就已经把我手中那份计划外的月饼皮儿接过去了。等我从自行车上下来的时候,哥哥们已经把那一小捧月饼皮儿非常安全地摊放在院子里准备吃晚饭的小桌上了。

"还是小妹先来吧!"关键时刻,做最终决定的总是憨厚的二哥。

月亮渐渐翻过了村东头的那片高大的树林,一轮金黄的圆月悬挂在深蓝色的天空上。那清亮的月光仿佛水银一般,泻到院子里,泻到桌子上,泻到那捧黄灿灿、香酥酥的月饼皮上。

在如此美好的月色下,面对着这一小捧珍贵的月饼皮儿,我突然升起了一种庄严的仪式感,我很小心地舔了月饼皮儿的一角,只觉得那个香啊、那个酥啊都随着那皎洁的月色一起镌进我们每个人的心里了。

流走的是岁月,留下的是经历。年年岁岁月相似,岁岁年年人不同。那个曾经载着我去蹭月饼皮的父亲已经离开我们将近二十年了,那些曾经一起趴在桌边舔月饼皮儿的孩子也都已为人父母,性急的大哥如今已升级做了外公了。

多少年过去了,虽然现在市场上月饼的制作越来越讲究,花色品种越来越多,包装也越来越精致,可我最难忘的还是儿时村部供销点里卖的那种苏式月饼,只因这种月饼特别是这种月饼的皮儿曾经伴随我度过一段贫瘠而美好的中秋时光。

苏东坡曾言:"小饼如嚼月,中有酥和饴。"明天就是中秋节了,让我们在中秋的月光下,一起品尝着自己喜欢的月饼,甚至依然可以轻捻一抹香酥的月饼皮儿,一起咀嚼着属于我们难忘的人生韶华吧!

外婆的甜芦粟

"明早带你去裕华砍甜芦粟啊!"临睡前看到闺密在微信里说要带我去砍甜芦粟,我的心便不由地雀跃起来。

她说的可是甜芦粟啊!是那种久违了的却又烙上了深刻印记的甜芦粟啊!

记忆中最甜的甜芦粟就是儿时暑假在外婆家啃的那些甜芦粟。外婆虽然不是海门人,却住在海门人居多的裕华乡下。可能深受精明能干的海门人的影响,小时候我总觉得外婆和舅舅都是侍弄土地的高手。感觉他们种地都特别讲究——不仅责任田里的庄稼长得特别好,甚至房前屋后的小菜地都侍弄得特别清爽精致,最关键的是总能在有限的土地里套种出许多让儿时的我们特别垂涎的瓜果蔬菜。

甜芦粟自然就是其中的一种啰!

甜芦粟是儿时农村普遍种植在屋前宅后的一种根茎类植物,叶似甘蔗,穗像高粱,每根甜芦粟约有十余节,每节有尺余长。"甜芦粟"是我们本场人的习惯叫法,海门人称之为"芦稷"。

长大之后,从书本上知道,它的学名其实叫"甜高粱",属于高粱的一种。它的种植区域非常广泛,北到黑龙江,南到海南,西到新疆,东到上海都有种植。

童年的时候,缺吃少穿,几乎没有零食这个概念,能尽情吃的东西更是少之甚少。唯有外婆自己种的甜芦粟,甘甜汁多,成了我们暑假里日常最甜的零嘴。

春耕时节,我那细脚伶仃的外婆,就会弓着伛偻的身子,在房前屋后小菜地的空隙里、冬瓜田和棉花田的行间,播种下一颗颗甜芦粟的种子,此后的日子里,似乎就让这些种子在广阔的田野里自由发挥了。只是偶尔会在照料庄稼的空隙里,间去一些过密的杆苗,只为能长出更甜更粗的甜芦粟。因为她知晓她馋嘴的外孙们都好这一口呢。

一到暑假,心急的我们总是早早地就"巴"着外婆的甜芦粟。趁外婆下地干活的时候,哥哥们就会迫不及待地到长满甜芦粟的屋后扳上一根刚刚抽穗的甜芦粟,折断穗头,三下五除二地,咬掉外皮,咀嚼起来。小小的我只能仰着头,满含期待地咽了一口又一口口水。

"还没熟!不甜!"哥哥有点悻悻地放下刚刚咀嚼的那段甜芦粟。然后快速地打扫战场,把那根还没成熟的甜芦粟赶快拖到外婆看不见的芦苇丛中……

盼望着,盼望着!在不间断地牺牲了好几根尚未长熟的甜芦粟后,仿佛就在一个夏夜之间,外婆的甜芦粟们终于渐次晒红了脸颊,垂下了头颅。

外婆从地里回来的时候,就会用她那把磨得锃亮的镰刀,砍下一捆捆成熟的甜芦粟,拖进自家的小院里,剥掉叶子和外皮,在砧板上剁成一节一节,放在一个大大的箩筐里。

于是,源源不断的甜芦粟便成了我们漫长暑假里最甜的零嘴。

当第一茬甜芦粟上来的时候,我们就会坐在外婆的小院里啃个不停,一直啃到两腮酸痛、嘴里生泡才肯罢休。不一会儿,脚下是一大堆我们嚼干的甜芦粟碎渣渣,满手满嘴都沾满了黏糊糊的甜汁。

我挑了几块碎渣渣放到了墙下的蚂蚁洞口引蚂蚁出洞。果然,碎渣渣的甜味让一大群蚂蚁出洞了,密密麻麻的,蚂蚁们扛的扛、拉的拉,把甜芦粟碎屑一个个拉进了蚁洞。

我们在啃芦粟的时候,还会剥开甜芦粟的皮做成小伞、灯笼、五角星等各式小玩具。我们会把一根长长的甜芦粟的皮撕成片状,再用剪刀把甜芦粟的皮剪得尖尖的,最后将根根甜芦粟皮轻轻插进肉里,一只绿色的灯笼便做成了,在甜芦粟的顶端串个小绳便可拎着当灯笼了。

夏夜纳凉时,坐在外婆的小院里啃甜芦粟应该是儿时最幸福的事了。月亮挂在树梢上,我躺在竹椅上,忙碌了一天的外婆坐在我的身旁,摇着蒲扇,唠着家常。我小心翼翼地用我不太坚硬的门牙把甜芦粟外面硬硬的绿皮撕掉,甜芦粟在温柔的月光下露出了青绿的果肉,一口啃下去,那无法想象的甜蜜的汁水流入心窝,又甜又爽,简直停不下口来。

当然,无论外婆每天拖多少根甜芦粟回来,依然阻挡不了小伙伴们躲在地里"偷"甜芦粟的脚步。

甜芦粟长得很高,小小的我们躲在里面,外面根本看不到,我们总是很奢侈地挑拣那些粗壮成熟的甜芦粟一一拔出来,将它们在膝盖上一拗,甜芦粟折断了,便四处张望着啃了起来,因为怕被主人发现,啃得很是慌张,又想多啃几根。

匆忙间,我们常常会被甜芦粟锋利的硬皮割破了手指和嘴唇,有的口子还蛮深的,流了不少血。即便手指出血了,也并无大碍,只须学着外婆的模样,在甜芦粟的青绿硬皮上刮下一点白乎乎的皮屑涂在伤口上,就能马上止血。不一会儿,甜芦粟田里被我们吃得一片狼藉。也不敢久呆,探出小脑袋,见四下无人,才一个个猫着腰溜了出来,怀中还不忘揣着几根粗粗的甜芦粟。

当我们气喘吁吁地揣着别人家的甜芦粟溜到外婆家时,外婆一看到我们怀里那捆粗壮的甜芦粟以及鞋子上的泥土和清汁,就会随手拿起一根她刚砍下的甜芦粟,迈着她那双缠裹过的小脚,满院子上赶着抽打我们……

"怎么没有回音的?"

"明天去裕华砍甜芦粟吗?"

"去!当然要去!一定要去!"

只是裕华的甜芦粟还在,外婆的甜芦粟却早已不在!

那天夜里,我做了一个梦,梦里我那细脚伶仃的外婆正蹒跚着向我走来。她的身后,一丛丛的甜芦粟在微风的吹拂下,绿叶随风摇曳,红色的穗头沉甸甸地挂在枝头,散发着甜甜的、甜甜的香气……

母亲的铜脚炉

这个冬天的第一个寒潮来得似乎有点猛——坐在空调温度打到28摄氏度的书房里,我的老寒脚依然冰冷得犹如伸在冷水里一样。每每遇到连空调都无法抵御的极寒天气,我总会想起母亲的铜炉。

记忆中儿时的冬天总是烙上了"饥饿"和"寒冷"的印记的。尤其是那种刻骨铭心的寒冷,总会在某个不经意的冬夜偶尔袭上心头。母亲的铜炉自然就成了那些寒冷的记忆里最温暖的存在了。

母亲的铜火炉自然是用铜做的,它有着圆滚滚的肚皮,炉盖上密布着排列整齐的小圆孔,还长着一拎环,既方便拎,又不致烫着手。

每当老屋后的小河开始结冰时,母亲就会从里屋的床后面拎出收藏了一年的铜火炉。穿着空头老棉袄拖着鼻涕的我们兄妹三人就会跟在母亲的身后,总要亲眼看着母亲为铜炉成功地生上第一炉火才放得下心来。

因为既要让铜炉成功生起火,又要保证火炉保暖时间长,这可是我和哥哥们偷偷尝试了好多次都没能解决的技术难题。况且还要讨个这一冬都"红红火火"的好兆头呢。

就这样，我们三个小人儿紧紧地跟在拎着铜炉的母亲身后，无限崇拜地看着母亲先到厨房的灶膛口铲入小半炉冷稻草灰打底，然后再撬入刚刚从灶膛里扒出来的由粗树桩或树干烧出来的硬柴火，最后再在上面盖一层冷的薄灰。千万别小看了这最后一层冷薄灰，只有这样，炉盖的小孔内才不会冒出呛人的浓烟，火炉也会暖得更久。

在那些除了灶膛再无任何取暖设备的滴水成冰的冬日里，母亲的铜炉就成了全家唯一的宝藏级取暖设备啦！每天傍晚放学回家，我们都会抢着奔向母亲的铜炉。三双冻得红肿甚至长满冻疮的小手在铜炉的上方搓来搓去，那种又暖又痒的感觉真是让人欲罢不能啊！

等暖好了手，哥哥们先要忙着去帮父母做家务了，只有备受父母宠爱的"惯宝丫头"才有机会长时间独占着母亲的铜炉。这时候我就会很小心地跺掉母亲手做的棉鞋上沾的泥土，然后很奢侈地把脚放在铜炉上，开始写作业。不一会儿，小小的身子就暖和起来了。

晚饭后，一家人围坐在点着煤油灯的方桌前。父亲总是一遍遍看着他从大队部带回来的旧报纸，偶尔会点上一支劣质的纸烟；两个哥哥凑在一起玩五子棋，我呢，总是在翻那几本早已翻烂了的小人书。最忙碌的依然是母亲，她不是在纳鞋底，就是在缝补衣服……

窗外呼呼的北风不时从不太密封的窗户纸里钻进来。室内，母亲的铜炉放在桌底下，那点寒风早已被忽略，我们都觉得暖暖的。

"咕噜——"一向顽劣的二哥的肚子突然打破了一室的宁静。

"哈哈哈——看来晚饭时喝的两碗糁子粥早被你尿没了？来来来，妈妈给你们加点餐！"

一听"加餐"，我们兄妹仨顿时眼前一亮。我这个好吃宝连忙屁颠屁颠地跑进储藏粮食的小房间里拎出母亲平时早就分门别类好的花生、蚕豆，还有山芋袋。母亲会把原先放在铜炉上烘干的鞋垫拿到一边，然后拿出小铁铲把铜炉里的火再小心撬翻一下，再选择块头不太大的三个山芋埋进火堆里。带壳的花生和蚕豆因为块头太小,只能放在铜炉盖上烘烤。

这个时候,小人书就会被我扔一边了,我拿着盆子和筷子眼巴巴地守护在铜炉旁边。不一会儿,屋子里弥漫起烤花生和烤蚕豆特有的香味,铜炉盖上的蚕豆和花生还会合奏出"噼里啪啦"的交响曲,并在炉盖上扭起了秧歌。

我们兄妹仨也不怕烫手,用指尖捏着一个花生或蚕豆,抖抖索索地剥掉外壳,"倏溜"地放进嘴里,烤熟了的蚕豆或花生因为太烫在我们的嘴里滚来滚去。有时因为分配不均,兄妹仨就会围着方桌,追赶那个多吃多占的家伙。这时候,快要打盹的父亲,就会适时地提醒几句"慢点儿!慢点儿!"……

瓜分完了一炉盖花生和蚕豆后,屋子里剩下的都是烤山芋的香味了。母亲起身揭开铜炉,依次给蹲坐在铜炉边的三小只一人一个烤山芋,剥开外边那层焦皮,红心的北京二号真让人垂涎欲滴啊!

可能是因为有了几个花生和蚕豆垫底的缘故,对这香喷喷的山芋就没有那么馋急馋急的了。我们总会先掰点给母亲,再掰点给父亲。父亲和母亲都只是象征性地咬上一小口,微笑着说:"你们吃!你们吃!我们不饿呢!"

……

母亲的铜炉就这样陪伴我们度过了一个又一个寒冷的冬日,温暖了我们兄妹仨贫瘠而寒冷的童年。在这个可以四季如春的新时代里,母亲的铜炉早已悄然隐退。几十年过去了,烤山芋、炒花生和炒蚕豆的技艺早已炉火纯青,但我再也没有吃过母亲的铜炉烘烤出的山芋、花生和蚕豆的味道了,尤其是父亲去世以后。

唯愿天堂有件羽绒服

"小林啊,今年过年什么衣服都不要帮我买了,你和你嫂年年都帮我买新衣过年,家里的羽绒服和皮草还有几件没穿呢!不许瞎花钱啊!妈年纪大了,穿不掉呢!记住什么都不许买啊!"

一放寒假,母亲就早早给我打了预防针——今年过年不许给她买衣服。

母亲年纪大了,我总觉得每年过年必须给母亲买新衣,一如儿时过年,无论生活何其拮据,母亲总千方百计要给我们添新衣一样。

其实,也只有我自己知道,给母亲买的一件又一件绒足质好的羽绒服里面,多多少少饱含了我对当年没能为父亲买一件羽绒服的缺憾啊!

当过兵,是父亲最引以为傲的事。可也正是因为当年东北零下二十几摄氏度的低温,让父亲落下了一些老寒病。所以每到隆冬的清晨,抽完一支晨烟的父亲总会咳嗽个不停,那是一种似乎要把五脏六腑都要咳出来的感觉。

许多时候，父亲那种翻江倒海的咳嗽声就成了唤醒我们起床的闹钟。

"他爸，你就不能少抽点烟啊！还有，赶快把黄大衣披起来！一大把年纪的人了，还不知自己冬天不能受寒气啊！"每每听到父亲如此痛苦的咳嗽声，以及母亲嗔怜的唠叨声，我就会在心里默默地对自己说："等我有钱了，我一定要帮畏寒的父亲买一件据说是特别保暖的羽绒服。"

20世纪90年代初，对于一般人而言，羽绒服绝对是特别奢侈的华服了，中档的诸如我们当地产的美尔姿和鸭鸭牌的都在二三百元一件，最好的波斯登的要三四百一件。

我那时刚刚大学毕业，分配在乡镇中学教书，工资只有一百多元一个月。不当家不知柴米贵，每个月去掉各种花销后，总是所剩无几。上班后和小伙伴一起住到了学校分配的宿舍里，风花雪月的青春年华里，父亲的咳嗽声似乎渐行渐远，我也似乎渐渐忘记了自己当年的那份心愿——帮父亲买一件暖暖的羽绒服。

生女儿的那个冬天，特别寒冷，洗尿布都是要砸冰的。我已过花甲的父亲，骑着那辆改装的电瓶自行车，经常来往于老家和我的学校之间，为"坐月子"的我捎来各种他认为必须要捎来的物品。躺在床上的我，只要听到宿舍窗户底下父亲咳嗽的声音，我就知道那是父亲在从严重超载的自行车上卸载"货物"了。

冒着严寒开着这辆特别拉风的电瓶自行车，父亲的风寒症似乎更严重了。许是担心他的咳嗽声会吵醒孩子，他总要在外面等咳嗽声平息下来，才会搓着冻僵的双手，憨憨地走进屋内，关切地问这问那。看着父亲因为长时间咳嗽而涨红的脸颊，以及瑟瑟作抖的身子，我突然就想起了那个一度被我遗失了的愿望——满月后，一定要带父亲去买一件暖暖的软软的羽绒服，一定！

出了月子后,外面的世界早已是春暖花开。任凭我如何劝说,父亲怎么也不肯随我一起去县城挑一件羽绒服。

"傻丫头,那什子轻飘飘的,怎么可能比你妈做的棉袄和这件跟随了我多年的军大衣暖和呢?还那么贵,一件羽绒衣可得你两个月的工资呢!你们刚刚成家,细伢还小,用钱的地方多着呢!爸真的不需要呢!"

"你爸说得在理!现在年也过了,春也打了,买件几百块的羽绒服压在那里也不划算啊!你实在要买,就等今年年底吧!让他看看到底是我做的棉袄暖和,还是那轻飘飘的洋玩意暖和?"连母亲也在一旁帮衬着父亲了,况且那时手头也真的不太宽裕,想想他们说的也都在理,那就等到今年年底吧!

可谁又能料到,有些等待竟然成为了永远的等待!

就是那年初夏,我那当过兵的,曾经强悍无比的父亲,竟然患了肺癌!那一年,父亲才61岁啊!父亲操劳了一生,三个子女中,最小的我也才成家生子,按照农村里的说法,他刚刚了了"手续",是能松口气,享享福的日子了!

可是无情的病魔却要夺走最爱我的父亲!肺部和脑部的两次手术也没能留住我们挚爱的父亲!三个月后,我抱着还不曾会走路的女儿长跪在父亲的坟前,不能自已!

按照老家的习俗,父亲走时,是要焚烧一批衣物的。我陪着母亲一起整理父亲生前四季常穿的衣帽鞋袜,当整理到冬天的衣物时,原本只是在默默垂泪的我,不由得号啕大哭——

父亲啊!女儿欠你一件羽绒服啊!你怎么忍心让你最爱的女儿今生永远欠你一件羽绒服呢?说好了今年冬天一起去买羽绒服的呢!说好了的呢!!!

如果那时的商场也能像现在这样,一年四季都能买到羽绒服的话,我一定会在父亲下葬的那天,让他穿上我一直想要买给他的那件轻轻的软软的羽绒服的!

可惜有许多如果是没有如果的,父亲的羽绒服成了我今生永远的遗憾,成了我心灵深处一份轻易不愿触碰的伤痛。这种遗憾和伤痛,时刻都在提醒我,珍惜眼前人,把握当下事,且行且思且珍惜!

唯愿天堂没有寒风,唯愿天堂有件羽绒服。

思念

　　思念有时似盛开的玫瑰，虽然芬芳，但也常常会有花刺伤及心灵深处最深的记忆；往事的温暖，也常常在触碰到鲜花簇拥下那冰冷的墓碑时，才明白无论想念的泪水有多么汹涌，也永远化不开心中对您那份浓浓的依恋。

　　二十年了，父亲离开我们竟然有二十年了！父亲离开我们时才六十岁啊！六十岁正好是可以安享晚年的时候，可凶残的病魔只用三个月的时间就打败了我曾经雄赳赳气昂昂跨过鸭绿江的父亲。

　　虽然我们知道，从此以后，父亲就可以不再承受病痛的折磨，或许可以带着他的灵魂去另一个世界寻找属于他的安逸，但当时的我们，怎么也无法接受父亲已经离去的残酷现实。

　　记得父亲刚离去时，在很多个夜深人静的日子里，我孤独寂寞地游走于人生的路口，悲伤与失落不断向我袭来——从此以后，我就是没爸的孩子了！从此以后，无论我有多艰难，父亲都不知道了；无论我有多无助，父亲都不会再陪伴在我的左右了。这个世界上最疼我的父亲走了，把他对女儿的专属宠爱也带走了！——那一刻，我对父亲的思念愈加浓烈，无边的追忆把我推向痛苦的深渊！

其实这些年来，对于父亲的离开，我一直是心怀遗憾和自责的。父亲生病的三个月里，作为父亲唯一的也是最宠爱的女儿，当时我是没有尽到女儿的责任的。父亲在南通住院的两个月里，母亲自然是寸步不移地服侍在身旁，疼爱我的两个哥哥考虑到我那时女儿还小，还没有会走路，同时还带两个班的初三语文，平时都是他们轮流在医院守候，父亲两次手术的大小事宜都没有要我和先生操心过，我也只是在每个周末的时候来去匆匆地去尽一下女儿的义务。

现在想来，当年的自己尽管刚刚做了母亲，其实还是太"少不更事"啊！如果时光可以倒流，我一定会平衡好工作和照顾父亲的关系的，因为，毕竟有些遗憾将会成为永远的遗憾啊！因此，当十年后，我的公公又卧病在床的时候，我们再也没有让这种遗憾再次成为遗憾。

我总以为，随着年岁的增长，也许我对父亲的思念会慢慢减弱一些，可实际上，当我们也和父亲一样经历了人生的酸甜苦辣之后，我对父亲的思念却与日俱增了，准确一点说，是更能理解父亲在世时的种种艰辛和不易了。

父亲的一生过得很是辛苦。父亲少年丧母，兄弟姐妹五个，父亲排行老二，父亲早年在东北当过志愿军战士，退伍后回到家乡做了最基层的农村干部，算是父辈中唯一见过世面的人了。加之大伯的早逝，爷爷的疾患，父亲一直在父辈中担任老大的角色。我最小的叔叔的婚事是父亲一手操持的，大伯去世后，大伯母改嫁她人，堂姐的工作和婚事也都是父亲操持的。父亲不仅要照顾一直患有哮喘的爷爷，帮衬他的兄弟姐妹们，还要节衣缩食供我们兄妹三人读书。父亲一直引以为豪的就是在那样的条件下，他的三个孩子都是读书读到顶的。

尽管父亲和母亲都在村里工作，但为了让一家人生活更好些，父亲和母亲承包的责任田并不比一家人都在家种田的叔叔和姑姑家少,甚至还要多些。记忆中十几亩责任田里的农活都是父母亲起早贪黑干完的。每年夏季,天还没亮,父亲就已经从河里捞了一船水草回来喂鱼了。冬闲时节,我的父亲还会穿上厚重的皮袄,到野河沟渠里捕鱼摸虾,让母亲第二天赶早集卖了贴补家用。我切切地记得父亲离开的那一年,虽然我们兄妹三人都已成家单过了,可我花甲之年的父亲和母亲,不仅种近十亩地,还承包两口鱼塘。1998年,父亲在南通住院期间的四万元费用基本没有需要我们兄妹贴补。

这就是我的父亲,为了我们操劳了一辈子、却从来没有拖累过儿女的父亲(父亲从发现生病到离开我们只有短短的三个月啊)。我现在也经常想,如果父亲不是因为如此的劳累与重压,不是因为总为我们兄妹三人操心劳力,曾经那么高大强壮的父亲怎会说走就走了呢?

作为一名当过兵的老党员,父亲一生正直善良。每当我回老家祭拜父亲时,熟识的乡邻们遇到我总会唏嘘不已,他们都会拉着我的手,说起父亲在世时的种种好处,末了总会感慨一句:"你爸爸真是个好人啊!可好人怎么就没长久呢?"

都说酒品如人品,父亲尽管酒量不是太大,但酒品却嫌太好。迄今为止,如果我回老家遇到父亲辈的那些故人,他们都会提起父亲生前喝酒的一段"佳话"——每当父亲在酒桌上有点飘飘然的时候,他总会迷迷糊糊地问一个他一生都没有算好的数学题:桌上八个人喝酒,他敬每人一杯,每人再回敬他一杯,为啥每次他总喝多了呢?每当我听到这个有关父亲喝酒的经典笑话时,我对父亲的敬意和思念只会更深一层——这就是我的父亲,这就是我傻傻憨憨了一辈子的父亲。都说"傻人自有傻福",我憨憨傻傻的父亲怎么就没能安享本该属于他的晚年之福呢?还是他把本该属于他的福气都留给母亲和我们兄妹三人了呢?一如他生前什么好吃的好用的都要省给母亲和我们一样?

雨,一直在下;心,依然会痛。在又一个父亲的忌日即将到来的日子里,再次怀念我最爱的更是最爱我的父亲——怀念父亲的自行车大杠,怀念父亲的炖鸡蛋,怀念父亲喝点小酒就红光满面的样子,怀念父亲作为家的脊梁,坚韧拼搏的一生……

亲爱的父亲,您离开我们整整二十年了,二十年来,无数次在梦里见到您,您还是我记忆中那高大帅气的模样,梦醒后,总是泪流满面,假如眼泪能够搭建通天的梯子,假如思念能够铺成上行的天路……

特别的日子里,您的儿女特别想念您!特别的日子里,祈愿天堂安好,现世安稳!

……

——树欲静而风不止,子欲养而亲不待。为人子女,我们一定要懂父母之苦,报养育之恩,因为有些等待将成为永远的等待,有些遗憾将成为永远的遗憾。

凌晨来电

可能是昨晚熬夜的缘故,一夜都没怎么睡好,翻来覆去滚了小半夜,迷迷糊糊刚刚入睡,却被枕旁一阵阵手机震动的声音惊醒。

此种懊恼,无以言说!

缺少睡眠的眼皮沉重得无法睁开,既然不是闹铃的响声,就说明还没到五点半,管它什么天外来电,坚决不接!!!

我拉紧被子继续蒙头大睡。

呜——呜——呜——,即使蒙上了被子,可那手机依然固执地响个不停。

"不好!"我一个激灵从床上惊坐起来,还惊醒了刚还在打鼾的某人。

昏睡中我突然想起能在凌晨这么早一直给我打电话的,只有我那奇葩的老母亲了!

拿起手机,果不其然。晨曦中,屏幕上的"老妈"两个字分外醒目。

"妈,啥事啊?"我满含睡意甚至还略有些不满地嘀咕着。

"小林啊!今天不是星期五吗?明天又要在家烧饭了吧?我给你捎

些韭菜、豌豆、茼蒿过去？你喜欢的莴苣差不多都老了呢,煮好的咸蛋也带些？"

在这个还没到五点的凌晨,我七十四岁的母亲一直在用一种近乎讨好的语气小心地询问着她那还当半夜在睡的快近半百的女儿。

"怎么？还在睡觉吗？宝宝,那我挂了,你再睡会儿！"电话那头的母亲像犯了错的孩子立马要挂断电话。

"别挂,我在听呢,已经醒啦！"我边说边下床,掩上房门,来到客厅里。

"妈,你不再睡会儿的？外面五点还没到呢？这些东西不要呢,现在街上啥都有,方便呢！"

"街上买的,有妈种的新鲜保险吗？咱自家吃的菜可是没有化肥农药的哦！买不要花钱嘛？省一分是一分啊！我睡不着啦！人老啦,每天天麻麻亮就醒啦！"

说到这些,老妈的声音明显提高了许多。

"睡不着,可以躺会儿啊！现在早晚还挺凉的,你这个老气管炎,不能受凉的！"我有些嗔怪地提醒她。

"你妈有那么娇贵吗？这辈子就没赖过床！已经在厂里溜达了一圈啦,等露水干些,就去给你拔菜呢！倒是你,最近咋样？阑尾还疼吗？不许减肥啊！身体最重要！昨晚几点睡的啊？"

"昨晚赶了点东西,将近两点才睡的,你放心,你的胖丫头身体结实呢！怎么减也减不瘦的。"我边调侃边安慰道。

"啊！两点,那你才睡了多少？怪妈不好,白天打电话又怕你在上课,中午又怕你在睡午觉,晚上打电话你总是在外吃饭。我以为你一早起来准备上班了,就,就,就,好了,不说了,你再睡会儿！"电话那头的母亲因打搅了她女儿的早觉,有点语无伦次了。

"没事的妈,我定的闹钟就是五点半,相差不了多少的！以后你就早晨给我打电话啊！"

然而回应我的只有"嘟嘟嘟"的忙音。

看看墙上的闹钟，已经快五点半了。拉开窗帘，初夏的晨曦映照在书房窗前那棵高大的幸福树上，不知何时，树干上又冒出了枝枝新绿，一切都是那样美好盎然。

"妈妈，幸福安康！欢迎随时来电！"

这是我在那天早晨给母亲发的第一条电话信息。

女儿的味道

"嗒嗒嗒——嗒嗒嗒——"在这个寒冷安静而又慵懒的节日清晨,我下楼梯的声音显得格外刺耳。唯恐惊醒了还在睡懒觉的邻居们,我下意识地放轻了脚步,慢慢地走下楼梯。

还没出楼道口,刺骨的寒风扑面而来,一阵哆嗦,不由自主地裹紧大衣,缩了缩脖子。"这么冷的天,老师你怎么这么早就起来了?不是还在放假吗?你们年轻人,不睡睡的?"从来不睡懒觉的董奶奶已经在楼下自己开辟的菜地里忙乎起来了。

"奶奶早!我想去菜场呢!""去菜场?这不还在过节吗?年前你一趟趟的买了那么多的菜,不会都吃完了吧?"老太太一副难以置信的神情,"这么冷的天,就别出门了,我地里的蔬菜你随便挑,别跟我客气啊!"

我是最怕冷的了,自然不想在这么寒冷的早晨从温暖的被窝里爬出来。可是,今天,即使天气再冷,即使家里的存菜再多,我是一定要去一趟菜场的。

因为,今天是正月十五!正月十五我是要请妈妈吃饭的!

"你要在家里请妈妈吃饭?这年头有多少人在家里请客的呀?哥哥们会不会认为我们小气啊?而且在家里忙菜,也太麻烦了呀?"当我提出今年想要在家里请母亲吃饭时,先生第一个持反对意见。

"怎么就麻烦了呢?母亲为我们几家老小忙了一辈子菜,怎么就不麻烦呢?今年就让我们也麻烦一次,为母亲忙一顿饭,好吗?"想起此前的小争议,只要能买到新鲜的上好的菜品,零下七度能奈我何?

可是,站在偌大的菜场里,面对品种齐全的各类菜蔬,我却茫然无措了——母亲喜欢吃哪些菜呢?现在喜好怎样的口味呢?

这么多年,我已经十分熟知先生和女儿的口味,一如我的母亲一直熟知我们兄妹三家每一个成员的口味一样。所以每到菜场,我总能很娴熟地买到先生和女儿喜欢吃的荤素菜肴。可是今天,当我平生第一次想要专门为生我养我的母亲买菜的时候,我似乎竟然忘记了母亲的口味和喜好——这些年来,我们真正陪伴母亲吃饭的时日真是越来越少,许多时候,都是母亲在灶上灶下地忙着为我们煮饭啊!忙碌喧嚣的日子里,我们忘记的仅仅是母亲的口味吗?

带着些许愧赧,凭着记忆中的模糊印象,精心挑选了我自认为母亲比较喜欢的鱼虾蔬菜,暗暗地对自己说:今天一定要很用心很用心地为母亲烧一顿家常晚餐——似乎唯有如此才能弥补我这些年来对母亲忽略的缺憾。

母亲这辈人大半辈子都是在为生计、为儿女而奔波劳心,唯有到了晚年生活境况才有了很大改善。可就在我们兄妹三人都成家立业,他们该颐养天年的时候,相濡以沫的父亲却在十九年前早早离开了母亲。

前半生的母亲是辛苦操劳的,后半生的母亲是孤独寂寞的。可作为母亲唯一的女儿,我因为工作和家庭的原因,陪伴母亲的日子总是少之甚少。

也曾想接母亲到城里来住住,可她总是住不惯,近两年因为哮喘,连爬楼也很吃力了。所以母亲偶尔来趟县城,我们也只是请她在饭店吃顿饭,至多再逛会儿街就回去了。

虽然我买的都是家常菜,而且我的水平也只能做家常菜,但是因为今天是为母亲做菜,更因为我已经记不得母亲到底有多久没有尝过我做的菜了,整个下午,我都是带着一种仪式感一个人在家精心准备着每一道菜肴。

"嗯,不错!不错!"席间,母亲一直都在夸赞我的手艺,"小雯子总是在我耳边嘀咕说姑姑又在朋友圈晒好吃的了,今天亲口尝了后才知道林丫头这几年厨艺真的长进了不少呢!""这是得到您老人家的真传啦!我和丫头最有口福啦!"先生一边给母亲夹菜,一边顺着母亲的话锋。

我年迈的母亲,坐在她心爱的女儿——我家的客厅里,一边喝着外孙女为她斟的美酒,一边吃着她宠溺了一辈子的女儿为她做的饭菜,还总忘不了时时提醒她已年过半百的两个儿子少喝酒,不时还要去喊楼上楼下穿梭不停的小重孙过来吃菜……

我傻傻地坐着,傻傻地想着——岁月静好,不过如此吧!

从小到大,我们吃了母亲为我们烧的多少饭菜,无论我们走多远,走多久,心心念念的永远都是"母亲的味道"。许多时候,我们总是习惯母亲为我们烧饭;许多时候,我们都不曾想过要为母亲烧饭。

今天,正月十五的这一天,我年迈的母亲终于也能尝一尝她有些任性也有些自私的女儿为她烹煮的带有"女儿的味道"的饭菜了!

"我来约一下啊!明年的正月半,还在我家,不见不散!"曾经顾虑在家里招待母亲是否有所怠慢的先生,看到如此安好的画面,主动举杯邀约了。

当我们送母亲一行下楼的时候,农历新年的第一轮满月正高悬在蓝黑色的夜幕中,她那银盘似的脸,流露着柔和的笑容,闪烁着一种奇异的光辉……

幸福的女孩都有一个霸道自私的老情人

"结婚了,也不要跟老公住在一起!"你能想象这是出自一个父亲之口吗?而且是一个超级模范的父亲!

当我看到孙俪的这条微博时,我又一次被邓超这个超级恋女狂深深地虐到了。

"结婚了,也不要跟老公住一起!"如此不合逻辑的期许里包含了一个父亲对女儿的多少宠溺以及对她终将长大离去的多少不舍!

已故诗人余光中曾在《左手的掌纹》中说:对父亲来说,世界上没有比稚龄的女儿更完美的了,唯一的缺点就是怕她长大。

都说女儿是父亲前世的小情人,原来每一个幸运的女孩的生命中都会有这样一个霸气侧漏的老情人。

这个霸道的老情人有时是那样的不可理喻。"这裙子太短了,不能穿!""这T恤太露了,快换下!""这个点,太晚了,不能出门!""这小子,不靠谱,不许交往!"……

每一句霸道台词的背后,都是一个父亲对自己挚爱的小情人的无限呵护和关爱！在他们眼里，自家女儿永远是最漂亮的，永远是最需要保护的，永远是不容许任何"不良分子"觊觎的。这就是每一个爱女儿的父亲深藏在内心深处的强盗逻辑。

昨天晚上我和先生一起坐在丫头学校的足球场上，看丫头主持她在大学里的最后一场晚会。当毕业晚会到达高潮时，看到丫头和同台主持多年的搭档很自然的礼节拥抱时，我明显感觉到身旁的先生身子一紧，镁光灯的余光下，他的眉头都皱起来了！

我一面连忙戏谑性地帮他抹胸——因为我知道这个霸道自私的老情人肯定又在"心塞"了。一面又在"腹诽"正是他凡此种种的强烈的保护欲，让我们的女儿到现在为止，都还没有谈过一场真正的恋爱。在他看来，无论怎样的青年才俊，都是那个要跟他抢女儿的假想敌；在他想来，一切不以结婚为目的的恋爱肯定都是"耍流氓"。我当然也知道，也正是他这么多年的霸道自私，才让女儿在最容易迷失自我的大学时光里，依然不忘初心，始终向着美好奔跑……

当看到谢幕过后的女儿曳着拖地礼服奔向先生时，我的眼眶竟然湿润了起来——这世上恐怕只有他的女儿才会让向来高冷的他即使被堵在苏通大桥上两小时，连晚饭都没来得及吃，却依然无怨无悔地驱车半天，坐在这样的露天广场上像个孩子似的傻傻地挥舞着荧光棒，只因舞台上有一个他挚爱的女孩，他不想错过她成长过程中任何一个重要的时间节点。

曾几何时，我的生命中也曾经有过这样一个霸道自私的老情人，只是年少轻狂的我，当时却怎么也读不懂父亲霸道自私背后的深切呵护，因为父亲的严肃管教，我曾不止一次地在背后咬牙切齿地骂他"老封建"，等我做了母亲后，尤其是当我看到先生对女儿各种"不放心"之后，我才终于读懂"老封建"对我的拳拳爱心，只可惜一切为时已晚！

世界上最爱我的男人已经离开他最疼爱的女儿二十年了。如果一切可以重来,我宁愿父亲能再用毛巾狠狠地抽打我一顿,只因当年高考结束的那天,没有及时回家,却和同学们结伴在海滨露营了一夜。这也是记忆中父亲唯一打我的一次。

当孙俪揶揄邓超是女儿幸福的绊脚石时,这个霸气侧漏的"康熙大帝"只好弱弱地说,那小花妹妹结婚后住我对面,我跟在她后面做保姆,这样总可以吧?

原来,每一个霸道自私的老父亲都有一个最无力的软肋——前世的小情人,今生的小棉袄——女儿!

你那里的天空下雪了吗

大年初五的海滨小城是被朋友圈的雪景和此起彼伏的鞭炮声唤醒的。

轻轻地披衣下床,匆匆地拉开窗帘,这个春天的第一场雪总算没有辜负大丰人整整一个冬季的对雪的执念,尽管这场雪来得有点迟,尽管这场雪下得还不够大。只是站在窗前看着河滨公园里那些银装素裹的花草树木,似乎已经稍许聊解了我对雪的情有独钟。

有雪的日子,真好!

有雪的日子,喜欢站在窗前,看着一片片晶莹剔透的雪花漫天飞舞,它们似一个个美丽的小精灵,轻盈,飘逸,舞着优美的舞姿,在我的窗前漾起一串串动听的音符。

有雪的日子,喜欢安静地坐在屋里,捧着一杯冒着热气的香茗,时不时向窗外望去,与雪花无言相视而笑。喜欢听着柔美舒缓的音乐,看着自己喜欢的那本书和那个一直陪伴自己的人,一种莫名的幸福和感动溢满心间。

有雪的日子,喜欢在雪中漫步,聆听着雪与风的喃喃细语。调皮的雪花,飘落在我的肩头,抚摸着我的短发,亲吻着我的脸庞。那一刻,岁月静好,现世安稳。

有雪的日子,喜欢在茫茫的雪地上,捧起雪花,洒向天空。阳光下的雪花,闪耀着五彩的光芒,落在衣服上,脸上,唇上,凉凉的,甜甜的。

有雪的日子,总会捡拾太多过往。

每个人的童年里都住着一些难忘的有雪的日子。许是上了年纪记忆衰弱的缘故,渐渐地,我的童年似乎早已和你的童年重叠在一起,我只记住了那些与你有关的下雪的日子。

有雪的日子里,我会坐在窗前,翻看那本有些发黄的相册。看着这张你伏在中学操场上的雪景照,你可记得,每一个下雪的日子里,你总会和当时一起住在学校大院里的小伙伴们在操场上堆雪人、打雪仗的情景?那个时候的你简直就是一个淘气的假小子啊,操场上的各种运动器械你都敢玩。你还记得五岁的你,爬上近二十米高的云梯,无论我如何在下面揪心地叫嚣,你总是不肯下来的情景吗?

这是2008年的大年初一你在楼下拍的一张雪景照,那一年的大年初一下了一场很大很大的雪,那一年你摆着傻傻的pose,你的笑容在白雪的映衬下简单而稚嫩。

这是2015年春节你在云南玉龙雪山下拍的照片,正在读大一的你,站在风景如画的雪山脚下,想要拥抱全世界。

2016年的春节,在山东,你第一次学滑雪,兄弟姐妹中,唯独你没有请教练,一个人在那儿摸索摸索竟能在滑雪场上自由滑翔了。向来愚笨的我,只有帮你们拿东西和拍照的份儿。

这是去年家乡初雪的时候,你正好元旦放假在家,当我们从饭店吃完晚饭出来的时候,我们已经能在雪地上写下这样的字眼了。你和小平阿姨像两个顽皮的孩子,一路追逐嬉闹。最难忘的自然是你俩抱树摇雪的样子,每遇到一棵稍高一点的积满了雪花的大树,你俩就会一起冲上去,合力猛摇,当树上的雪花快要落下之时,你俩就立即逃开,可顽皮的雪花怎么可能放过同样顽皮的你们,不一会儿,你们的头上、身上甚至脖子里都是雪了,在那样一个初雪纷飞的寒夜里,你们的笑声是那样的澄净而温暖。

2018年的春节,我们是在哈尔滨度过的,我们一起去了美丽的雪乡,美如童话世界的雪乡,满足了爱雪的我们对雪的所有期盼和憧憬。

今年的春节,你在遥远的英国,你在我们一家三口的群里给我发了曼城下雪的照片,你用语音告诉我:"爸爸妈妈,曼城的天空下雪了呢!"

今天,是大丰有雪的日子,我伫立在窗前,飞舞的雪花牵着灵动的思绪,飞向远方。"你那里的天空还在下雪吗?面对寒冷你怕不怕,可有炉火温暖你的手,可有微笑填满你的家?"一曲老歌在耳畔悄然响起,一份淡淡的牵挂弥漫在心间。

"你那里下雪了吗?面对孤独你怕不怕,想不想听我说句贴心话,要不要我为你留下一朵雪花……"倘若你的窗外也正盛开着这冰洁的花,你可知道,那是我千里之外的祝福,那是我千里之外的思念。

有雪的日子里,我静静地伫立在窗前,迎接财神的鞭炮声依然此起彼伏,尽管雪已经停了,可我对你雪花般冰洁的思念依然纷扬在记忆的心空里,淡淡的,久久的……

回家

"为什么我的眼里常含着泪水,因为我对这土地爱得深沉!"耳熟能详的艾青诗句再配上那幅亲切得不能再亲切的五星红旗迎风飘扬的图片——这是我们一家三口第一次在同一时间发着文案和图片一模一样的朋友圈。

"为什么我的眼里常含着泪水,因为我对这土地爱得深沉!"当我和爱人一起紧盯着手机屏幕,看到女儿一下飞机发的这条朋友圈,尤其是当我们看到朋友圈的定位是上海浦东国际机场时,我和爱人的眼里早已溢满了泪水!

因为这一天我们等得太久!因为这一刻我们盼了太久! 2021年2月6日清晨七点,是我们全家人终身难忘的时刻——历经十个月,辗转几千公里,我们唯一的女儿终于安全着陆上海浦东国际机场,终于稳稳地踏上了祖国的土地。

"我们也终于可以好好地睡一觉了!"尽管此时已是清晨七点,可因为此前几天几夜几乎都没合眼,加之今天又是周六,此刻,我和爱人终于放下了所有的牵挂和揪心,准备好好地睡个回笼觉了——因为,我们深知:只要女儿能安全着陆,一切都可放心地交给政府交给党了。

去年年初国内疫情肆虐的时候,女儿赴美留学的签证正好签下来。我们自然以为此时赴美当然是最好的选择了——既可以规避国内的疫情风险,又可以顺利完成学业。为女儿筹措了足够的防疫物资后,我们毫不犹豫地把女儿送去了我们认为相对安全的美国。

然而到了四月初,在党和政府的正确领导下,在无数逆行者的共同努力下,国内的疫情基本得到控制,复学复工复产有序进行,公共场所也逐渐正常对外开放,疫霾正在渐渐散去,我们的生活也渐趋正常。可女儿的学习和生活却越来越不正常,因为美国的疫情形势日益严峻起来。尽管懂事的女儿怕我们担心,总是报喜不报忧,可我们每天都会关注各种媒体上对美国疫情的报道。当我们看到美国政府在防控疫情上的种种作为,尤其是提出靠国民自身免疫力来面对这场可怕的疫情时,我和爱人顿时傻眼了。

这世上永远也没有后悔药!如果能够提前知晓美国的疫情会蔓延得如此严重,如果能提前知晓我们许多人曾经心向往之的美国面对严重影响国民生命安全的新冠病毒竟然如此地"顺其自然",我们无论如何也不会让女儿去美国留学啊!

以我对女儿的了解,如果不是那边的疫情已经发展到很严重的地步,坚强独立的女儿一定不会在我们一家三口的群里,弱弱地如此试探我们:要不,我也想办法回国?"回来,只要你想回来,咱就坚决回来,想尽一切办法也要回来!"这就是我当时在群里秒回的内容。

达成"回来"的共识后,我和爱人立即把此前我们一直在关注和筛选好的有关回国的有效信息发送给她。女儿这才发现:其实我们早就希望她能回来了,只是因为我们远在中国,不能真正了解美国的情况,也不能自作主张为女儿做出任何决定。

从小到大，女儿无数次离家上学，也曾有过几次出国游学旅游的经历。但从来没有哪一次的回家之路有这一次这么漫长、这么艰难。

因为学校已经停止授课，女儿几乎是二十四小时挂在线上守候每一条能够回国的讯息；我和爱人除了工作时间，也是一直在网上查询各种能够从美国回来的信息。皇天不负有心人，一家三口苦苦守候了十天，终于预订到了五月份从东京转上海的机票——女儿回家似乎指日可待了。我们也做好了迎接女儿回家的种种准备。

然而随着国外疫情越来越严重，日本突然取消了五月份以后由日本转机的所有班机。女儿五月份回家的路被这条消息无情地阻断了。我们一家人的心情瞬间跌入了低点——回家的路咋就这么难呢？

作为父母，在孩子最无助最迷茫的时候，我们只有鼓励她调整心态、居家锻炼、等待机会。可这一等就等了半年之久。所幸的是在这半年里，中国驻纽约使领馆通过学校留学生组织为中国留学生分发了健康包等防疫物资，还通过中国留学生群对中国留学生进行各种关心鼓励甚至心理干预。无助迷茫的留学生们在享受中国温度的同时，更加坚定了回国的决心。大家在使领馆的帮助下一直在等待回国的机会。

好在天无绝人之路！时隔半年之后，2021年1月，女儿和她的几个同学终于订到了2月5日从西雅图飞上海的班机。当得知女儿终于订到航班的那一刻，我和爱人喜极而泣——女儿回家的脚步终于越来越近了！十个月的担惊受怕、十个月的牵肠挂肚、十个月的苦苦等待都在得到这一消息时烟消云散了。2月5日的航班多好啊！还有什么能够比能在农历春节前踏上祖国的土地更让我们安心的呢？即使她只能在隔离点过春节，但只要在中国，在哪里都是最安全的。

在暗夜中苦苦挣扎太久，终于看到了曙光，孩子们的激动与兴奋更是可想而知的。为了让回家的路顺利些，再顺利些，他们一行五人事先做好了各种攻略，甚至提前一星期从美国东部的波士顿飞往美国西部的西雅图。幸好提前了一个星期啊！因为到达西雅图的第二天,他们又告知西雅图的航班改成从底特律飞。这就意味着必须又要到底特律进行双阴检测。如果做不了双阴检测,这次的回家计划将会再次泡汤,未来等待他们的将是什么,谁也无法预测。

关键时刻,又是强大的祖国做了孩子们坚强的后盾,在驻底特律使馆的帮助下,孩子们提前两天从西雅图赶到了底特律,并顺利做好了双阴检测。万事俱备,只等起飞。

可谁能想到就在孩子们打算提前6个小时去机场的时候,整个密歇根竟然开始下雪,是那种孩子们在波士顿从来没有见过的大雪。原本一小时的车程,司机硬是开了三个多小时。因为是恶劣天气,一路上更是险象环生,最惊险的一次是他们前面的那辆车突然转起了360度,当时孩子们的嘴都张成了"O"形,连"英雄未回身先死"的想法都有了。好在司机临危不乱,最后她们和前面那辆车以相隔仅约10厘米的距离,平行驶过。孩子们在历尽艰辛、几经周折之后终于在底特律登上飞回祖国的班机。

"没有比较,就没有伤害！为了让我们这些海外学子安全回家,有那么多工作人员在岗位上默默坚守！厚厚的防护服也挡不住国内每一个工作人员对我们这些回家的孩子的关爱。从机场到隔离点,我是切身感受到了隔离不隔爱的温暖。大中国,我是真正回来了！"这是女儿隔离期间的日记摘录。

春暖花开的三月,当我们从隔离点接到养得白白胖胖的女儿时,竟有一种恍如隔世的感觉。我们一家三口紧紧地紧紧地拥抱在一起,然后对着隔离酒店前迎风飘扬的五星红旗深深地、深深地鞠了三个躬……

为什么我的眼里常含着泪水？因为我对这土地爱得深沉！为什么我们在历经坎坷之后,终能安全"回家"？因为我们有中国共产党的英明领导！因为我们身后有伟大而强盛的中国！

我和女儿一起看阅兵

"明天早上你起来时一定要轻一点啊！不要影响丫头睡早觉啊！她这两天在倒时差，睡眠质量很差，早上你就让她睡到自然醒啊！阅兵要到十点才开始呢，请你稍安勿躁啊！"

9月30日晚临睡前，我们家的"宠女狂魔"一再叮嘱即使放假也没有福气睡懒觉的我，早起做家务时动作一定要轻些轻些再轻些。尽管昨晚已经在先生的监督下，取消了工作日的闹钟，可10月1日的清晨，我依然在五点半准时醒来。

为了不让防盗门沉重的开门声影响父女俩的早觉，我很自觉地放弃了下楼晨跑的习惯，而是选择轻轻地轻轻地穿梭在除了他俩睡觉的每一个房间之间——一边听着耳机里自己喜欢的公众号里的文章，一边特别认真地履行一名家庭主妇的职责——洗衣、打扫、做早饭。

今天是个好日子！鲜花插起来，果盘摆起来，为祖国母亲庆生的长寿面必须吃起来！当我非常满意地看着锃亮的地板、生机勃勃的绿植、鱼缸里游来游去的金鱼、茶桌上洗晾一新的准备泡茶的茶具还有厨房搁台上为下面条准备好的青菜、牛肉和鸡蛋时,此时此刻,我能想到的词语依然只能是"岁月静好"。

"妈妈早!"一句熟悉而又带点陌生的问候突然打破了一屋子属于国庆早晨的静谧与宁静。看着长发飘飘的女儿穿着睡衣从她的房间里走出来,正躺在沙发上刷屏的我恍惚间竟有一种做梦的感觉——这是分别了14个月之久,女儿第一次在家里向我问早啊!更多的时候,都是我们在和她道晚安时,她那边还是正午;我们早上起来想问候她的时候,她那边已是深夜。"凌晨还在朋友圈看到你在数羊的呢,现在还没到八点呢!怎么不睡睡的?如果你还在曼城,现在正好是入睡的时候啊?"我怎么也想不到女儿会这么早就起来。"开始了吗?"女儿自动屏蔽了我的碎碎念,径直走向电视机,打开了我因为怕影响他们父女俩睡觉早就想开却没敢开的电视机。

"现在距离庆典仪式正式开始还有两个小时,长安街上……"当看到央视外景主持人穿着节日的盛装在镜头前介绍着庆典前的情况时,刚才还很紧张的女儿一下子放松了许多。

时隔一年,我似乎有点读不懂她的"画风"了!连续坐了十几个小时的飞机,还在倒时差的她竟然会为了追今天的阅兵仪式,这么早就起床?甚至比他那个伪军事迷的老爸起得还早?

……

"我终于能在自己的家里看自己国家的国庆阅兵仪式啦!"当我们一家三口坐在沙发上等庆典仪式正式开始的时候,坐在我身旁的女儿突然发出了这样的感慨。我看着她因为激动而有些绯红的小脸,我的心竟也随着十点的愈来愈近而愈加激动起来。"哈哈哈!曼城的学弟学妹们都在群里表示对我的羡慕之情呢!看来选择回来,选择在国庆前回来真是一项无比英明的决策啊!"女儿一面回复着同学群里的消息,一面紧紧地盯着电视屏幕,唯恐错过了最关键的时刻。当总理宣布"请全体起立！鸣礼炮！"时，女儿立即离开沙发，以立正的姿势站在电视机前，侧耳聆听着穿越历史的70声回响。当五星红旗伴随着雄壮铿锵的义勇军进行曲冉冉升起时，我分明看到了站在我身旁认真唱着国歌的女孩眼里噙满了泪水。

有多久没有看过电视了？有多久没有一家三口一起看过电视了？有多久没有一家三口如此认真地一起看过电视了？有多久没有一家三口如此激动地一起看过电视了？我想这应该不仅是我一个人彼时的省问吧！

"妈妈，我真的想哭！"这是1日上午女儿和我一起看阅兵时说的最多的一句话。"妈妈也是！"这是1日上午我和女儿一起看阅兵时说的最多的一句话。"为什么我的眼里常含泪水？因为我对这土地爱得深沉……"当我看着女儿因为看阅兵仪式而红了又红的眼眶时，我就知道我的女儿真的回来了！

第三辑　许你一场海棠盛开

就这样慢慢地，
慢慢地看着此生
最爱的栀子花在
每一个初夏的
风雨中渐次绽放，
真好！

栀子花开

周一的清晨,有些慵懒地打开门,一股似曾相识的幽香淡淡地氤氲在光线昏暗的办公室里,随手打开灯,办公桌上的那盆栀子花竟然有一朵含苞待放了。

记忆中的栀子花总该到六月中旬才会开放的吧!这盆一直长在室内的盆栽的栀子竟然在五月的上旬就给我带来了一份别样的惊喜。

所有因为双休日延续而来的慵懒,在看到这一朵含苞待放的栀子花时烟消云散了!因为这是一朵怎样的栀子花啊!一簇蓬勃的绿叶中,傲娇地挺立着这么一朵清新可人的栀子花的花苞。花苞的颜色是时下最流行的渐变色——由淡白到浅绿再到苞尖的一抹深绿,就那么毫无违和感地融合在那朵含苞欲放的栀子花上,是那样的温润如玉,不,简直就是一块造型独特的温润之玉啊!我的心没来由地柔软了起来,在这个天气不是太好、气温有点反常的细雨霏霏的周一上午。

午后,初夏的第一场雨在风的怂恿下却越发的肆虐起来,衣裙单薄的我顶着风雨奔跑在宿舍通往办公室的路上,总感觉又回到了凄风冷雨的秋天。

一路狂奔着冲进办公室,许是办公室门窗一直密闭的缘故,分明就是两重天嘛!最最重要的是早上那朵含苞欲放的花骨朵,竟然绽开了一瓣。虽然只是那么一瓣,只是那么柔柔的,甚至看起来弱弱的一瓣,却让我在这个"夏寒料峭"的午后,不仅听到了窗外的风吹雨打,还听到了一朵花的悄然绽放。

一直以来,我都只是那种表面爱花却不善养花的那一类人。许多时候,我总是自嘲:能不被我养死的花,那生命力绝对不是一般的顽强的。可这回对于这盆养在办公桌上的栀子花,我还是很"上心"的。不仅因为一直以来我对栀子花情有独钟,更主要的是这是一份特别的"礼物"。

两个月前的一个清晨,我正埋首在两堆高高的《伴你学》中,紧赶着期冀能在上第二节课之前改好。

"老师,节日快乐!这是给你的!"一抹甜甜的洋溢着喜悦的声音穿过堆积如山的作业本向我走来。她一边麻利地帮我整理着已经批好的那堆作业,一边立马为她带来的礼物找好了安身立命之处。越过面前尚未批好的那堆作业本,我看到的分明是一小盆枝繁叶茂的栀子花!

"老师,栀子花是你自己的花哦!花房里的师傅说十天浇一次水就可以了,你可不能把她养残了呀!"她调皮地冲我做了个鬼脸,抱着那叠我已经改好的作业本风一般地走出了办公室。

女人节的早晨,慧给我抱来了一盆可以放在办公桌上的栀子花!这意外的惊喜让我一个人坐在办公桌前愣怔了好一阵子……

慧原本就是一个蕙心兰质的女孩,不仅比同龄孩子长得高挑,而且写得一手好文章,她的文字和她的人一样,溢出的都是我特别喜欢的那种气质。这样的孩子,自然是班上的语文高手了。

可是上学期期中考试过后,慧仿佛变了个人似的。课堂上再也寻找不到她和我心有灵犀的眼神交流,有的只是因为迷离而被我盯破的躲闪不定的慌乱。不要提月考成绩了,甚至很多时候连默写都让我忍无可忍。

　　我总认为慧这样的女孩,是极为敏感而自尊的,我只需点到为止,聪慧如她者一定会适时调整过来的。可是一个多月过去了,她不但没能在我多次善意的提醒下及时调整过来,她的状态反而越来越差了,我甚至看到她身上每一个细胞都写着"浮躁"这两个字!

　　经过很久的"潜伏",我终于在去年冬天极为寒冷的那个放晚学的时段里,找到了她问题的症结所在。出其不意,攻其不备,她自以为包裹得严严实实的防御盔甲,在我凌厉的强攻下瞬间土崩瓦解。她终于卸下了"桀骜"的外壳,先是号啕大哭而后哽咽着诉说着一切的一切……

　　当我用新拆的一整包面纸的最后一张面纸为她擦去她脸上最后的眼泪鼻涕时,我就知道属于这个女孩的雨季就快过去了,因为我从她哭红了的眼眸中分明读到了一份依然明澈的决然。我始终相信拥有这种眼神的女孩应该已经看到了明天的朝阳和希望。

　　最为寒冷的冬天终于渐行渐远……

　　春学期伊始,原先那个有点小傲娇有点小清新的慧又回来了!

　　唯一不同的是,开学后,她变得特喜欢往我的办公室跑了!俨然成了我的第三课代表(正常情况下我们一个老师用两个课代表),其工作积极之程度,大有取代我正式任命的课代表的趋势。

　　她几乎每一节课下,都会像个小尾巴似的跟在我的后面,除了课代表该做的那些拿作业、收作业之类的琐事,她似乎更有兴趣跟我唠各种家常,甚至吐槽我的穿着、胖瘦以及我的文章……

　　当然她也会时不时地来看看这盆她送给我的栀子花。

　　"似乎又长大些了呢!"

　　"记得浇水了吗?"

　　"有花骨朵了呢!"

"我搬出去晒会儿太阳啦!"

……

"老师,栀子花开了耶!栀子花开了耶!"一抹甜美的满溢着惊喜的声音把我的目光立刻牵引到了眼前的这盆栀子花上。

不过只是两节课的辰光,下午刚上班时还只有一瓣绽开的栀子花,第一层外围的五个花瓣已经悉数绽放!那乳白色丝绒般的五个花瓣轻轻托举着中间尚未绽开的里层骨朵,让我生平第一次完整地见证了一朵花开的美丽过程。

"老师,今晚的家庭作业写给我吧!"慧一边俯在花盆上很夸张地嗅着幽幽的栀子清香,一边向我伸出了要作业纸条的小手……

看着慧无邪而沉醉的模样,我突然觉得如果能够就这样慢慢地慢慢地看着此生最爱的栀子花在每一个初夏的风雨中渐次绽放,真好!

我要一个抱抱

"一——二——三——四,一二三四!"

每当校园的上空,响起这铿锵而又熟悉的旋律时,我就会立马换上运动鞋站在一楼教室的西头等着我的娃娃们以最整齐的步伐和最昂扬的面貌小跑着走进田径场,开始每天的例行跑操活动。

同在一楼的18班走了,17班走了,连教室在我们东面的15班也走了!甚至二楼的班级也陆陆续续从我的身边出发了!

我们班呢?我们的队伍呢?

我左盼右盼,上盼下盼,才看见我们班的娃娃们三三两两、不紧不慢地从教室里摇出来。

别的班都快走光了!本来就慢了,还在摇!?

"怎么回事?快点撒!"我忍不住朝他们吼了起来。

"老师拖了会儿堂!"我乖巧懂事的班长拿着班旗第一个跑到我面前极力向我解释道。可后面那些刚从教室里出来的孩子不但没有加快步伐,还在那儿像一群刚出笼的鸟儿叽叽喳喳地讲个不停。

"老师至多拖了分把钟吧？可你看看你们！如此拖拉！说好的集队快、静、齐呢！废话少说,赶快整队！"我几乎要咆哮了。

许是前面连续阴雨,好久没有跑步的原因,好多孩子都忘了自己站队的位置了。好不容易女生在前,男生在后,六个一排排好队伍正准备出发,半路上却杀来个"程咬金"——不知从哪里冒出来的艳,冒冒失失地往已经整好的队伍的第一排里一插。

这下好了！一排只能站六个呀！她这一插,其他孩子就必须依次往后退一个啊！可毕竟是孩子,能做到依次吗？刚刚整好的队伍一下子又乱套了！

"艳,你怎么现在才来？！"看着溃不成军的队伍,听着体育老师催命的口哨声,我已经八头冒火了。

"上厕所的呀！"她若无其事地摊了摊刚洗完的双手,还故作潇洒地耸了耸双肩。

面对我的"山雨欲来",她竟然还能如此"风轻云淡"！最气人的是一听到"上厕所"这三个字,后面的队伍似乎更骚动了,还传来阵阵"哂笑"声。

"迟到了,你不知道按照规矩站到最后吗？迟到,就是你故意扰乱队伍的理由？今天,你就不要跑步了！"说完,我猛地揪起她羽绒服的衣领,把她拖出了队伍。她怎么也没料到平时还算温柔的江老师会来这一招,惊愕之下,她踉跄了好几下,才算站稳。

"站在这儿好好吹吹冷风吧！"撂下这句话,我忙不迭地带着我们班的队伍追赶大队伍去了。

看着我阴沉的脸色,整个跑步的过程中,孩子们大气也不敢出一口,连口号声都比平时弱了许多。

等我们怏怏地返回教室时,远远地我就看到瘦小的艳在寒风中似乎瑟缩成了一团,我的心不由得紧了一下。

走近一看,她竟然抱着肚子半蹲在地上,脸色有些苍白,两腿似乎还在发抖。

"怎么了?"

"我——我不舒服——我——"先前那个有点桀骜不驯的艳,此刻是那样的痛苦而无助!我分明看到了她眼里噙着的泪花!

"快!快上我办公室!"我连忙搀扶着她,向办公室走去。

把她安顿在我的座椅上,又给她倒了杯热水后,她的脸色似乎缓和了一些。

"怎么了?很严重吗?要上医院吗?"我极不放心地问道。

"哇——哇——"

我不问倒好,这一发问,她竟然号啕大哭起来!

"好了,不哭!好了,不哭!哪里不舒服,告诉老师,好吗?"我一边给她擦眼泪,一边拍着她的后背安抚道。

"我——我——我没事,我就是肚子有点疼才上厕所的,然后被你一凶,好像肚子更疼了,站都站不稳了——"她边抹眼泪边抽噎着。

"而且,而且老师,你以前从来也没这么凶过的!你让我一个人站在那儿吹冷风,我觉得我是被你们抛弃了。"她可怜兮兮地抬起婆娑的泪眼又补充了两句。

"原来你胆子也就这么大啊?怪只怪我以前太温柔了!原来都是温柔惹的祸啊!"看到她身体确实没有大碍,我一颗悬着的心终于放了下来,为了缓解她内心的紧张,还有我内心的愧疚,我适时调侃了一句。

"我还是喜欢温柔的江老师,你刚才的样子太吓人了!"她有点娇羞又有点调皮地伸了伸舌头,还做了个鬼脸。

看到她做鬼脸的样子,我就知道那个古灵精怪的艳已经恢复正常了,无论是生理上还是心理上。

"老师今天是有点简单急躁了,可是,可是你迟到后不按规矩站队,因为你一个人影响整个班级也不太好吧?"我当然不会轻易放弃任何一个引导她的机会。

"嗯,嗯,我下次会注意的,老师你也别生气了,你生气的样子好怕人的!"她一边点头,一边还在嗫嚅着我的"怕人"。

遇见你，遇见花

"大姐,遇见你,遇见花！新年快乐哦！"

好一句："遇见你,遇见花！"

回首过去的时光,总有一些美好的遇见,一如美丽的鲜花一样让我们庸常忙碌的生活温婉而美丽。

宇就是那个让我一想到就会嘴角不由上扬,心花不由绽放的孩子。

他该是我这些年来接触到的孩子中心智最为单纯的孩子了——十三岁的男孩,双休日最喜欢看的电视节目竟然还是《天线宝宝》。

所以,他就像那个可爱的天线宝宝一样,一节课很难安静五分钟以上的,前后左右的同学都被他烦够了。

中午在宿舍他也是翻来覆去很难入睡的,静校铃响后,无论什么时候到他们宿舍,你总会看到他睁着一双特无辜的大眼睛跟你对视,你怎么教他听到查寝的脚步声即使睡不着也要"假寐",他怎么也不会"假寐"！

许多时候,面对着他那张粉嘟嘟的小脸,尤其是那双婴儿般明澈的眼眸,我所有的管理艺术都显得特别的苍白无力——因为他真的是"无知无畏"呢!

可是就是这样一个在"常规上"屡屡让我受伤,又屡屡让我束手无策的"天线宝宝",却是一个在学习上特别有上进心的可爱萌宝呢。

只要我这节课默写了,他一定会萌萌地尾在我的身后,跟进办公室,无限期盼地从一堆默写本里,找出他的那本,然后用他那双能秒杀一切师奶的超级好看的大眼睛,紧紧地盯着我对每一条题目的批改。从他那潜意识轻微抽动的鼻翼上,我就能知道,这个可爱的男孩是多么渴望能得到一次满分!

(后来我才知道,他为了能一眼找到他的那本,故意用了一本和其他同学不一样的本子)

可他毕竟是个注意力不太集中,学习能力也不是太强的孩子,所以默写满分于他而言,似乎总是有缘无分,有好几次都是以一字之差而失之交臂。

每次看到他因为没有得到满分而落寞低垂的眼眸,我甚至似乎都看到那长长的睫毛上有了丝丝泪滴。那一刻,我的内心心疼而欣慰——因为我知道我可爱的"天线宝宝"正在慢慢长大,因为我已经听到了他内心那股最强烈的声音——我要100分!我要100分!

"老师,我真的好想得个100分!今天我有希望吗?"我已记不清这是宇多少次这样弱弱地问我了。

"希望总会有的呀!只要你能坚持!今天老师再给你一次机会,我明确地告诉你,你的默写里有一个字写错了,只要你现在能查出来,就不算你错,好吗?"

"真的可以这样吗?"他满怀希望却又半信半疑地问我。

"当然可以,只是老师多给你一次检查的机会而已,而且这个机会也是通过你执着的努力而争取来的,好好珍惜哦!"

我从来没有见过如此认真的字,他拿起笔,睁大眼睛,一个字一个字地慢慢点过去,在他检查的时候,我似乎比他还紧张。

"有了!我找到了!"他特别仔细地擦掉那个错字,抿住小小的嘴唇,带点小得意地把他修改过的默写本递到我的面前。

我毫不犹豫地给他打了一个大大的红勾,写了一个无比醒目的"100",还加了一个超赞的"好"。

我还没来得及夸他几句,他就拿着他的默写本一路飞奔而去了,走廊里满满的都是他"天线宝宝"般的笑声……

现在是换作我跟在他的后面无力地叮嘱:"慢点,小点声!狂奔和喧哗也是要扣分的!

不是每一朵花都完美无缺,但每一朵花都想完美绽放!只是需要我们用心静听。

许你一场海棠盛开

三天的小长假，流连在江南灿若云霞的樱花林里，泛舟在水乡汪洋恣肆的菜花丛中，徜徉在家乡旖旎迷人的郁金香的花海里——我似乎什么都不舍得错过，我却又似乎错过了许多……

"这鬼天气！阴晴不定，忽冷忽热！小长假回来的第一个工作日就下雨！"

与其说我是在抱怨这不遂人意的天气，不如说我的"上班恐惧症"又复发了吧！

有点疲沓地站在讲台上，一边翻看着朋友圈里属于小长假里的"诗和远方"，一边看着孩子们三三两两地背着有些沉重的书包走进教室，陆陆续续地回到自己的座位上。

是因为天气的原因，还是有生如师？这帮孩子竟也和我一样有点怏怏的呢！敢情他们是得了"上学恐惧症"了吧？——晨读课我竟然听不到琅琅的读书声？！

"把语文书拿出来！赶快读书！"我开始发号施令了。

是几天没用嗓子的缘故,还是不小心又着了凉?我一向自诩的"一嗓子"今天竟然没有达到我想要的"吼下去"的效果,无力又无奈地淹没在孩子们闷闷的读书声中了。

悻悻地走下讲台,到行间提醒督促孩子们赶快进入晨读的状态,在我凌厉眼神的"秒杀"下,孩子们的读书声渐渐响亮了起来。我也捧起了教本,开始边巡查边朗读今天要教的课文。

文又在走神!这孩子最近怎么了,大清早的就不在状态?我用手指敲了敲文的桌角,她似乎吓了一跳,连忙从游离状态切换到读书状态,尽管我从她读书的姿态中仍能看出她的心不在焉。

第一节课就是语文课,真是岁月不饶人啊!晨读课、早读课和第一节课连上,我是真的感觉有点吃力了!

吃力也得尽力啊!一切都有条不紊地进行着,孩子们正按照我的要求在自己的本子上精心准备着"秀宝"的环节——用自己的语言,结合课文内容,选择大熊猫的一个方面,到讲台上来秀一秀他们心目中的国宝——大熊猫的形象。

四月的窗外,原本淅淅沥沥的春雨竟然越下越大了,三天假期过来,临近后窗的那株海棠不知何时已经全部披红挂苞了,正在风雨中凌乱呢!

"好,现在进入秀宝环节,想要上来秀宝的同学请举手!"我信心满满地等待着孩子们的积极参与。

稀稀落落地只举了五六只小手。

我刚才已经做了示范,而且也给了非常充裕的时间让你们准备,怎么竟然只有几个孩子愿意上来展示?我有些懊恼了,在这个阴雨绵绵的早晨。

"那么,按照老师的要求准备好的同学请举手,你不一定要上来秀的,老师只是想了解一下你刚才学习的状况。"我自动降低了要求。

有一大半的同学举起了手。我的眉头舒展了些许，原来这些孩子只是不够自信而已，他们毕竟已经准备好了。

那么，还有一小部分同学呢？我刚刚行间巡查的时候，明明看到大家都在很努力的翻书写字的啊！

"已经在准备了，只是还没有完全准备好的同学请举手！我希望能看到你是在努力的，只是有可能你的努力还没有完全到位，是吧？"

在我的"威逼利诱"下，除了文，刚才没有举手的那部分孩子陆陆续续地举起了自己的右手。原来，这些孩子只是没有完全准备好，我只要知道他们在努力准备就足够了。

可是文！文在干啥的？七分钟的准备时间呢！我明明看到她在草稿本上涂鸦修改的呀！

"文？你一点都没准备吗？"我尽量压低自己的"大嗓子"，在竭力掩饰自己的恼火。

她从座位上要紧不要松地站了起来，耷拉着脑袋，低垂着眼帘，然后就是我最不想要的沉默——我想要的解释是一句没有！

"什么态度？到底怎么回事？你没听到我在问你话吗？"我再也压制不住那"腾腾升起"的火苗，开始吼起来了。

可是最让人懊恼的是我吼到"问你话吗"时，我竟然"吗"不下去了。

自从接了这个相当闹腾的班级后，我曾经自诩的金嗓子似乎已经常态化地沙哑而富有"磁性"了。我连忙拿起讲台上的水杯，喝了一口罗汉果茶，用手势示意她坐下，然后请其他同学上来展示。

这堂课在几位同学精彩的展示中很快就结束了。宣布下课后，我狠狠地瞥了文一眼，连忙去赶隔壁班的第二节课了。

假期回来的第一天总是最繁忙的，上完了四节课，改好了堆积如山的作业后，尽管我知道我还有一件事没做，但我似乎已经做不动了，心里正琢磨着：明天再找文谈谈吧！

"笃笃——笃笃!"我"请进"来的竟然正是文。

"老师,我,我……"文吱吱呜呜地似乎有许多话想要对我说,又似乎什么话也说不出来。

我一直在用鼓励的眼光看着文,我还在等着我想要的解释。

"这个给你!"憋了许久,文只说了这四个字,丢下了一块锡箔纸包着的貌似糖块的东西,涨红着小脸跑出了办公室。

"京都念慈菴"——看着锡箔纸上的这五个字,我疲惫不堪的心在这个春雨初霁的傍晚瞬间被融化了——这何止是一块润喉片啊?这是一个孩子对老师的一份至纯至真的关爱和宽容啊!即使你并没有耐心地了解她的真实情况,刚刚还在课堂上吼过她,还用眼神凶过她。

窗外,粉色的垂丝海棠在夕阳的涂抹下清新而娇羞,或许文就是元好问笔下的那朵"爱惜芳心莫轻吐"的不胜娇羞的垂丝海棠吧!或许身为人师,我们需要给予这些内敛的孩子更多的温柔、宽容和耐心吧!

一边满嘴含笑地咀嚼着这块苦涩中带着些许丝丝甜意的润喉片,一边拿起手机转发了好同事也是好朋友"时光浅浅"最新更新的朋友圈:每一颗心都需要爱,需要温柔,需要宽容,需要理解。每一个孩子都来自纯净无邪的地方,永远都应该是人间万分疼惜的珍宝。

经过今天这场春雨的洗礼,明天,明天的窗外一定会海棠满树了吧?!

一缕凉风

"这样的天气,只适合钻冰箱!"当我看到美眉同事一分钟前发的这条朋友圈时,我正和她一样悲催地往教室赶去!——在这个气温高达36摄氏度的桑拿天的午后两点。

我还没走进教室,只是沿着长长的走廊从西往东走向我的教室,便有一阵阵发馊的热浪从每个教室的门和窗里向外涌来。

在这个连窗外的树叶都纹丝不动的夏日午后,教室里的温度明显比走廊里高了好几度,坐满60个人的教室,堪比一只大蒸笼。尽管距离考物理的时间还有两小时,孩子们都按照学校的要求,准时坐在教室里复习起来了。

我刚站到讲台前,额头的汗便不住地往下流。再看看孩子们呢? 一张张小脸汗津津的,更有几个爱出汗的小胖子连头发都湿漉漉的了。所幸每个人手上都比往日多了一样防暑装备——绝大多数孩子都有一把小型的电动风扇,也有几个用的是那种传统的折扇,最不济的就是拿了本书在扇着。

倘若是在平时,看到他们这样的学习状态,我定然会在讲台前以"这里是课堂,不是茶馆!"的理由断喝他们这样的看书方式的。可是此刻,看到他们在如此闷热的午后,即使后背都湿了,还在竭力保持认真复习的状态,我实在是于心不忍了。我试图把每一扇窗户都检查到我认为最佳的南北通风状态,可窗外除了那刺得人睁不开眼的阳光以外,一点也看不到有风吹过的痕迹。

"心静自然凉啊!把心静下来,就不会那么热了!"我有些底气不足地在讲台前宽慰着蒸笼里的孩子们,然后抹了抹额前的汗水,努力让自己坐到讲台北侧的那张专供老师看自习的课桌前,写起了对孩子们的评语。

"你是一个古灵精怪、聪明伶俐的丫头……"

"阳光帅气的你品学兼优、多才多艺……"

……

突然间很享受这种坐在讲台前给每个孩子写评语的感觉,尽管随着教室里二氧化碳浓度的不断增加,身为胖子的我其实早已不堪其热,但每写一个孩子,我就会用一个农夫看着自己浇灌的庄稼那样的心情,面带一种满足而自豪的微笑,打量着眼前的这个孩子,描绘他(她)的成长状态。写着写着,我竟然有了一种岁月静好的感觉——你们读书,我读你们!

"凉风!?"我抬头看了看室外,依然是纹丝不动的树叶;我再看看眼前的孩子们,依然是满头大汗地在复习。可分明有一缕凉风向我吹来!是的,只是一缕,只是一缕从斜侧过来的凉风,却在这个闷热无比的午后让我瞬间凉爽了许多。顺着凉风吹来的方向,我自然毫不费力地找到了风源——原来是淇悄无声息地把他自带的电动小风扇的出风口对准了我!

"谢谢淇啊!你自己扇呢!老师不热呢!"我连忙把风扇口又转向了淇。

"我不热呢！老师你后背都湿了呢！我反正也不会复习的。"他有点不好意思地挠了挠头，又把风扇口转向了我。

同学们依然在忙碌地背着物理概念，看着物理错题，谁也没有注意到讲台前我和淇的小小互动。

"我反正也不会复习的！"看着他面前摊着的那本《格列佛游记》，此时的我真可谓五味杂陈。

是的，这就是淇，就是那个初二开学第一天就不肯来报名的淇，就是那个因为通宵玩手机第二天就会旷课的淇，就是那个偶尔还会和同学起纷争的淇，就是那个每天到了教室不是睡觉就是看小说的淇，就是那个八门功课加起来都考不到150分的淇，就是那个让我深切地感觉到教育不是万能的淇，就是那个让我曾经感叹《我的戒尺哪里去了》的淇……

可就是这样的淇，他却在如此酷热的午后，悄悄地为这个曾经和他"斗智斗勇"了若干回合的我捎来了一缕弥足珍贵的凉风。也正是这样一缕弥足珍贵的凉风，让我在这个混沌酷热的午后又多了一份教育的清醒：分数绝不是衡量一个孩子的唯一标准。即使如淇这样的孩子，只要我们用心浇灌，总有一颗美好的种子会在某个不经意的瞬间，悄悄地萌发，慢慢地生长……

"如此酷热，你却知道把凉风带给他人；你每天都可能迟到，只有周一例外，因为你始终记得周一你要值日。其实，你是一个本性善良、热爱劳动的孩子，只是在前行的过程中，有些诱惑你难以抵制，有些陋习你难以克服，那么，就让我们一起努力，一起遇见更好的自己！"我终于写完了本学期的最后一份评语，在这个酷热无比的夏日午后。

你听到花开的声音了吗

"老师,我,我语文考了多少?"

周五放学后,刚刚结束了期中考试的孩子们以最快的速度背着书包飞出了教室。

唯有路,这个我自认为最不可能关心考试结果的路,竟然尾随在我的身后,弱弱地又充满期待地等着我的回答。

"我不是说过这次是网上阅卷,阅卷的后期工作比较烦琐,可能要到下周一才知道分数的吗?难得考试后的一个周末,先好好回家享受周末呗!"

"哦?!"她那双会说话的眼睛里闪过了一丝疑惑,一丝无奈,还有一丝释然。

"真的能好好地享受一个周末了耶!那么,老师,再见啦!"

看着她背着重重的书包蹦跳着不断跟我挥别的身影,我竟然愣怔在原地了。

班里六十个孩子,谁都可能来问分数,可小路怎么会呢?难道小路也会关心自己的成绩?

开学以来,她该是班里最让老师和同学头疼的孩子了吧?这是一个典型的让人头疼的话痨!排队讲,集会讲,午休讲,自习课讲,甚至上课时还经常趁老师板书时隔空和别的同学喊话!老师和值日班干对她说得最多的一句话就是:"小路,安静!安静!"

我曾经一度怀疑她上学的全部乐趣是不是就是到学校来找人讲话的,因为她从来也不能好好地听一节课,自然也不能认真地完成一次老师布置的作业了。

因为家长和同学的不断投诉,我曾经无数次产生把她一个人发配到教室"大西北"的念头。

可就是这样一个老师和同学眼里的所谓"双差生",竟然也会如此特别关心自己的期中考试成绩!她刚才既想知道成绩又害怕直面成绩的那种忐忑和纠结,竟然让我的心生生地疼了起来。

原来,她也是关心自己的成绩的!她小小的内心里一定也有属于她自己的小小目标吧?她一定也非常渴望能够实现这小小的目标吧?她一定也特别渴望因为这次考试的小小进步而得到老师、家长和同学们的小小认可吧?

可是,作为老师,我们曾经多少次无意识地在掐灭许多如小路这样的孩子的成长需求!当我们一再因为自己班级管理的需要,一再强调她只要保持安静,不影响他人即可时,我们有没有真正聆听过这类孩子内心最真实的声音呢?当我们一味地盯着分数的时候,有没有注意到他们其他方面的优点和特长呢?

为了班级运动会入场式的精彩亮相,就是小路想尽办法为班级借来了各种道具的呀!当哪个女同学心情不好或身体不好时,陪伴在她们左右的往往也都是小路呢!她也是擦黑板的同学中唯一一个"顺带"整理讲台的孩子呀!……

夕阳下的校园宁静而美丽,走廊前面的花圃里,园工们还没来得及清理掉的几朵无名的小野花开得正好。一阵秋风吹来,我似乎听到了花开的声音。

原来,每一朵花都有绽放的权利,每一朵花也都在努力绽放,只是你听到花开的声音了吗?

尽管我已在班级微信群里一再告示:成绩下周一见!可我这两天接到的最多的电话、短信和微信仍然是——老师,分数出来了吗?

从现在起,我决定不再回复这样的信息。我不只是要享受这难得的周末时光,我更想用心静听每一朵花开的声音,耐心静待每一朵花的慢慢绽放!

两棵海棠的故事

"大桥又堵车啦！姐妹们稍安勿躁啊！"习惯于超速行驶的美女司机终于被逼着在大桥上缓缓爬行。

"怎么能勿躁啊？要不是你半个月前就预约好的专家门诊，我今天才不会跟你来呢！"我有些"恩将仇报"地小声嘀咕道。

"我可要批评你了呀！还不吸取教训？如果两年前你不那么拼，休足至少三个月，这次还要来查什么专家门诊呢？工作有得做呢！人到中年，还有什么比健康更重要的？"不愧是做政工的，琴的几句话就让我不敢再"恩将仇报"了。

"不做老师的不知道呢！我们即使请假，课都要调了上完的，自己的事还是要自己做的。我知道江姐姐急啥，明天要开家长会的，回去还有一大堆准备工作要做呢！"还是老师懂老师啊！我立马给后座因为晕车一路上都没怎么说话的云老师递上了一只橘子。

"呜——呜——呜——"看着警车从应急车道疾驰而过，就知道前面一定是出了交通事故，我们的车子也只能原地待通了。

大桥两边的高烟囱上浓烟滚滚,前方的江面一片烟雾迷蒙。

"三个女人一台戏",从上海一直八卦到苏通大桥,大家都有点累了,还是趁着堵车的当儿歇歇神吧!

可一想到明天家长会的发言材料,我还是无法"稍安勿躁"。又是一年家长会,我该跟这一批新的家长们交流些啥呢?又该怎样交流呢?

按理说,作为一名资深班主任,开个家长会,还不是分分钟轻松的事,回去把往年的存货拿出来,修修补补,半小时的交流不就能趟过去了?

可是,随着教育形势的不断变化,面对不同年级不同个性的新的家长群体,我真的就能如此"换汤不换药"地照本宣科半个小时吗?

早就计划好了今晚到家要好好梳理准备一番的,可现在堵在大桥上了,也不知道前面到底是什么情况。哎!事已如此,我也只能"稍安勿躁"了呀!

还是安安静静地刷手机吧!

点开朋友圈,好友"心雨"刚发的一条朋友圈立即引起了我的注意。"好神奇的两棵海棠树,一棵结了这么多红果果,另一棵竟然在这个天开花!"

仔细看看她配的图片,真的是两棵完全不同的海棠树!一棵海棠树上结了许多红红的像山楂一样的红果子,还有一棵海棠树顶着几片稀疏的叶片,一朵粉色的海棠在苏北平原的初冬里含苞待放。

以我对心雨的了解,我是完全相信这两张图片的真实性的,因为我确实在春天见过她家园子里海棠绽放的实景。只是另一棵海棠怎么会在已经很寒冷的冬天才含苞欲放呢?

看着这朵一直到冬天才含苞欲放的海棠花,我不由得想起了前一阶段刷爆朋友圈的一碗很有营养的鸡汤:"每个孩子都是一朵花,只是花期不同而已。有的花开在春天,也有的开在别的季节。当人家的花在春天开放时,你不要急,也许你家的花是在夏天开;如果到了秋天还没有开,你也不要着急跺他两脚,说不定你家的这棵是腊梅,开得会更动人。如果你的花到冬天还没开放,你也不要生气,没准你的花就是一棵铁树,铁树不开花,开花惊艳四方,且炫丽无比。真正的园丁不会在意花开的时间,只会默默耕耘,静待花开……"

期中考试刚刚过去,有的家长似乎因为等到了自家那朵花的如期绽放而欣慰释怀,更多的家长却因为孩子成绩的不尽如人意急躁抓狂。许多家长在社会"追求成功"的核心价值驱动下,在孩子的教育上,都太关注孩子眼前的分数,甚至急功近利。一次又一次的考试,不断可怕地相互攀比,让许多父母患上了程度不一的教育焦虑症:折磨孩子,也折磨自己!

看看这棵在冬天才迎来绽放的海棠树吧!或许它在春季因为个体的原因,停止了花芽的萌发,进入秋冬,水肥得当后,曾经停滞的花芽得到了充分的养分,加之适宜的条件,即使在冬天,只要它从未放弃"开花"的信念,它终于迎来了属于它自己的美丽绽放。

孩子的成长犹如这朵海棠的绽放,同样需要经过春夏秋冬,历经风霜雪雨。作为师长,我们既不能拔苗助长,期待他们提前"上市",也不能一味等待而撒手不管。我们要为他们提供适合其生长的土壤和条件,播撒阳光雨露,帮助他们在这个丰富多彩的世界上走向成功,获得幸福,找到自己的位置,活出自己的精彩。

教育是长跑,孩子赢在起点,更要笑到最后!不同的种子,有不同的花期,迟开早开的花朵,同样美丽!

——我们不仅需要静待花开,我们还要学会默默耕耘!

"大桥通了呢!大丰走起!"看着前面的车辆开始移动,美女司机兴奋得在前排嚷嚷了起来!

"通了的何止是大桥呢?!"

兀自莞尔一笑,抬头看向窗外,不知何时,江面上的大片烟雾已然散尽,落日的余晖洒在辽阔的江面上,竟也有了一份"斜晖脉脉水悠悠"的诗意。

明天一定是晴天吧?明天就让我和家长们聊聊这两棵不同的海棠吧!

你是我的"十里梅花"

今天的朋友圈简直是被"梅花湾"霸屏了!

这个周末,因为这样那样的琐事缠身,既没有能去附近的梅花湾转转,还第二次负了友人的野鹿荡之约。这对于特别渴望出去走走的我来说,甭提有多郁闷了。

心情烦累的时候,我总是习惯下楼走走。

一个人行走在河滨公园的人行道上。昏黄的路灯把道旁高大的林木和我的影子都拉得很长很长,偶尔还会听到一两声归鸟急躁的叫声,不知道它们是在焦急地呼唤迟归的同伴,还是在这偌大的树林里,偶尔也会如我一样有些茫然,有些疲累?

"江老师,是江老师吗?"当我正在这条我每天上下班必走的路上胡思乱想的时候,右侧的马路上一辆已经从我身旁驶出去几十米之远的电瓶车后座上突然跳下一个高壮的男孩,正以五十米冲刺的速度向我奔来。

"真的是江老师啊!"当我还没完全反应过来的时候,这个高大的男孩已经冲到我的面前,紧紧地紧紧地抱住了我。

"是杰！大半年不见，都长这么高了？老师都快认不出你啦！"

昏黄的路灯下，我们都很激动地认出了彼此。如果不是因为我的体重，我想这个高壮的男孩一定会想把我抱起来转圈的，你看他那又抱又跳的样子就知道了。她的母亲撑好了电瓶车，站在路边远远地候着。

"老师，我现在语文学习还是在病句和成语上容易出错，每次选择题，都会扣得很惨……"

"老师，记叙文阅读我还可以，您初中教的那些技巧到了高中还继续管用……"

"老师，我们高一要学写议论文，我怎么觉得自己已经很努力了，而且自认为写得不错，怎么到头来还是走不出四十小几的命运呢？"

"哦，对了老师，今天上午做的那条病句题是这样的，我们语文老师给的答案我怎么也想不通，您帮我看看……"

哈哈哈！这个熊孩子，还是那个我初中带了三年的杰！即使他的身高已经蹿得让我几乎认不出了。可他还是那个遇到老师不是"噼里啪啦"地说个不停，就是喜欢打破砂锅问到底的杰。

犹记得初一时的杰，矮矮的他永远都是坐在第一排的，他的课桌上和抽屉里永远都是杂乱无章得让你抓狂的，他就是那种无论上什么课都很难找到讲义的邋遢小鬼头。他的学习成绩也就可想而知了。尤其是语文成绩，那种和小学语文之间的落差，让他曾经做过语文老师的母亲很长时间都难以接受。

从杰的母亲那里得知，杰是一个军事迷，他最大的兴趣就是熟读各类军事书籍，搜集各种军事资料，他小小的心里还盛放着一个大大的梦想——上军校。

有梦想照耀的孩子，即使偶尔折翅，只要念及梦想，他的自愈能力也会很强。一个想考军校、想成为军人的孩子怎能让自己的课桌和学习杂乱无章呢？没有看到电视里军校和部队内务的严格整理吗？为了你的梦想,杰,请从你的课桌开始吧!

语文课上,只要涉及到历史和军事方面的内容,我都会用我的眼神鼓励这个因为成绩不好而有些自卑不太敢举手的男孩。渐渐地,杰成了那个在语文课堂上最会"噼里啪啦"的男孩。

因为自幼就喜欢琢磨军事方面的问题,所以杰还有一个很好的习惯——凡事喜欢问个为什么,有时甚至很钻牛角尖,问的都是一些刁钻古怪的问题。但我觉得,现在能像杰这样一下课就追着老师问问题的孩子实在是太少了,只要我们善于引导,孩子的问点就会慢慢转移。

到了初三下学期时,杰依然是一下课就会跟在老师后面,只是问的更多的是中考科目的问题了,因为他已经知道:为了自己的军校梦,首先得过中考关啊!

就这样,这个曾经在班级倒数的有别于其他孩子的男孩,为了自己的梦想,跌跌撞撞地以很好的成绩走进了我们这儿最好的四星级高中。

……

我一边回答着杰的连环问,一边想到了许多"前尘往事"。

"时候不早啦!老师肯定还有事呢!等下次放假时好好地跟老师唠唠呢!"杰的母亲已经在催促杰了。很显然,这个点,应该是刚放晚学,杰肯定还没吃晚饭呢。

"那好吧!老师,我先走啦!"杰习惯性地挠了挠自己的后脑勺,朝我挥了挥手,向母亲走去。

"嗯,杰,再见!继续加油哦!"在昏黄的路灯下,我满面春风地朝着这个渐行渐远的可爱的大男孩直挥手。

"不行!老师,我还要再抱一下你!"快要走到母亲身边的杰竟又以最快的速度折了回来,再一次给了我一个强壮而有力的拥抱。

"还有,还有我晚上回去要把上午那条选择题拍给你看一下,老师,你一定要记得帮我看一下啊!"

伏在他强壮而稚嫩的肩膀上,我竟有些无语凝噎了!我只是不停地拍着他的肩膀,表示我会记住的,同时希望他继续加油!为了那个美丽的梦想。

继续行走在春寒料峭的夜色里,回味着今天和杰的美丽邂逅,我想到了大年初一那个我自认为木讷甚至有点冷漠的皓在信息里喊我"江妈",想到了已经毕业若干年,无论任何节日都记得信息问候我的东,还想到了每个假期都会来我家的"二丫"……我的脚步不由轻快了许多。

生活,原本就是千般滋味,即便是忙碌和琐碎,也会在平淡中收获着喜悦。只要我们能够保持生命最自然的状态,用心去感知生活,你想要的终有一天会抵达,就像即便今天我没有看成梅花,终有一天梅花也会在辗转中如约而至。

灼灼梅花十里,有一朵放在心上,足矣!

我们的教育是不是该等一等我们的灵魂

"135××××5277"看到这个电话号码,我的心一下子就揪了起来。

——这小子不会又出啥事了吧?明天不想考试了,还是?

昨天下午我可是拨了不下十次这个号码,他才在最后一节课摇摇摆摆来上学的啊!

今天他的表现可不是一般的好呢!一早就准时到班捧着语文书在读呢!今天的三门考试也都坚持下来了呢!

莫非明天的数学和物理他又不想考了?毕竟前面因为这样那样的原因落下那么多功课呢!

因为语文今天已经考完,我自然无需下班后留孩子辅导。所以这是开学以来,我第一次六点半准时到家,我只想从容地为家人烧一顿简单温馨的晚饭。

可正当我在厨房里为这顿简单的晚餐紧张"奋斗"时,先生给我递来了显示这个号码的手机。此时的手机俨然成了一块烫手的山芋——我真不知道这个电话又会给我带来一个怎样"不测"的夜晚。

可谁让我是他的班主任呢？说好了"全天候"服务的呢？我还是"接"了吧！

"是江老师吗？语文分数出来了吗？"电话那头传来了我熟悉而又陌生的问讯。

熟悉的是他的声音，毕竟是带了半学期的已经引起我高度关注的一个孩子了。陌生的是——他竟然打电话来问我语文分数！

"没呢！这次我们初二年级是网上阅卷呢，要等到全区试卷都扫描好后，明天才开始在网上阅卷呢！估计要到周末才能知道分数呢！"我极力掩饰着自己内心的波动，尽力平静地回复着他。

"哦！"电话那头的他明显有些失望。

"安心准备明天的考试吧！明天还有三门呢！分数有了，老师会第一时间告诉你的。"我只能如此安慰这个"急于"想知道自己考分的孩子了。

……

"这个孩子打电话来追问考试分数，你说这是教育的成功还是失败呢？"挂断电话后，我有些茫然地向先生求助。

"学生重视成绩当然是成功啊！这不正是你们所希望的吗？"先生一边浏览着手机新闻，一边如是答复我。

可你知道这是一个怎样的孩子吗？如果你知道这个孩子的故事，你还认为这是教育的成功吗？看着他的漫不经心，我自是在心里对他腹诽了许多。

如果他真是一个重视自己学业的孩子，他怎么可能经常旷课？怎么可能上课经常睡觉？怎么可能从开学到现在，从没主动交过一次作业？还怎么可能……

而且从我和他刚才的电话交流中，我已经大致了解了他的语文考试情况，他告诉我那份语文试卷上，没有做的题目也不多，只有十几条吧！

一个语文试卷都没做全的孩子，一个昨天下午刚又无故旷课了半天的孩子,今天晚上还会主动打电话来问我考试的分数,我真的不知道这是教育之幸还是教育之悲了。

我想,于他目前的状况而言,一定有许多远比分数更重要的事。我希望他能和辛苦教育他的父亲和平共处,而不是一言不合就旷课;我还希望他能和同学们一起学习游戏,而不是经常一个人在角落里玩着一些自带的危险的"玩具";我当然更希望他能坚持听完每一节课,完成每天的作业……

我想,于这个孩子而言,不,是于所有的孩子而言,目前最重要的绝不是一次两次考试的分数,比分数更重要的应该是他们的身心是否健康,他们的人格是否健全,他们的意志是否坚强。

一个身心健康的孩子,绝不会经常因为父母师长的批评教育,纵身一跳甚或挥刀杀人;一个人格健全的孩子,绝不会如刘鑫那样让人性的自私与冷漠在世人面前暴露得如此淋漓尽致;一个意志坚强的孩子一定能够敢于直面成长过程中的一切挫折和困难,而不会如此偏执甚至轻易地走上极端。

每逢考试季,朋友圈里都会流行这样一些常用常新的"段子":

第一个段子是一张电影海报。片名是《期中考》或《期末考》,类型是悬疑、惊悚、武打,导演是教育局,编制执行是任课老师,领衔主演是学霸们,武术指导是亲爹亲娘。某年某月某日起,全市公映。(时间和地点可根据各地的考试日程而变)

第二个段子是"本周最重要的三件事"。一是陪娃复习要沉得住气,切记娃是亲生的,他一切都是遗传你!二是考完试别问考得好不好,先给娃一个大拥抱,再请娃好好吃一顿,毕竟他(她)也辛苦一学期了!三是出成绩切记要淡定,控制好体内的洪荒之力!这个世界上最宽广的是海洋,比海洋更宽广的是天空,比天空更宽广的是考试范围,比考试范围更宽广的是看到娃成绩时家长的胸怀!共勉!

每当看到朋友圈里在刷这些段子时,我的第一感觉仍然还是"可怜天下父母心啊"!明明心里非常在意孩子的考试成绩,但在孩子面前,还要拼命沉住气,显得自己很宽容、很理解孩子。

可只要高考的指挥棒不变,有多少家长能够在孩子的分数面前心如止水、宠辱不惊?又有多少家长明白学习不是只需要爆发和冲刺的短跑,而是一场需要耐力、毅力和恒心的长跑。

考试,则像长长的跑道上那些大大小小的跨栏。每一次跨越,干脆利落地跨过去了固然精彩,但摔倒几次,也很正常,其实又何妨?

花季女孩的纵身一跃,江歌室友的毫无底线,湖南学霸刺向恩师的屠刀,不仅让这个冬天变得异常寒冷,也给了我们更多反思的触点。

柏拉图说过一句话"教育非他,乃心灵的转向。"我们的教育,无论是学校教育,还是家庭教育,这些年来,是不是走得有点偏,有点快?我们的教育,是不是该等一等我们的灵魂?

"叮铃铃——叮铃铃——"

我拿起电话,屏幕上赫然还是那十一个我熟悉得不能再熟悉的阿拉伯数字——135×××5277。

你再不陪我,我就长大了

一早到校,清晨微凉的空气里,有一种味道正在慢慢弥散。每当初夏的校园里氤氲着淡淡的栀子花香时,内心一直婉拒的离别正悄悄向我们走来。

当和最后一拨可爱的女孩们在门窗已经关锁好的教室门前合完影后,我就知道:让我欢喜让我忧的我的初一(16)班已经渐行渐远了。

连续二十几天没有休息的高强度工作,早已让我们疲累不堪了!今天的午觉终于可以睡到自然醒了!

我这是有多困啊!一觉醒来,竟然是午后三点了!窗外有滴滴答答的雨声,传说中的梅雨季节真的如约而至了。习惯性地打开微信,最上面一条微信是恒的母亲发来的。

"江老师,在吗?初一已经告一段落,下学期我就要把宝宝带到身边读书了,我们见面的机会就很少了,特别感谢您这一年来对宝宝的关心和呵护,回福建之前,我和孩子想跟您道个别。"

当接到恒的母亲的这则微信的时候,我理该为恒终于能回到母亲身边读书而欣慰吧！可为什么我又有点怅然若失呢？

如果说我对其他孩子的不舍是因为下学期我有可能教不到他们了，可毕竟我们还在同一校区同一年级里呢。可是恒呢？恒这是真的要远离我的节奏了吗？

犹记得去年开学报名第一次见恒的情景，小小的恒，怯怯地躲在母亲的身后，当母亲把他从身后拽到我面前的时候，他也不肯叫我，只是腼腆地一笑，不大的眼睛眯成了一道缝。青涩羞怯是恒给我的第一印象，对于这样的孩子我总是格外怜惜的。

可就是这样一个貌不惊人的孩子，却在开学后的校运会上，给我带来了不小的惊喜。当我们班尚有几个男子项目无法报全之际，就是这个小小的腼腆的恒主动请缨，报了200米和跳远两个项目。尽管后来的结果不尽如人意，但他这种主动参与的精神让我对他尤为刮目相看了，我喜欢这种内心阳光、敢于担当的男孩。

只是，随着所学知识的增加，恒在学习上似乎越来越力不从心，最让我无法接受的是他的作业经常有少做甚至不做的现象。如此老实乖巧的孩子，怎么会作业都不能做全呢？后来，我通过和他母亲的多次沟通，才了解到原来他是寄宿在别人家的，他的父母都在外地做生意，只有周末才能回来看他。

我也曾试图和他的寄宿阿姨沟通，可收效甚微。寄宿阿姨主要负责他的吃住，至于学习，不知是帮不了，还是不想过问，反正恒的成绩是每况愈下了，甚至还让我多次查到他晚上睡觉和白天上课都会看奇幻小说的情况……

那个外表腼腆、内心阳光的恒似乎正渐行渐远……

"笃笃——笃笃——"有人敲门！

透过猫眼一看，不正是恒和他的母亲吗？

"没有接到老师的微信回复，我们估计今天下午是放假的第一天，老师可能在家休息呢,就冒昧来敲门了!"恒的母亲一脸歉意地向我解释着。

"是恒带你来的吧?恒,好样的呢!老师只带你来过一次,竟然就记住了呢!"我赶忙把他们迎进门厅里。

"我今天就要带恒走了,恒说,临走前特别想要跟老师告个别呢!"

"可这外面还下着雨呢!现在交通和通信都很发达的,也不一定今天来啊!"我看着他们母子被雨水淋湿的裤脚,心里越发觉得不过意了。

"赶快进来坐坐,这么闷热的天,还下着这么大的雨!"我从门厅的橱柜里拿出了拖鞋。

"不了,我们就不进去了!我们就是来跟您道一声别的!真的特别感谢您这一年对恒的种种关爱和照顾呢!"恒的母亲怎么也不肯进来,他的身后站着恒,一年下来,恒似乎长高了许多。

"老师,这是我送给你的!"站在母亲身后的恒这次主动开口喊我了,还随手递了一个装帧精美的小礼盒。

"谢谢恒呢!回到母亲身边可要乖乖的哦!毕竟父母工作也挺忙的呢,要不也不会把你寄宿在阿姨家,学习说到底是要靠自己的呢!"我的职业惯性又来了。

"记住老师的话了吗?跟老师说再见吧!今天我们还要赶到张家港呢!"恒的母亲看来真的很赶时间。

"谢谢老师!老师再见!"那个我后来越来越不待见的恒先是很认真地向我鞠了三个很恭敬的躬,然后很自然地向我伸开了双臂。

当我站在楼上目送着恒和他的母亲冒着雨走向他们车子的时候,我的眼睛似乎早已被这潮湿的梅雨淋湿了……

拿起手机,我给恒的母亲回复了一条长长的微信:

"谢谢这份特别的礼物!其实您能选择把恒接到身边,这就是送给我、恒和你自己最好的礼物！无论你走到哪里，无论你工作何其繁忙，请记得带上您的孩子！陪伴孩子成长，才是孩子最想要的礼物！因为，再不陪伴，他们就长大了！就有可能长成你不想要也不认识的样子了！相信你的陪伴一定会为恒点亮未来的道路，祈愿一切安好！"

愉快的暑假已经开始了，亲爱的家长朋友们，你想送给孩子最好的礼物是什么呢？

当假期余额严重不足的时候

"请全体教师明天下午三点半前到大会议室集中,任何人不得迟到缺席。"这应该是这个暑假收到的最闹心的一条短消息了——这就意味着我们愉快而充实的暑假的余额已经严重不足了!

当假期余额严重不足的时候,我们就会特别怀念那些幸福而慵懒的假日时光。假日里,每天都可以睡到自然醒;假日里,可以任性地通宵追剧或追书;假日里,随时都可以来一场说走就走的旅行。

假日里,终于可以不用"起得比鸡早,睡得比狗还迟";终于可以很从容地为家人准备营养丰富的一日三餐;终于也可以很休闲地在夕阳还没有完全西下的时候,陪爱人一起散散步;假日里,做自己喜欢的事,爱自己想爱的人,过自己想要的生活,还长自己不愿意长的肉……

当假期余额严重不足的时候,治愈"上班恐惧症"最好的良方,就是尽快"充值"——虽然我们无法任意延长假期的长度,但我们可以随性拓宽假期的宽度和厚度。

当假期余额严重不足的时候,我特别喜欢在"上班恐惧症"的阴影里挣扎着最后的幸福时光——

当假期余额严重不足的时候,我还有足够的"余额"带着爱人和孩子一起回家看看年迈的母亲,白天陪她唠唠家长里短,夜晚在开满紫色扁豆花的藤架下偷听牛郎和织女的窃窃私语。

当假期余额严重不足的时候,我还能在有限的"余额"里欢度几个快乐的"小长假"。在这样的小长假里,我还想去赴几场美丽的约会,我还想要上街去扫几趟货;在这样的"小长假"里,我还可以读完那本没有读完的书,追完那部没有追完的剧,甚至还能再来一场说走就走的短途旅行。

当假期余额严重不足的时候,与其让"上班恐惧症"任意泛滥,不如试着慢慢地收心,学着静静地梳理,调适好有些躁乱的心绪,努力带着自己的阳光,向九月进发!

"你聪明的,告诉我,我们的日子,为什么一去不复返呢?"当假期余额严重不足的时候,孩子们的"上学恐惧症"一定不亚于老师的"上班恐惧症"吧?

"天将降大任于斯人也,必先卸其QQ,删其微信,封其微博;收其电脑,夺其手机,摔其iPad;断其Wi-Fi,剪其网线,使其百无聊赖。然后静坐、喝茶、思过、锻炼、读书、弹琴、练字、明智、开悟、精进,而后必成大器也。"

"孩子,我要求你读书用功,不是因为我要你跟别人比成绩,而是因为,我希望你将来会拥有选择的权利,选择有意义、有时间的工作,而不是被迫谋生。当你的工作在你心中有意义你就有成就感。当你的工作给你时间,不剥夺你的生活,你就有尊严。"

这是开学前父母们最爱发的两个段子。前者是赤裸裸的恐吓,后者是明晃晃的怀柔。无论哪一种表达方式都让敏感的孩子们嗅到了开学前的恐怖气息——他们QQ上发的最多的动态就是:"史诗级的灾难大片——《开学》即将全面上演!"

我聪明的,告诉你,怎样才能让原本应该愉快的开学不全是孩子们眼里的灾难,而能对新学期充满期待和信心呢?

经过一个假期的长时间放松,突然要每日早起上学,很多孩子都难以适应。对于孩子的这种惰性,我们没必要太过闹心,一定要压制住内心腾腾升起的火苗。

当假期余额严重不足的时候,你可以和孩子一起回眸美好的假期生活,总结一下假期的得失,表扬他们在假期中的进步,鞭策他们在假期中的不足,鼓励他们利用最后的"余额"做完还没做完的作业,读完还没读完的书,尽力完成还没实现的计划,从而循序渐进地让孩子回归日常,为开学做好准备。

很多孩子在假期形成了晚睡、晚起等不良的生活习惯,如果不提前调节,开学之初通常会出现注意力不集中、精神不佳的状态。

当假期余额严重不足的时候,我们就要引导孩子调整生物钟,我们不妨和孩子一起制订一个和学校生活接近的作息时间表,按照平日上学的时间起床、睡觉、学习、运动,有规律地作息,是为了更好地适应接下来紧张的学习生活。

当假期余额严重不足的时候,你可以带着孩子逛逛图书馆和书店,为新学期购置新物品,让开学变得更加美好。我们都记得小时候开学前最激动的事情就是买学习用品了。新文具、新书籍到手的那一瞬间,感觉整个世界都是崭新的。这既增加了新学期的仪式感,也是让孩子们"收心"的一大法宝。

当假期余额严重不足的时候,我们还可以引导孩子进行适度的复习和预习。孩子可能对上学期的知识有所遗忘,不妨抽空回顾一下主要知识内容。同时,也可以提前浏览新学期的教材,适当做些预习,这不仅有利于实现新旧知识的顺畅衔接,还能让孩子一开学就快速进入最佳的学习状态中去。

快要开学的孩子既有对舒适假期的无限依恋,也有对新学期的无限期待,当假期余额严重不足的时候,我们还不妨和孩子一起制定新学期目标,一起明确努力的方向。当你和孩子共同制定目标并在日后一起努力去实现,不仅有助于孩子实现目标,更有助于培养孩子的意志品质。

……

当假期余额严重不足的时候,我是不是想得有点多了?

曾经有一个60天的假期放在我面前,我没有珍惜,等我快要失去的时候才后悔莫及,人世间最痛苦的事莫过于此。如果上天能够给我一个再来一次的机会,我会对暑假说五个字:不要离开我!如果非要加上一个期限,我希望是——永远!

亲，你儿喊你作业签字呢

"江老师啊，你看看！本周的周末作业又是这几个家长没签字！"周一的早晨，上完第一节课的我刚跨进办公室门，搭班的英语老师就愤愤地向我这个"班头""告起状"来。

"我们班也是的，无论我在班级群里@多少遍，总有那么几个家长一直忘记签字！"隔壁班的王老师有些无奈地摇了摇头。

"如果孩子自觉性高，家长不签字也就算了。你们有没有发现，作业经常不签字的，基本都是作业质量相当差的孩子。"正在埋头批改周末作业的物理老师也发话了。

其实，无需去翻看密斯吴手中的那几份试卷，我都能知道这"又"没签字的是哪几个家长。我也能想象这几个孩子周末作业的质量。

这让我不由得想起了开学之初朋友圈里疯传的一条消息："浙江金华金东区实验小学让家长告别检查作业，不再让家长为孩子作业签字。"此消息一出，立即引起众多家长的共鸣和热议。大众普遍认为家长签字孩子作业的做法养成了孩子对家长的依赖，同时也意味着老师的工作量减少了。为此,很多人拍手叫好,认为这是学校责任的回归。

周五下午放学前,我可是一直在班级群里推送这样的消息的呀!——"下午好!今天下午的放学时间是五点,请您关注孩子到家时间,同时请您督促孩子周末在家认真完成老师布置的各科作业,并签上您的姓名和意见。"

感情这么多年来我们一直让家长在孩子的作业上签字就是为了减少自己的工作量?

我们的工作量减少了吗?

我们因为家长在作业上签上诸如"已看过""已完成""已了解"就不再认真批改这些家庭作业了吗?

我想这中间一定存在着"检查"与"签字"的某些误区。

"认真批改作业,是每一位老师的基本职责!我们希望学生拥有这样的认识:检查作业是我自己的事,不是妈妈的事……从今天起,我们想改变'家庭作业'变成'家长作业'的现状,取消规定家长为孩子家庭作业签字的要求……"

原来该学校原本的初衷是变"检查作业"为学生"自己的事",坚决杜绝那种家长越俎代庖的"家长作业"的现状。这自然会让太多为孩子作业操碎了心的家长们奔走相告、疯狂刷屏了。

可这样的"叫停"是否就意味着从此以后家长就可以对孩子的作业不闻不问呢?

前几天和一个家长朋友聊起这个话题,她说得最多的一句话就是:如果真不让我签字我还真不放心呢?

"怎么就不放心了呢?不是正好彻底解放了吗?"我笑着试探着她。

"现在的熊孩子,有几个学习自觉的?不是没有放手过啊,典型的手一松就上山东啊!"一谈到我们都很了解的那段曾经松手的经历,她似乎还有些心有余悸。

"现在好了,我通过每天对各门作业的签字,既对他作业的态度起一个督促作用,又能够及时了解他的学习状况,还能引导他对自己的学习状态及时进行调整,即使签字麻烦点又算啥呢?"看来,她成了彻底的"签字派"了。

"还有,我们不也是在这一来二往的签字中成了朋友吗?"一想到我俩在她儿子作业上因为签字引发的那些"神对话",我也不禁莞尔了。

近日,还有一篇叫作《我做错了什么,要陪孩子做作业》的文章尤为走红,尤其文末的第一个回复:我此刻光荣的躺在急诊室急救,病因是脑出血,我深刻怀疑就是教孩子写作业弄的,请不要再让我陪他写作业。更是勾起了无数陪写作业的家长的辛酸泪,陪写作业的家长真心伤不起啊!

现在我只想告诉你:陪孩子做作业肯定没有错,错的是你不知道如何陪!

你对孩子的作业过程只需进行适当的督促,而不是全程干预。因为这有利于培养孩子的专注力和良好的学习习惯。老师需要你检查的是孩子作业完成的态度而绝非对错。因为如果你一旦每天不辞劳苦甚至伤筋动骨地逐条检查了孩子作业后,老师就无法通过被你逐条检查过并订正过的作业来得到孩子学习情况的真实反馈,教学的效果自然也就有了偏差。

马克思指出:"一个人的发展取决于和他直接和间接进行交往的其他人的发展。"学校教育只是教育的一部分,家庭不仅是人生观、价值观教育的主阵地,还在一定程度上影响着孩子的学习品质。

家庭作业也不仅仅只是签字那么简单,其中还传达着父母的修养、思维方式和价值判断。所以,孩子的作业,虽不是"家长作业",但一定是"家庭作业"。家长的"签字",虽不是"万能钥匙",但一定是"一把钥匙"。

当孩子需要你的时候,当你有能力让孩子站在你的高度看风景的时候,为什么不呢?

"各位家长,晚上好!愉快而充实的周末又要结束了,孩子的作业都按时完成了吗?您都签字了吗?"这是我周日晚上正常推送的群消息。

我的戒尺哪里去了

秋风渐凉,这几天,各地正陆续开学。一位妈妈为他刚刚入学的孩子写下了这样一些文字——孩子,妈妈希望你能遇见一位手持戒尺、眼中有光的老师,当一个心怀敬畏、不丢信仰的学生。

我也是今天才得空仔细读完了这篇近日一直在朋友圈刷屏的博文。读完之后,职业习惯使我不由得扪心自问:我是一位"手持戒尺、眼中有光"的老师吗?

"孩子,当你再读一些书,再阅一些人,再经一些事,你就会明白,一位眼中有光、灵魂有爱的老师会对你产生怎样的影响:他们的公平与善良、真挚与光芒,会在你清澄的眼睛里映照出这个世界最初的模样,也会在你幼小的心灵里播种下未来人生的第一个梦想。"

这就是这位妈妈满含深情地回忆了当年曾在她幼小的心灵里播种下未来人生第一个梦想的小学语文老师后,对"眼中有光"的老师的最好诠释。

回眸自己二十几年的教学人生,自认为应该还是一个"眼中有光、灵魂有爱"的老师吧！无论面对怎样的孩子，我始终在用我的公平与善良努力在每个孩子澄澈的眼睛里映照出这个世界最初的模样。

可是，我又该如何形容初见琪的感受呢？

这是一个开学第一天就没能按时到校报名的孩子。

同样是接手一个新的班级，初二自然比初一轻松多了，报到那天上午，还没到十点，看看新班级的花名册，就只剩下一个孩子还没报到了。

许是因为什么缘故耽误了吧？下午不定会来了呢！

可是直到下午四点，同学们都已经领好新书各自安好了，这个叫琪的孩子还没来报到。

当我在电话里向他的父母询问他没能到校报到的原因时，我听到了电话那头那位我从未谋面的父亲的无可奈何和气急败坏。

"不肯上学呢！要玩手机呢！手机昨天被我摔掉了，赖在家里不肯上学呢！"

又是一个快要被手机毁掉的孩子！

"我们正在做他工作呢！明天争取送他去啊！"

当天晚上，我又接到了他母亲的电话，比起父亲的急躁，母亲明显温婉了许多，可是却有更多的疲惫和无奈从电话那端传来。

从他母亲絮絮叨叨的叙说中，我基本弄清了这个孩子不肯上学的主要原因：因为沉迷于手机，暑假作业没能好好完成，开学前一天，父亲检查他的作业，气得摔坏了他的手机，撕掉了他的作业。他怕老师要检查他的暑假作业，自然就不肯来上学了。

总不能刚开学，就流失一个学生吧，现在可是九年制义务教育呢。"作业可以慢慢补的，还是让他明天来上学吧！明天要举行开学典礼，记得让他穿校服哦！"在我还没见到孩子之前，我只能如此回答他可怜的母亲了。

开学第一天的清晨,当九月的阳光洒满校园时,我已经早早等候在教室门前,与其说我在等每一个孩子,毋宁说,我更是在等琪。因为昨晚从他初一的班主任及年级主任那里了解了他的情况后,我对今天能否在教室里等到他还是没有十足的把握。

晨读铃声响起的时候,在值日班干的带领下,教室里已经是书声琅琅,只有那个留给他的座位还是空空的,以致于我的心也变得空空的了。

"老——师……"正当我对着他的座位愣怔的当儿,有人在教室门外怯怯地喊老师呢。

这肯定就是琪了!个子不高,圆圆的脸,看上去有点憨,怎么也不像是传说中的那种桀骜不驯的叛逆男孩。只是眼神有点不对,他跟我交流时几乎从来都不敢正视我的眼睛,可是我还是看出了他眼里满眼的血丝——这个喜欢玩手机、不肯做作业、怕上学的男孩到底经历了一个怎样的开学前夜呢?我无从得知,我也不想得知。

我只知道,他毕竟还是来了!来了就好!

可他来了干什么呢?

睡觉!

从晨读一直睡到放学!如果没有人喊他,他甚至在喧哗的课间也能睡得很香很沉。

其间,我也曾试图喊过他几次,可过会儿他依然睡之若素。不用问他的家长,我都能想象到这个暑假,尤其是开学前的几天这个孩子为了玩手机已经不分昼夜到了何等地步!他也实在是太困了,先把觉补足再说吧!

开学第三天的晨读课,许是前两天觉已经补了差不多的缘故,他竟然没有睡觉!正趴在桌上随手翻着崭新的语文课本呢!

"听倪主任说你语文还学得不错呢!上学期期末那么难的试卷,你都及格了呢!"好不容易逮到他没有睡觉,我自然要瞅准机会跟他"搭讪"了。

"我没有及格,还差0.5分!"他为这0.5分而固执的样子还真有点可爱。

"0.5分是要进上去的,你已经很不错了!上学期我们班还有七十几分的呢!"我边说边帮他理正了有些歪斜的衬衫领子。

他虽然没有说什么,可是我分明已经看出他的身子明显比刚才坐直了许多。

"《泊秦淮》你肯定背得上的吧?只有28个字哎!试试看呢!我等你背给我听哦!如果觉得困了,你可以试着站起来一会儿的。"不给他任何推辞的机会,我立马远远地离开了他。

我站在教室后面远远地观察,这一节晨读课,他一直在努力背着那首只有28个字的《泊秦淮》,其间,可能是又犯困了,自己还主动站起来一次。

从他背书的神情中,约莫着他该背得差不多了,我装作漫不经心地走到他的身边,随口问道:"怎么样?背得差不多了吧?"

看着他不太自信的样子,我说:"不敢背,你就拿张纸默吧!"

好家伙,几分钟的功夫!这个开学不肯来上学,来了之后一直伏在课桌上睡觉的孩子竟然把《泊秦淮》一字不差地默好了呢!

为什么这样一个尚有学习能力的孩子,我们面对他在课堂上的一睡再睡,竟然就束手无策甚至准备放弃了呢?

因为用他父母的话说:"现在的孩子,真拿他没办法呢!说又不能说,打又不能打!"

连父母都"说又不能说、打又不能打了!",何况我们老师呢?

这两天在和孩子们一起学习都德的《最后一课》,读着读着,我就觉得文中那个贪玩、幼稚、不太懂事、怕学习的小弗朗士的身上带有太多琪的影子，我也就忽然羡慕韩麦尔先生的胳膊下还能挟着那把"怕人"的铁戒尺。

一边讲解着课文，一边看着又快昏昏欲睡的琪，我一直在想：是的，或许我永远都无法唤醒一个一直装睡的孩子，可是，如果我真的既能手持戒尺又眼中有光呢？

可是，我的戒尺，不，是我们老师的戒尺哪里去了呢？

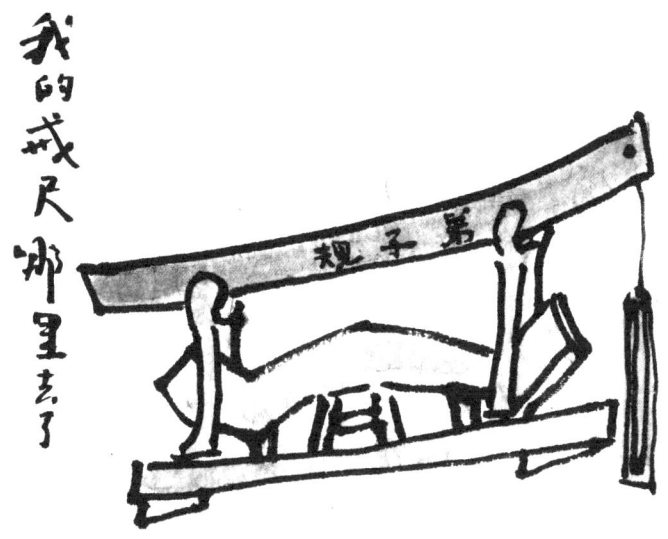

有一种"王者"是"毒药"

"老师,你暑假带孩子吗?我们都要上班,叶一个人丢在家里怎么办?我们就怕她再次沉迷于王者荣耀啊!"

这是放暑假的第一天,叶的母亲给我发来的消息。

是的,你没看错,叶是一个女孩,一个曾经很优秀也曾经沉迷于"王者荣耀"的女孩。

所有教过叶的老师都会觉得这是一个多么乖巧、多么灵气的女孩啊!去年刚教叶的时候,我经常会被她听课时专注而清澈的眼神所感动,我总觉得当一个老师面对这样的眼神时,是没有理由不努力让自己的课堂灵动飞扬的。

许多时候,我们彼此都很享受这种课堂上的互动和共同提高。一学期下来,叶不仅成绩优异,而且还成了我的得力助手。

尤其是当我得知由于她父母工作的缘故,她绝大多数时间都是一个人在家的时候,我对乖巧懂事的叶,不仅多了一份怜惜,更多的是敬佩了!——一个十三岁的小女孩不仅生活完全能够自理,而且特别自律——因为为了便于"遥控"管理,父母是给她配了手机的。

所有的变化都源于寒假吧?短短二十天的寒假回来后,我突然发觉孩子们变化的似乎不只是年龄,课间的教室里总是弥漫着一种说不清摸不着的浑浊的气息,一下课他们就会扎堆小声地讨论着什么,一看到我,不是立即噤声,就是慌忙散开。课堂上,无论我怎么努力,总有几个孩子眼神空洞,经常游离于课堂之外,甚至还有胆大的孩子在课堂上玩手机。

叶就是那个胆大到在课堂上都敢玩手机的孩子!

怎么会是叶?这还是叶吗?还是那个特别自律、特别上进、特别让老师和家长放心的叶吗?

当叶的手机定格在"王者荣耀"的游戏界面,被我捉住现行时,那是我第一次知道"王者荣耀"这款游戏,因为我原本就是个连"连连看"都不会玩的游戏盲。

难怪寒假作业都没能做全,她给我的解释是年前早就做好了,只是有几份讲义不知丢哪里去了。我从没想到她会撒谎,因为她在此之前从没撒过谎!

因为玩"王者荣耀",她竟然连作业都少做甚至不做了;因为玩"王者荣耀",她竟然学会了撒谎。今天她甚至敢玩到了我的课堂上!

孩子毕竟是孩子!所幸她还没有沉沦太久。在我时而凌厉、时而温情的进攻下,面对盛怒而心痛无比的我,这只因为我在课堂上没收了她手机的"小刺猬"渐渐柔软下来,当她卸下所有硬撑的"盔甲"向我坦诚一切的时候,我觉得"震惊"二字是无以形容我彼时的心境的。

原来全班同学都在玩"王者荣耀"!他们课余的话题也全是"王者荣耀"。如果你不玩"王者荣耀",你就"OUT"了,你就觉得你的格格不入,你就会感到"被孤立",遭排挤。同学们不仅周末和假期玩,有的晚上回去还会想尽办法偷着玩,许多同学因为要玩手机,在家里和家长大吵大闹,甚至恶语相向。为了摆脱家长的控制,许多同学还用自己的压岁钱偷偷买了一个家长不知道的手机……

我终于明白为什么寒假过来后,我没能从孩子们身上看到我想要的长了一岁的成熟懂事。我只看到了绝大多数孩子身上不经意间流露出来的浮躁甚至还有一些"戾气";我还看到了他们马虎潦草的作业和日渐下滑的成绩……

现在连最乖巧懂事、最让我信任的叶竟然也如此疯狂地迷上了"王者荣耀"!

是时候向"王者荣耀""Say No!"了!

是该救救我们的孩子了!

当我在主题班会课上给孩子们展示一个个因为沉迷"王者荣耀"而酿成悲剧的鲜血淋漓的案例时,我很欣慰地发现孩子们的神色由起初的漫不经心甚至玩世不恭渐渐变得凝重起来,教室里出现了这段时间罕有的真正意义上的宁静……

当我和家长们在班级微信群里形成共同抵制"王者荣耀"的共识,一起交流探讨如何引导孩子远离手机时,我很惊喜地发现家长群里从没如此活跃过,我们的家长也从没如此团结过。

为了转移孩子们对手机的依赖,家长们还自发组织了"热爱读书、关注自然、学会感恩"的户外亲子活动。全班60个孩子,竟然有57个家庭自愿参加了活动。

以前总是以在外地及工作忙为理由,连家长会都会请假的叶的父母,这次竟然双双参加了活动!我从叶与父母的深情相拥的游戏环节中看到了叶眼眸里闪烁的泪花……

原先那个乖巧懂事、学习认真的叶又慢慢回到了我们身边。这次期末考试,叶也通过自己的努力找回了自己的位置。

"一日被蛇咬,十年怕井绳。"看来叶的父母是真被这"王者荣耀"整怕了!所以才会一放假就给我发来了文章开头的那条求助信息。其实家长所担心的不正是我们所担心的吗？我们通过大半个学期的努力才帮孩子们渐渐断了寒假玩游戏的瘾，两个月的暑假放下来，忙碌的家长们如果不能对孩子的手机进行有效的引导和监管，谁能保证"全生皆玩"的"王者荣耀"不会卷土重来呢？

这款游戏到底是让孩子们享受到了王者的荣耀，还是让孩子们在饮"王者毒药"呢？

"老师暑假是不能带学生的，老师相信，作为父母你们一定会为自己的孩子做出最妥善的安排的！孩子的暑假不只是学习，更不能只是游戏！孩子的暑假应该还有诗和远方！"

思忖了半天，我似乎只能如此回复叶的父母。

春天小野花也有

到了我这个岁数,早已失去了节假日还敢出门去寻找"诗和远方"的勇气,五一四天小长假,还是老老实实呆在大丰陪陪家人、做做家务、写写文案吧!

尽管前一天晚上已经狠狠地把闹钟关了,但是一号清晨五点二十我还是很"美好"地睡到了自然醒。在等待先生真正"自然醒"的三个小时里,我一面洗了四洗衣机的换季衣服,一面完成了一篇课题研究的案例,一面就在盘算着今天一定要回去看看母亲。

距离清明回家已有二十几天了,忙碌得有点过分的春天里,似乎还没来得及好好感受四月天的最美春光,初夏的脚步已渐渐向我们走来。

五月的微风,在耳畔深情呢喃,五月的阳光,是那种介于春夏之交的温暖与和煦。当城里的连翘、海棠、樱花和乡下的桃花、梨花、菜花渐次谢幕之后,五月的大地呈现在我们眼前的更多的是一大片一大片深深浅浅的绿色了。

当我们的车驶出城区,沿着三号公路一路向南的时候,我看到了一丛丛白色的小野花绽放在公路边上,离城区越远,小野花开得越欢,如果遇到一大片开阔地,这里就快成了一片小野花的海洋了,还真有点"绿遍山野白满川"的意境。

向来"花痴"的我,自然是不想错过这片不要门票的美丽的花海的。所幸身边人也很配合,很自觉地靠边停车,容我下车慢慢折腾了。

这不就是袁姐姐文章里曾经给我们普及过的一年蓬吗?这一朵朵、一簇簇、一丛丛在微风中摇曳的一年蓬特别像我们熟悉的小雏菊,花朵呈圆形,圆得极规整,似乎是认真的孩子用圆规画出来的。白色舌状花两层,细细的,细若纯白的丝线,中间是黄色花蕊,每株总有七八朵聚在一起,每一朵都在五月的阳光下绽放成清新雅致的小模样。

我站在一年蓬的花海里,静静地看着它们:这些洁白素雅的小花,作为一种外来入侵的杂草,向来是不受人待见的,更没有享受过那些名贵花种的各种厚待,还时不时地会被人清理,可只要给点阳光给点土,经过漫长的冬春孕蓄之后,它们终于抓住了春天的尾巴,迎来了属于小野花们自己的春天。

当我晚上到家,习惯性地准备把今天拍的一年蓬的照片秀朋友圈的时候,"某某某同学今天的作业已完成!"的微信消息跳到了我的手机顶端。

某某同学今天的作业已完成?某某同学今天的作业竟然已完成!我当时着实是吓了一跳的——因为按照惯例,无论我在班级群里如何敦促,都是无法收到他父母这样的回复信息的——因为他基本上是不完成作业的。今天,他的作业竟然完成了!这于我而言,应该是比眼前这簇美丽的一年蓬更让我心生欢喜的了。

其实,自从本学期以来,尽管他的作业几乎不做,但他在校各方面的表现已经有了许多可喜的变化——上学不再迟到,上课不再睡觉,老师布置的只要是与作业无关的事情也都能很好地完成,特别是每次的值日任务都完成得非常出色，我为此没少表扬他呢。今天，他竟然连作业都完成了——无论这次作业完成的质量如何，这对他来说都是一次很大的飞跃啊！

或许，他就和眼前的一年蓬一样，只要我们能够给他正确的引导、适度的包容和足够的耐心，相信经历了太多的挣扎和蓄积后，终有一天他也会慢慢绽放成自己最好的模样！

"小野花也有春天！让我们一起默默耕耘、静静等待，终有一天我们都会遇见更好的自己！"我微笑着给朋友圈里一年蓬的组图配上了这样的文字。

告诉你让我轻轻地

每天放晚学的时候,总能在学校北门看到那支"浩浩荡荡"的"送饭大军",越是接近高考,队伍似乎越发庞大了。

无论是行色匆匆的正值盛年的父亲母亲,还是步履已经有些蹒跚的爷爷奶奶,无一例外地拎着颜色、型号各异的保温饭盒,焦急地站在学校门口朝里张望,只等下午第四节课的铃声一响,他们立刻以最快的速度分头奔向高三教学楼的每一间教室,送上一份份精心准备的"考生饭"。

每每此时,我总是一边以过来人的身份感慨着"可怜天下父母心",一边又感谢着岁月曾经给予过我同样的煎熬和确幸。

"嘟嘟"——有新的微信消息传来。

"姐,娃三模又考砸了!!!急人呢!!!尤其是数学,一直都是娃的强势学科的,这次竟然也考砸了!能帮我找个数学老师单独辅导几天吗?"看着手机屏幕上闺密发来的一连串抓狂的表情,我仿佛又看到了三年前的我。

经历了三年前陪伴女儿一起走过的炼狱般的高考历程,目睹了太多中考高考的喜怒哀乐后,亲爱的,此刻,我只想轻轻地告诉你:稍安勿躁啊!我的朋友!

在距离高考只有半个月的日子里,你还让我帮孩子找一个好的数学辅导老师,亲爱的,你这不是典型的"病急乱投医"嘛!何况即使孩子三模"又"考砸了,这也不是"病"啊!即使这是"病",也只可能是绝大多数考生的"通病"——考前综合征吧!

在距离高考只有半个月的日子里,我们现在最需要的绝不是一个你心目中最好的"辅导老师",而是引导孩子如何适时地调整自己的心态,帮助他们以最佳的心理状态去直面他们人生中最为重要的一场考试。

当然,家有考生,家有即将走上高考考场的考生,我是太理解你此刻的抓狂和无助了!毕竟,十五天后,孩子即将参加我们自认为会影响他终身的高考博弈。为了这场博弈,他们已经挥洒了太多的汗水,他们已经奋战了无数个日夜;为了这场博弈,我们也陪伴了无数个日夜,我们甚至觉得心力交瘁、殚精竭虑。

可是,亲爱的,我还是要轻轻地告诉你:稍安勿躁啊!我的朋友!

我们姑且就认可这确实就是一场没有硝烟却尤为残酷的战争吧!可是大战之前,主将还未上场,主帅焉能自乱阵脚?我们想要引导孩子及时调整好应试心理,我们自己首先必须要淡定平和。

亲爱的,你可知道,此刻你的心态有多重要!因为你的情绪会直接影响到孩子的情绪。即使你的内心早已是惊涛骇浪,我也希望你在孩子面前始终保持云淡风轻。因为孩子毕竟是孩子,作为这场角逐的主角,他们其实比我们更紧张、更在乎这场博弈的结果。

康德说:你不能改变风的方向,却能改变帆的方向。虽然高考重要,它能够影响和改变孩子们的人生轨迹,但是,它并不能完全决定孩子们的最终命运,时代发展到今天,"一张试卷定终身"早已成为过去。

因为这是一个终身学习的时代,孩子们的人生绝不会停止在这三天的高考上,他们今后还将经历更多的抉择和更多的考试。

所以,作为家长,我们自己首先要努力保持一颗平常心。不要过度关心孩子的模考成绩,刻意地制造紧张气氛,更不要因为即将高考,在生活上过分关注孩子,在饮食和其他服务上做太大的调整和变化,这些都有可能给孩子带来紧张的心理暗示。"内紧外松"该是你此刻最好的心理战略。

孩子们走过高考的每一个日子都是美丽而充实的,更是辛苦而疲累的。当他们遭遇挫折,当他们压力山大,当他们恐惧焦虑时……让我们收起我们的唠叨,放下我们的焦虑和抓狂,努力做他们最忠实的听众、最有耐心的心理咨询师和最称职的服务员吧。

在陪伴孩子高考的最后征程里,我们的优雅和自信,不仅能给即将高考的孩子带去一份笃定而自信的积极暗示,而且能为孩子创设安静轻松的反刍和消化知识的有利氛围。

每当高考的紧张气氛越来越逼近我们的时候,我总会想起一对非常睿智的父母朋友。他们在孩子高考前两个月,一直坚持做这样一件事:慈祥的父亲每天晚自习接女儿回家时,很少问已经很累的孩子今天学得怎么样,只会很自然地在车里播送女儿最喜欢的音乐,还会每天献上一朵女儿最爱的鲜花。

女儿和其他孩子一样经历了高考前可能会经历的一切疲累、失败、煎熬甚至绝望。所不同的就是,她却能在迎接高考的日子里依然享受动听的音乐和美丽的鲜花给她带来的宠溺、鼓励和美好,她甚至还能每天都嗅到鲜花的芬芳……

或许,一朵美丽的鲜花、一个温暖的拥抱、一抹鼓励的微笑才是孩子们此刻最需要的灵丹妙药吧!

原来,睿智地陪伴、优雅地面对、静静地守候或许才是高考前最好的安排吧!

毕竟,高考很短,孩子们的人生还很长很长……

时光永不因我们的叹息而驻足,岁月从不为我们的畏惧而停步。没有高考的人生是不完整的人生,孩子们的青春犹如一列高速行驶的列车,他们已经停靠在了距离高考15天的驿站上。

我们相信:只要他们拥有"天生我材必有用"的信心,"吹尽黄沙始到金"的毅力,"直挂云帆济沧海"的勇气,沉着冷静、轻松自信地走进考场,他们一定会交上一份"不负青春不负君"的美丽答卷,他们十八岁的青春将在栀子飘香的六月里做一次最完美的绽放。

因为,心若在,梦就在,年轻没有失败!更因为,即使理想的天空里有时会阴霾密布,但风始终不能把阳光打败!

一块小方糕的冤案

有一个陈年冤案,一直压在我心底,时时揪扯着我的灵魂,并让我无处告别……

"哐铛,哐铛,哐铛……"

一听到这熟悉的门褡裢撞击有点漏风的教室门板的声音,她就知道外面肯定又起风了。

悄悄地瞥一眼周围的同学,同学们都在有些昏黄的白炽灯下疯狂刷题呢!

她为自己不能安心看书做题而不安了——"你们好不容易经过层层选拔,从原来的联办初中考到这儿,你们的目标只有一个——跳农门,考中专——跳农门,考中专!"她的耳畔仿佛又响起了班主任老师曲不离口的那句"至理名言"。

可是一想到因为自己忙着去上晚自习,竟然没有记得锁好自己那存放衣服食物以及少得可怜的零用钱的小木箱,她就怎么也做不下一条题,看不下一页书——箱子里的两毛钱可是她两个星期中午都没舍得打汤节省下来的呀!

因为她渴望学校门前小书店里的那本心仪的课外书已经很久了!还有,还有箱子里的那最后一块小方糕呢!

想到小方糕,她的心里突然温暖起来——在这个倒春寒的二月寒夜里。因为她想到了母亲,想到母亲上周日的下午为她收拾行李时一块一块数着年糕的情景。

"一,二,三,四,五,六!不多不少正正好!一天有这么一块年糕,娃下了晚自习后就能填填肚子了,正是长身体的时候呢!"数完后,母亲就会把这六块年糕小心翼翼地放在一只她亲手缝制的小布口袋里,然后用一根破布条把袋口扎紧又扎紧。

她还会想起在煤油灯下写作业的哥哥们嫉妒羡慕却又无可奈何的眼神——几块晒得干巴巴的小方糕可是那个时候上学的孩子们颇为奢侈的干粮啊!也只有条件相对稍好的孩子才能带上诸如小方糕、馒头干、焦屑之类的干粮。兄妹三人中,也只有备受父母疼爱的她才会享受这样的优待。

今天是星期五了,箱子里应该还有本周的最后一块年糕吧?想到这儿,晚饭只喝了点薄粥的肚子竟然很应景地"咕噜咕噜"地响了起来……

当下自习的第一声铃声响起时,她几乎已经冲到了教室门外——她也不知道她惦念的是小木箱里的两毛钱还是本周的最后一块年糕。

"吱呀!"当她刚准备拿钥匙开门的时候,轻轻地一推,宿舍的门竟然没锁!

她的心不由得"咯噔"了一下。

"下自习啦?外面起风了吗?头好疼……"黑暗中琴有气无力的声音,让毫无思想准备的她吓了一跳。她的心没来由地又紧锁了一下。

"嗯那,你没上晚自习?又病了?"

她连忙打开宿舍里那盏比教室还要昏黄的白炽灯,快步冲到自己的床前。

有点破旧的木板床下,小木箱的翻盖朝上,箱身基本裸露在床外!有点哆嗦地把手伸进木箱的最里层——还好,用手帕层层包裹着的两毛钱安然无恙地躺在箱子的左下角。

可是,可是那个放年糕的小口袋呢?为了便于每晚下自习后冲泡,放年糕的口袋一直是放在箱子的最上面的呀!

"班长,年糕泡好了吗?让我尝一口撒!"宿舍里的"最馋猫"一脸贱笑着凑到她的床前。

"尝个梦!还糕呢!连袋子都失踪了!"她无奈而沮丧地摊了摊双手,"咕噜,咕噜……"饿瘪了的肚子不合时宜地再次发出了抗议。

"什么?什么失踪啦?"原本还在慢条斯理洗脚的隔壁床的"包打听"一下子来劲了。

"最新报道,最新报道!班长的年糕还有那放年糕的布袋今晚失踪离奇!离奇失踪!"她还没来得及小声解释,七号床的"快嘴王"已经在宿舍里嚷嚷起来了。

"怪哉!怪哉!焉有偷糕之理?此乃舍风日下啊!"一直坐在床上背古文的梅推了推她厚厚的镜片半白半文地嘀咕了几句。

"年糕虽小,可也是咱班长的干粮啊!身体是革命的本钱,一块年糕,有可能就关乎到班长"革命"的前途。哪位同学实在饿了,就明说一声,以我们班长的为人,定会忍饿割糕的!何至于不翼而飞呢?"还是纪律委员一下子抓住了问题的实质。

是的呢?晚自习前拿衣服时明明记得年糕袋就在箱子最上面的呢!

"这还用说吗?肯定是有人有病呗!不,何止是有病,简直是疯了!最近宿舍里丢的东西还少吗?玲的半块肥皂,还有兰的小半袋焦屑,不都是晚自习丢的吗?"向来有女侠之称的红似乎把"有病"两个字咬得很重很重。

"就是呢,我们宿舍门窗关锁一直都很认真及时的,这年头谁家都不容易,父母能供我们读书已经很不容易了,怎么能丢东西呢?除非,除非有人请假不上晚自习……"还想继续往下"断案"的"最馋猫"似乎突然听懂了红的"有病"二字,欲言又止了。

宿舍里突然安静了下来!安静得有点诡秘!

大家似乎都同时想到了最近经常请假不上晚自习的琴。琴是这学期才来的"插班生",大家对她还不太了解,只知道她晚自习经常不上,隐隐约约也风闻她貌似是在原学校"出了点事"才转到我们班来的。至于是什么事,就不得而知了。

"我,我最近是有病,一到晚上就发低热,浑身无力,所以才请假休息的。我一直在昏睡,我,我真的没,没……"

"你是有病啊!我们都知道呢!我们没说东西是你拿的呀!你继续昏睡呗!怎么这当儿就醒了?"

即使是傻瓜也能听出红大侠的言外之意。

"我,我,我真的……"

"有病的看病,有东西的看好自己的东西!熄灯睡觉!"琴的话还没说完,"啪"的一声,舍长拉灭了电灯。

每个人的眼前瞬间都黑了下来!

明明开学前就打了春的,可是那在室外撕扯撞击着门窗的寒风,还有室内可怕的沉默还是让她不由得打了一个寒噤!

好在明天就是星期六了,也好在春天也快要来了吧?在这样的臆想中她渐渐进入了梦乡,迷迷糊糊中,她梦见了好多好多的年糕,还有好温暖好温暖的春天,似乎还有琴……

周日返校的时候,琴没有来。

周一正式上课的时候,琴还没有来。

下下周返校的时候,琴的床铺空了!每次看到那空荡荡的床铺,她的心里也空荡了起来。

再下下周返校的时候,天气渐渐暖和起来了!为了预防春季传染病,班主任通知大家对宿舍进行一次"搬家式"的打扫。他还建议把琴的空床拆掉,他从总务处要了一张课桌,可以放在那里,这样偶尔因病请假在宿舍休息的同学也能在宿舍里做做作业、看看书了。

"一、二、三!"当几个女孩齐心协力搬起琴那张有点厚重的木板床时,刚才还在叽叽喳喳的一群女孩突然一点声音都没有了!

——琴床下的角落里,躺着一只布口袋,口袋的旁边竟然有一个老鼠洞!

老鼠洞的旁边依稀可以看到咬碎的肥皂、散落的焦屑还有拇指大的一小块年糕……

这个她,就是我!

那一年，我们的高考

那一年，我们的高考是在赤日炎炎的流火七月，而非栀子飘香的初夏六月。

那一年，不是所有的小伙伴都能一起走进七月的高考，因为那一年还有种考试叫"预考"。

那一年的高考很重要——重要得可以彻底改变我们的命运，尤其是农家孩子的命运。

那一年的高考似乎又有点无足轻重——无足轻重到许多时候我都觉得那只是我一个人的高考。

因为，那一年的高考，没有晚自习前的"送饭大军"，没有租房陪读的家长，更没有"全家总动员"的如临大敌的送考。

那一年，我们似乎并没有怀揣多少"不破楼兰终不还"的勇气，也没有背负亲人太多的期许和厚望，似乎就那么顺其自然地走进了高考的考场。

可是，那毕竟是一场"改变命运"的考试。尽管许多时候，我总是习惯于自欺欺人地让自己学会"选择性遗忘",可是当每一年的高考如期而至时,我所经历的高考便累加一层,变成了难以磨灭的印记。

这么多年过去了,随着年岁的增长,许多记忆已经逐渐模糊,可依然不模糊的还是那条老丰中通向二中的不算太长却又已然太长的距离!

那一年,文科考生的考场都在二中,我们每场考试都是从丰中(原)南大门穿过百货大楼的那座高桥,走到二中。住宿生几个人结伴同行,走读生绝大多数是自己骑自行车去考场!那一年,真的很难看到现今这样恢弘的送考场面,我甚至都记不得有无"交通管制"了,因为当时应该也没有多少机动车可"管制"吧!

那个飘着毛毛细雨的被所有家长和考生都认为最适宜数学考试的7月8日的上午,因为已经有了第一天语文和政治考试带来的信心,一路上,我和舍友们很放松地说笑着走在去二中的路上,准备以最好的心态迎接自己认为最没有信心的数学!

进考场了,照例要准考证,那时还没有身份证,只检查准考证。打开文具盒,我的准考证呢?翻遍了所有的口袋,我的准考证呢?——那个被所有考生和家长公认的最适宜考数学的凉爽宜人飘着毛毛细雨的早晨,我的准考证竟然丢了!

同一考场的同学赶快跑到大门口去找班主任,那时还没有手机这玩意儿!等班主任赶到考场门口,其他同学已经进去十几分钟了,等班主任跟考点主任交涉好,让我先进去考试,他回头找准考证,或想法补准考证,其他同学已经开考近半个小时了!

其时太多的惊慌、无助、无奈我都已经记不太清楚了,我只清晰地记得我急得浑身冒汗,好不容易坐进考场后,很长时间头脑中都是一片空白!

我都不知道那场我生命中最为重要的一次数学考试是如何考完的,

我只记得交卷时,最后一页的大题目全是空白,我还记得监考老师和同考场的考生们无奈而同情的目光——因为那年的数学试卷其实并不是太难!

准考证竟然还真被班主任原路找回了,就在当时大华路上那个我们大丰唯一的大会堂门前找到的!当年的班主任已经是而今的徐校长了!我不知道他是否还记得当年他的课代表犯下的这个不可饶恕的失误!我只是非常真切地记得他当年那抹痛惜至极的眼神,以致我即使是现在在校园里看到他,我都不敢正视他的眼神。

在那个细雨蒙蒙的大家都认为特别适合考试的早晨,一个并不美丽的错误就这样改写了我的人生。

有时我也会想,如果当年我的准考证没有丢失,不知命运又该做怎样的安排?

因为我们班那年考上的16个同学的数学平均分可是105分啊!数学只考了70分,竟然还能应届考上南通师专,我都有点佩服自己了。

然而人生永远没有如果,只有后果和结果。能够改变我们命运的高考更是如此。

那一年,是1989年!

经年之后,当我们无意碰触那些尘封的画面,有些人、有些事依旧会令我们悸动甚至心痛,但我们也更加懂得了珍惜,珍惜悄然流逝的时光,珍惜生命中的每一段难忘的历程,珍惜人生旅程中的每一个关键点。

又是一年高考时,高考其实没有彩排,只有现场直播。祈愿明天开始的高考直播中每一个考生都能拥有良好的心理素质,完成出色的临场发挥,减少高考的遗憾和人生的缺憾。

高考只是一条路,走过高考,未来还会有很多的路等着我们去走!

那一夜的疯狂

那一夜,我们是在海边度过的。

那一夜,我们第一次看着月亮慢慢从海里爬上来,第一次在海边吟诵着"海上生明月,天涯共此时"的诗句。

那一夜的月亮很圆,如玉盘一般,在云朵里穿行,朦胧的月光洒在跳动的海面上,淡淡的,泛着涟漪,如一串流光溢彩的珍珠。月光透过海堤边树叶的罅隙洒在我们的身上,静谧而美好!

有悠扬婉转的口琴声从我们露营的槐树林里传来,是大家耳熟能详的《军港之夜》。

渐渐的,有几个同学跟着熟悉的旋律哼唱起来,渐渐的,随着口琴伴奏的曲目的变化,一场事先毫无准备的"海边音乐会"慢慢达到了高潮,无论是会唱的还是不会唱的同学,就那样围着篝火连续吼了几个小时,几乎吼遍了那个时代我们喜欢的所有歌曲。

偶有啤酒喝高的同学,就会卸下平素的斯文和腼腆,在月光下的槐树林里跳着那时非常流行的霹雳舞,看着同学们一张张被火堆映红了的微醺的表情,我自然想起了东坡居士的那句"起舞弄清影,何似在人间"。

我们这群不速之客的到来,显然已经打乱了这块人迹罕至的王国里的正常秩序,我们张扬放肆的笑声和不成曲调的歌声惊醒了夜晚栖息的海鸟,一群群的海鸟一次次扑棱着翅膀在槐树林的上空无奈地盘旋……

当我们带来的蚊香全部燃尽之际,海边那群身强体壮的大蚊子对我们展开了疯狂的围剿。即使我们早有防备,在盛夏的七月,穿的都是长袖衬衫和长裤,可这种蚊子的嘴很毒很厉害,只要被它叮上一口,立马就是一个大泡,又疼又痒。同学们的歌唱声渐渐被一阵又一阵的拍蚊声代替了。

我们打扰了海鸟的清梦,蚊子凌厉的攻势打断了我们的篝火晚会。那一团团"嗡嗡嗡"的海边大蚊子,莫非专为那群海鸟报仇来着?

为了躲避蚊子的群攻,大家陆陆续续地站起身来,三三两两地沿着海堤向大海深处走去。

月亮渐渐爬到了我们的头顶,深夜的月色更加皎洁了。在这没有人烟的海边,月光下槐树的倒影清晰得有些狰狞。许是刚才折腾累了,走在海堤上的同学们都选择了沉默,只听到海风吹拂着防护林的阵阵涛声,喧嚣后归于沉寂的海边有些神秘,又有些诡谲。我不由得紧紧拽住了闺密的胳膊。

海风渐渐大了起来,空气里流动着咸咸的湿湿的海腥味。海风吹拂着我们的面颊,吹动着我们的长发,夏日的炎热和白天才结束的高考带来的阴霾似乎都被一扫而光了!

我紧紧拽着珠的胳膊,我们不说话,我们迎着海风,静静地享受着大海赐予我们的一切神奇而美好的感觉。

夜,更静了,静得我们都能听到大海此起彼伏的呼吸,海似乎也睡着了,我似乎听到了浪花轻吻海滩的喃喃微语……

"快醒醒啦!快醒醒啦!不要错过看日出啊!"一直在值夜的班长的叫声,划破了黎明前海边的宁静,睁开惺忪的双眼,我们都被彼此的睡姿笑哭了。如果不是因为连续三天高强度高压力的高考,再加之昨天下午从考场出来后就马不停蹄地骑行四五十公里,来到这片荒芜的海滩,任谁在这个蚊子遍地的槐树林的空地上也是睡不着的了。

朦朦胧胧中我们跟随着同学们向东奔去,此时晨曦刚明,天空还是一片浅蓝。跑着跑着,天边慢慢出现了一道红霞,这道红霞的范围在不断扩大再扩大。我们都知道,太阳就要从海里跳出来了!我目不转睛地盯着东方的那片红光,紧张得都不敢呼吸,唯恐会错过心仪已久的海上日出。

当太阳慢慢冲破云霞,从海平面上喷薄而出,跳出海面之时,海滩上传来一阵又一阵的欢呼!——十八岁的我们在漫天的朝霞下跃出了此生最璀璨的剪影。

"有螃蟹哎!好多好多的螃蟹哎!"

随着珠的一声召唤,低头一看,真的有许多小螃蟹横着身子穿梭在我们脚下的泥质海滩上。可是想要捉住它们,还真的不是一件容易的事,它们机灵得很呢,那对像触角般的小眼睛视力那是相当的好,在你的手快要抓到它的时候,它会迅速钻进洞里,让没有经验也没有工具的我们望蟹兴叹。偶有同学抓住了一两只,便会兴奋得大喊大叫,昭告天下!

小蟹是没有捉到几只,从头到脚倒是沾了不少泥巴,反正也是没法洗脸的,干脆追赶着帮大家全化成大花脸吧!……

这么多年来,许多人和事已经渐渐淡忘,甚至许多同学的名字都已经记不清楚,但是那一夜的疯狂和美好却让我终生难忘!

那一夜是1989年7月9日的高考收官之夜!

因为那一夜的那片荒芜的海滩上留下了我们追逐梦想的青春印记!

"姐妹们,今晚贵宾楼306,庆贺祺祺高考结束!庆祝漂亮妈咪彻底解放!带着你们的男朋友一起来狂欢吧!今夜不醉不归哦!"

收到红姐姐的这份庆祝号令时,我抬腕看了看手表,距离2017年的高考结束还有半个小时,我的心竟然也随之激动起来。

当最后一科考试的结束铃声响起的时候,我特别想知道高考结束后,你是如何疯狂的?

对此，我们只能『呵呵』了

"这鬼天气！大清早的就让人闷得喘不过气来！"我一边嘟哝着，一边步履匆匆地穿过长长的甬道，迅速打开了教室的前后门，因为六点五十后，孩子们就该陆陆续续地进教室了。

习惯性地一扇一扇地推开教室的北排窗户，窗户后面的小花园里倒是一派生机，佳木葱茏，还有我最喜欢的栀子花也在墙角下开得正欢呢。

可那一清早就扑面而来的热浪，还有那在远处高大的香樟上聒噪不停的蝉鸣声，还是让我的眉头皱了又皱。

已经有孩子三三两两地进了教室。可是几乎没有一个孩子进教室后能执行我一到教室就赶快晨读的指令。是书包太重了，还是这天气真的太热了？孩子们进来后总是先把那看起来很沉很沉的书包往课桌上重重地一摔，然后就从书包里抽出晨读的课本不停地扇啊扇啊……

"啪！"正在收拾讲台的我，顺手就把手里正在整理的三角板重重地摔在讲台上,随即大吼一声:"还不开始读书?!"

讲台下的读书声渐渐大了起来。看着孩子们捧着课本晨读的身影,我不禁又懊恼起来。——一早就想好了,今天无论如何也不跟孩子们生气的呢!——今天可是初一学年的最后一天上课日了呢!

最近是怎么了?更年期真的提前了,还是太辛苦的缘故?——由于参加中考监考,连续二十天都没有休息了呢!

为了迎接全市统考,这两周每天至少都是四节课以上的节奏啊!临近期末,班主任那边又有太多杂七杂八的事儿,连写了几十年的学生评语都要按照学校的要求写两遍呢!还有各种需要上交的总结资料,以及学校信息不断催促的录课、晒课……

"黎明前的黑暗!"这是我和我的同事们这两天见面后说得最多的励志语了!

一想到这句俗得不能再俗的励志语,我的眉头还是渐渐舒展开了,嘴角也自然上扬了许多。

看着几个小胖子被汗水浸透的后背,我的眼里又恢复了往昔的怜爱与温柔,我轻轻地拍拍他们湿湿的肩膀说:"坚持哦!坚持到底就是胜利呢!"

"这么热的天,姐还穿运动鞋?姐今天又得上多少课啊?"

上完晨读和早读课的我在走廊里遇到了隔壁班的小徐老师。

"多乎哉,不多也!连早读和晨读不过六节而已!"我模仿着孔乙己的腔调,在旁人面前,尤其是在这些一直崇拜我的小老师面前,尽力保持我一贯保持的大姐风范。

六节!一天只有八节课,我就要上六节!这才是我今天一早就很抓狂的真正原因吧!

"姐,你悠着点啊!这么热的天,讲一节歇一节呗,反正语文是可以让学生自己背书的呢!"小徐老师善意地提醒着上起课来就会忘记一切的我。

是要悠着点了呢,这些日子都是考试科目连轴转,已经让教双班语文的我不堪重负了。曾经的"金嗓子"现在已经是典型的"公鸭嗓子"了。

可是计划好了今天至少要讲两节课的,一节阅读理解的考前指导,一节作文指导,这些可都是考前该抓的"大西瓜"啊!

因为紧赶着利用课间十分钟冲泡了一包芝麻糊当早餐,走进教室上第一节课的时候,我已经是大汗淋漓了。

当老师的都知道,越是接近暑假的期末,越是孩子们最心神不宁的时候,天气炎热只是客观原因,主观原因是他们也被老师们"轮番轰炸"够了。

看着上午第一节课就在不住拿着书本当扇子扇的孩子们,我一直在心里对自己说:"稍安勿躁!稍安勿躁!无论如何,一定要把考前该讲的讲到位!"

"同学们,你们知道这可能就是你今生最后一天听老师上课了呢!下学期可是要重新分班的呢!"

"同学们,你们想知道明天的语文试卷长什么样子吗?"

"同学们,我们一起来猜一猜明天的作文题?"

……

原本有些恹恹的孩子们顿时长了精神。这最后的两节课,为了吸引孩子们的注意力,我可谓是"十八般武艺"全都用上了。

当我和孩子们一起对第二天语文考试中可能出现的各种考点进行了排查和梳理,对考试中可能出现的状况进行了预设,并设计了解决方案后,我终于如释重负,长长地舒了一口气,默默地对自己说:"该讲的我都讲了,我就心安了!"

当两个班都上到第三节课的时候,我以为真的可以悠着点了!该讲的都讲好了,就让孩子们自己背书消化吧!

可是如此闷热的天气,如此浮躁的初一孩子,他们哪里能自己看得下去书呢?看了不到十分钟,讲话、走神、做小动作,各种状况都有了。

我还是没能悠得住自己!还是带着孩子们一起背书消化吧!提问、抢答、齐答……这一节背书课还真是酣畅淋漓啊!

"一切终于结束了!现在,我不想多说一句话,我也已经说不了任何一句话!"当我上完了六节课,不,是七节课后(因为最后一节布置考场、进行考纪考风教育的班会课也是我上的),我瘫软在办公室的椅子上,拿起手机,发了一条可能只有老师才能读懂的朋友圈。

一个小时后,不想说任何一句话,也已经说不了任何一句话的我"葛优躺"在自家的沙发上,无意间点开了朋友圈里的一条链接——《上课不讲课后讲,令人触目惊心的师腐现象》。

我只在下面评论了两个字:"呵呵!"

其实,我连"呵呵"的力气都没有了!

灯火明亮的周末夜晚

"到哪里了啊?就差你了哎!有没有搞清楚,今天可是周五啊!你们周五不是四点四十就放学了吗?"

有点讪讪地放下来自闺密的催促电话,看一下电脑右下角的时间,不得了,竟然快七点了,难怪向来以淑女自居的她敢在电话里对我大喊大叫。

电脑关机,戴好围巾,关灯锁门,零下四摄氏度的天气预报还真不是唬人的,大雪节气后晚七点的室外,怎一个"冷"字了得?

习惯性地在每天离校之前总要去教室检查一番的——饮水机的电源拔了没有,电脑是否已经关闭,每一扇窗户都关严了吗?

"真的快要七点了吗?"

"确信今天真是周末?"

"通往教室的走廊前为何却是灯火通明?"

——我们三楼的每一间教室的灯都还亮着,在这个零下四摄氏度的周末的夜晚。

一向以严厉著称的倪老师,此刻正温情脉脉地伏在五班的讲台上,两个个头比他还高的男孩站在他的身旁,我无从知道他在为这两个孩子讲解着什么,我只是从他们彼此的神情中似乎看到了那两个孩子的心领神会。

"屏幕上的这些知识点是我特地为你们几个人整理的,你们现在就开始背,背好了就可以回家了。"远远地就听到八班教室里传来臧老师咯嘣咯嘣的讲课声。

好家伙!台下只有五个学生,她不仅把大屏幕用起来了,讲课的分贝也丝毫未减。不愧是我的爱徒啊!

"你看,这里加一条辅助线,这个问题是不是就解决了呢?"

"再验算一遍看看?"

"这道题目你自己再想想!你能行的!"

"订正后,你能否想一想自己连续两次做错的原因呢?"

四个孩子一字排开坐在教室的第一排,我们班的数学老师正轮流在他们身边穿梭指导。这样的画风我实在不忍打断,悄悄地检查完靠走廊的每一扇窗户,我悄悄地独自撤退。

"江老师,看能否联系这几个孩子的家长,让他们放学一小时后到教室门口接孩子,如果能来接,我就通知孩子留下来,帮他们把近阶段的错题解决掉。"

几乎每天下午放学前,我都能收到任教我班数学李老师的这条短信,只是每天要我通知的孩子家长名单会有所变化。

李老师的女儿还在读高三,为了每天放学后帮班上的学困生解决问题,他可是一顿晚饭也没为读高三的女儿送过啊。

沿着教学楼之间的通道向学校北门走去,三楼的通道是能看到整个初三教学楼的。初三教学楼里每一间教室的灯都亮着!

看着眼前这幢灯火通明的初三教学楼,无需一一察访,我已经完全可以想象每一间教室里该是怎样的情形了——一个老师,几个孩子,勾勒出了周末寒夜里最暖心的画面。

走到北三楼的303门前,有女孩的抽泣声隐隐传来,好友琴一边拍着她的肩膀,一边用抽纸为她擦着眼泪。前几天才去上海检查身体的,这么冷的天,下班后还不早点回家歇歇?初三班主任更是任重而道远啊!尽管对她心有许多怜惜,但此刻我能为她做的,只有顺手帮她掩上办公室的门。因为,外面实在是太冷了。

"叮铃铃——叮铃铃——"闺密的催命电话又来了!——她们在等我吃饭呢!

那些下班后还在办公室或教室里无偿为孩子们补差治瘸的同事们,一定也有等他们的家人或亲朋吧!

周五晚放学两小时后的学校门口,竟然还有许多等孩子的家长和车辆,只因校园内还有许多盏亮着的明灯。

第四辑 愿种一片清明心

九月的天空下,
我静听风声,
风里,有心的声音,
百转千回……

早起鸟的幸福晨光

晨曦未明的假日清晨，轻轻地披衣下床，悄悄地撩起窗帘的一角，楼下公园里昨夜那璀璨如华、色彩旖旎的霓虹灯不知什么时候已经悄悄熄灭，只剩下稀稀疏疏的几盏路灯恹恹欲睡地轻依在二卯酉河边——整个小城似乎还在酣睡。

无数个白昼和黑夜，我们总是在滚滚红尘里辗转奔波，唯有此时，我才觉得如此静谧的清晨是完完全全属于我的，属于我自己的。每每此时，总有一种"小确幸"在我的心底悄然绽放。

蹑手蹑脚地走进书房，静静地坐在书桌前，开始批阅今天的"奏章"——简书、订阅号，当然还有朋友圈。简书关注的作者和订阅号都是经过我"大浪淘沙"后保留下来的精华。我不仅从这些作者身上获得了坚持的力量，而且我还能从这里淘到许多我喜欢的文字，这些文字总会给我带来不期然的温暖和收获，我也从摘录这些文字中汲取到了许多有益的营养。

约莫一小时的批阅摘录之后，抬首窗外，天色已然亮了许多。几缕朝霞透过窗户映射在书桌上厚厚的摘录本上,此时,内心的丰盈与喜悦无与伦比。

狄金森说过:"我本可以容忍黑暗,如果我不曾见过太阳。"许多时候,文字就成了我生活中最美的太阳。于是,习惯了在每一个早起的清晨,在一杯白开水的陪伴下,敲敲打打,修修改改,用一颗谦卑的心在文字里与每一缕晨光相融,涂鸦出了一个又一个属于我自己的太阳。

无可救药地爱上了这样的假日晨光,一个人偷偷地徜徉在这样的晨光里,你会发现早晨的世界安静而美好。

当假期余额严重不足的时候,我也会或多或少地患有一些上班恐惧症的,但那更多的只是在圈里应和一下我的闺密们而已,因为只要一想到每一个步行上班的清晨,我的嘴角自然就会不经意地上扬。

"残夜月未央,朝曦已弗光。"因为学校在城西,于是,无数个工作日的清晨,我总是背着我的双肩包,穿着我的运动鞋,迎着那未央的残月,去迎接生命中的每一缕晨光。

"晓星点点唤人醒,月沉山阴唤日升。"此时的小城,万籁俱寂,黑夜正欲随着路灯一起隐去,破晓的晨光正慢慢唤醒一切尚在沉睡的生灵。

最先唤醒小城的应该是林边那群比我还要早起的鸟们吧!

"唧—唧",那是雏鸟在呼唤母亲?委婉中带着娇气。"喳喳……"那是麻雀在招引同伴?淘气中透着机灵。"唧唧—啾啾",那是画眉鸟婉转悦耳的叫声?宛如歌唱家在唱一首优美动听的歌曲,恰似演奏家在吹一曲悠扬悦耳的笛声。

"唧—唧","喳喳—","唧唧—啾啾","叽叽—喳喳","叽—叽—喳—喳","叽叽喳喳"……每天清晨,穿过路口的第一个红绿灯,一场盛大的"演唱会"已经在河滨公园高大的灌木林中悄悄地拉开帷幕。那一曲曲欢乐的颂歌,是在歌颂黑夜的离去,还是在迎接黎明的到来?抑或如我一样在感激这给世界万物馈赠幸福的熹微?

四季之中，残冬早春的清晨，相对也清静了许多。既没有广场舞的喧嚣，也没有耍刀舞剑的铿锵，只是偶有几个和我一样即使是数九隆冬也没有放弃过晨跑的熟悉的陌生人。

每天清晨，伴随着昏黄的灯光，小跑在那条熟悉得不能再熟悉的林荫小道上，第一个迎面遇到的一定是那两个老人。我实在无从知晓他们的年龄，花白的头发，爬满皱纹的脸庞，似乎都在诉说着岁月的沧桑。

大爷虽然个头不高，却很是矍铄，他一只手臂上搭着一件刚脱下来的外套，还有一只手总是紧紧地牵着大娘的手。我也实在听不清他总是侧着身子在和大娘交谈着什么，我只能看到他的脸上洋溢着温情，他的眼里满是宠溺……

每每此时，我总会转过身子，用一段倒步走目送他们渐行渐远，直到他们相互搀扶的背影慢慢消失在淡淡的晨霭中……我的眼里满是羡慕，我的心里甚是温暖：所谓执子之手，与子偕老，不就是这样的画面吗？

只要听到那阵很有韵律感的脚步声，无需回头，我就能知道此时向我奔来的一定是那个马尾女孩了。女孩穿着一身粉色的运动服，右手臂上缠着一条白色的毛巾，她那好看的马尾巴总是随着她轻快的富有弹力的步伐上下跳动。

每当她从我的身边超过时，一股青春的气息氤氲在清晨的空气里，我总会不由自主地追在那年轻美丽的背影后，快跑一段距离。她侧身挥汗的时候，看到侧方位的我，我们就会相视一笑，继续前行……

走着走着，路灯熄了；走着走着，西方的残月渐渐隐没了身影；走着走着，马路上的汽车和行人渐渐多了起来；走着走着，眼前全是背着书包上学的孩子们了！

踩着校园歌曲的节拍，和孩子们一起走进清晨的校园。风儿，轻轻地，吹起女孩翻飞的长发；阳光，暖暖的，透过岁月的罅隙，映射在男孩的书包上……

习惯性地看看东方,一轮红日正从一群高大林立的建筑物中间喷薄而上!

在这最美的晨光里,崭新而美好的一天正向我们走来!

多少的时光/在这路上彷徨/带着几许的迷惘/为失去岁月感伤/不堪的思量/像梦幻一样/清晨的微光/我不想伪装/我要站在阳光照得到的地方。

校园广播里不知何时想起了这首我最爱的《阳光照得到的地方》。

伴随着孩子们琅琅的读书声,我悄悄地更新了一条朋友圈:早起的鸟儿有虫吃,不负晨光不负君!

愿种一片清明心

有一条路,走起来很短,想起来很长;有一条路,去的时候凄凉,回的时候苍茫;有一条路,谁都不想走,谁又不得不走……

每每行走在那条长满野草甚至很难下脚的通往墓地的田间小路上,四月的天空就飘下了那句挥之不去的"清明时节雨纷纷,路上行人欲断魂"的晚唐绝句。"雨湿清明香火残,碧溪桥外燕泥寒,日长独自倚阑干。",这是宋词里那个和我一起行走的行人吧?"风风雨雨梨花,窄索帘栊,巧小窗纱。甚情绪灯前,客怀枕畔,心事天涯。",这不就是元曲里的那柄漂泊天涯、孤寂愁怨的清明伞吗?

尽管随着时间的流逝,"欲断肠"的伤痛已经平复了许多,可是面对阴阳两隔的绝望和迷殇,久久地伫立在亲人们的墓前,我们总是不能自已。

生者和死者在此相遇,这里没有拥挤和喧嚣,没有虚伪和华美,只有燃烧的片片纸钱化作缕缕轻烟,只有亲人模糊的记忆和清晰的面容瞬间弥漫……

隔壁坟上上坟放鞭炮的声音打断了我的冥想。我一直弄不明白缘何祭祀时要放鞭炮，正如我也一直弄不明白喜迎春天的上巳节缘何总是和寄托哀思的清明节连在一起一样——清明真是个矛盾的时节：踏青赏春与感时伤怀总是很奇怪地揉成一团，所有的情感在此时总能顺理成章地寻找到干涸的泪泉，却又总能在涌出时被理智的沙漠吮干……

有人说，当你想流泪的时候，就抬头看看天空吧！每当我沿着那条田间小路从墓地往回走的时候，我已经习惯了保持这种仰望天空的姿势……

仰望天空，此刻阳光正好，晴空澄碧，一群不知名的鸟儿在空中欢快地翻转盘旋。放眼远处，绿油油的麦子，黄灿灿的菜花，还有农庄上的缕缕炊烟……

原来，清明并不全是"雨纷纷"的凄凉和"欲断魂"的绝望。它也可以是"梨花风起正清明，游子寻春半出城"的活色生香。原来，清明时节，人们总是一边丝丝缕缕盘桓旧人往事，一边浓浓淡淡地充盈喜乐年华。

翻看这两天的朋友圈，你会发现身边的人不是在缅怀逝者就是在踏青赏春——人们正用自己的行动在诠释着生命和死亡的辨证！

许多时候，为了所谓的名利，为了追赶通往人生之巅的列车，我们汲汲奔走，我们身心俱疲，我们甚至即将付出生命的代价，却也不知道调整自己的呼吸，放慢自己的脚步，只是一味前行……

当我想起那些英年早逝的亲朋，当我自己也走得很累的时候，我总会想起亚历山大大帝的一则故事。

他是世界古代史上最著名的征服者，西方有史以来最伟大的领袖人物之一。他足智多谋，雄才大略，东征西战，所向披靡，猎财无数。但是他最终留给世人"最大的财富"，却是死前遗言——亚历山大临终前对将士们说："我有三个愿望，我死后希望你们照做。第一个是我的棺材一定要我的医生亲自送到墓地;第二个是通往墓地路上撒满我的金银珠宝;第三个是把棺材挖两个洞,让双手伸出棺材两边。"有个将军问他:"伟大的亚历山大国王,您能告诉我们您为什么要这样做吗?"亚历山大叹气后慢慢回答:"让医生送棺材,想给人明白再好的医生面对死亡也无能为力;撒满金银珠宝是告诉人们,我拥有金钱却无法享用;将双手伸出棺材让人知道,我是空着手来,也空着手走,死了什么带不走。"

亚历山大的故事并不是让我们立刻叫停自己的人生。因为在如此"清明"的美好春光中,"每一个不曾起舞的日子,都是对生命的辜负"。我只是希望我们在"起舞"的过程中,不要忽略生命原本该有的从容和美好。

因为,生命,每个人只有一次,或长或短;生活,每个人都在继续,或悲或欢;人生,每个人都在旅途,或起或伏。走得慢一点,身边总有一方美景;看得淡一点,头顶就有一汪蓝天!

"万物生长此时,皆清洁而明净,故谓之清明。"清明时节,万物生长,桃红柳绿,春光烂漫,四野既清且明。"清明前后,点瓜种豆。"我忽而想及,如果能在如此清明的春天,在每一个人的心中,种下一颗清净明澈的种子,又会是一番怎样的风景呢?

一年好景在清明,人间最美四月天。让我们在清明的四月里,更好地前行……

且活且珍惜

连续上完两节作文课,委实有些累了。

所幸对我们这些苦命的双班语文老师而言,只要上完周四的双课,周五就能相对轻松地迎接美好的周末了。

念及此,回到办公室,自然就放松了许多,暂且刷一下手机,再去参加第四节课的期中分析会吧!

"朋友群里的那篇文章,你们看了吗?"推门而入的隔壁办公室的倪主任的声音里竟然有一丝颤抖。

"什么文章?群消息太多了,有时都被忽略了呢!"我依然在刷着我的手机。

"还记得07届的中考状元朱弢吗?就是他写的呢!打开看看呢,看完这篇文章后,我到现在都觉得浑身在发抖!"

从来都是他的声音让学生发抖,今天竟然有曾经的学生让他发抖?

立即打开"朋友群"里的链接文章,一个刺眼的"祭"字赫然映入眼帘。

07届的中考状元,二十六七的年华,他在为谁而写祭文?

"今天上班时,收到一个噩耗,他就这么走了。从初中开始同学,到高中,再到一起保送复旦。十多年的同窗,坐过同桌,做过室友。"……

原来他在祭奠一个"存在过并值得缅怀的灵魂"——一个和他一样的花样男孩。

理工直男的文字尽管没有太多的煽情,可是冷静的叙述背后却能瞬间击中每一个人心灵深处最柔软的角落,读着读着,我终于明白倪缘何能发抖到现在了。

"我可能一个月就走了,谁知道呢?"

"明天回大丰咯!上海再见了!"

"很不甘心,不想这么死去,世界那么美好,我都没体验过。"

"没有想见的人,没有想去的地方,就是这个世界几乎跟我无关的感觉了!"

……

当我看到作者和逝者最后几天的聊天记录时,当我看到这个还在读博的孩子,在无情的病魔面前,是那样的无能为力,那样的无可奈何,那样的万念俱灰,那样的绝望之至!我终于不能自已,也无法饮泣吞声。这该是一直假装坚强的我工作以来第一次在办公室里放声哭泣吧!

当他向远在异国求学的朋友"云淡风轻"地说出那句"癌症医院不治,就代表生存几率是0了呀"时,有谁知道这个出身农门,一路读到复旦博士的孩子内心的凄惶和绝望。

世界那么美好,他都没体验过!未来本来是可以很遥远很美好的,可这一切都与他无关了!二十六岁的他怎能甘心,又怎么会甘心呢?

为了这份"不甘心",在和癌症抗争的两年多时间里,他承受了太多同龄人无法承受的恐惧、压力还有无尽的痛苦。因为在死亡线上苦苦挣扎过的他太明白生命的可贵以及"活着真好"的意义。

抹干眼泪,窗外初冬的阳光依旧,办公桌上的几盆吊兰葳蕤依旧,可许多生命却是如此脆弱——眼前这位英年早逝的孩子,前几天跳楼的花季女孩,还有昨天被失去理智的酒驾者杀害的三男二女。

上学时一位哲学老师曾说过:时间过去一天,我们就接近死亡一天。人到中年,无数次目睹一个一个生命如流星一样陨落在天的那一边,我就会想,在以后的某一天,或许我的生命也将销声匿迹,在生命终结的那一刻,我还会有最想去的地方、最想做的事,还有最想见的人吗?

想着想着,我似乎突然明白,一切身外之物都不重要,重要的是家人朋友一生平安,身体健康,这是一种不可多得的平淡与幸福。用平淡的心对待自己的生活和未来,现在看来应该还不算是自我放逐吧!

人生在世,谁也无法抗拒生老病死和生离死别。我只能告诉自己:活着,珍惜每一天。因为有死亡,所以要珍惜生存;因为有痛苦,所以要珍惜甘甜;因为有欺骗,所以要珍惜家人和朋友对我的真诚之心;因为有分离,所以要珍惜现在在一起的每一个日子……

人生不必如初见

"人生若只如初见,何事秋风悲画扇?等闲变却故人心,却道故人心易变。"长于情深于情的纳兰,一直是我最喜欢的婉约词人。喜欢他的清新婉约,喜欢他的流转绵长,更喜欢他词中不经意间流露的人生哲思。

是的,人生若只如初见那该多好!初见的美好感觉宛如早春初绽的蓓蕾——惊艳了彼此的眼眸,悸动了蛰伏的灵魂。

"和羞走,倚门回首,却把青梅嗅。"初见,是如此的青涩秀美;"记得小蘋初见,两重心字罗衣。琵琶弦上说相思,当时明月在,曾照彩云归。"初见,又是如此的刻骨铭心;"众里寻他千百度,蓦然回首,那人却在灯火阑珊处。"初见,更是如此的让人惊喜感喟。

初见,是一片叶绿的清新;初见,是一缕阳光的温暖;初见,更是一朵花开的惊艳。——冗长的岁月,因为这些美丽的初见而明艳绚丽。

再读席慕蓉的《初相遇》,她说:美丽的梦和美丽的诗一样,都是可遇而不可求的,常常在最没能料到的时刻里出现。她还说:我真喜欢那样的梦,明明知道你已为我付出,却又觉得芳草鲜美,落英缤纷,好像你我才初初相遇。

原来，每个人都有一种初遇情结，即使是诗人也不例外，只不过诗人给它以诗意的诠释，更能让人感觉到初遇的美丽、温馨和浪漫。

"初见惊艳，再见依然"，在我看来，这只是一种美好的愿望。初见，肯定惊艳。再见，蓦然回首，曾经沧海，只怕早已换了人间。所以才会有李白"早知如此绊人心，何如当初莫相识"的悻然，才会有"等闲变却故人心，却道故人心易变"的慨然。

"一个如日中天的女作家，身上却无半点女作家的影子。怯怯的、羞涩的、不安的，竟是一位青涩的中学生模样。"可就是这样的爱玲坐在胡兰成的面前，把这个年近不惑的中年男子心思全部搅乱了。

一向在红粉堆里游刃有余的风流名士，自以为懂得什么是惊艳，初遇爱玲，艳竟不是那么艳法，惊亦不是那惊法了。可就是这样的惊艳初见，也终究难敌那个才气、相貌都无法与爱玲同日而语的十七岁的小护士的青春诱惑啊！

心高气傲的爱玲即使把自己变得很低很低，低到尘埃里，也没能换来她想要的那个让他在小周和她之间做一个选择的确切答复。

生活也许就是这样，许多时候，我们往往都是不经意间就落入了"得到了往往就不会去珍惜"的俗套。我们寥落的心绪，经过岁月风霜的洗涤，好像再也无法拥有初时的亮丽。

原来，许多美好总是经不起时光的碾压，一如时光的凉茶，泡满了岁月的沧桑之后，再也品不出当时的味道。

因此我情愿对于爱情、友情、恩怨、功过、得失、钱财……都看淡一点，再淡一点——淡然一点往往会是清风明月，太过执着，则就是迷惘执拗了。我情愿那初见的情节永远留在自己的梦里。

千帆过尽，作为一名过客，我们不过是这偌大天地间的一粒微小的尘埃，在俗世洪流里辗转漂浮。

时光无情，人有情，不管是怎样的相逢相知，不管是如何的萍飘聚散，让我们珍惜每一次相遇，珍藏每一份美好，不必时时保持初见的惊然，只需念念不忘那份淡淡的如水情怀，足矣！

于千万人之中遇见你所要遇见的人，于千万年之中，遇见我们遇见的人，没有早一步，也没有晚一步，那也没有别的话可说。唯有轻轻的，轻轻的，问一句："噢，你也在这里吗？"

君子之交淡如水，人生不必如初见！

最好的爱情

"本宫掐指一算,这款大衣一定会成为这个冬天最流行的大衣!"

第一时间看到这张照片,是在9日凌晨的"盘丝洞"群里,最爱臭美的雨蝶一早就在群里发来了这张后来在朋友圈疯狂刷屏的照片——她最关心的是女主身上穿的那件戴围巾设计的灰色大衣。

可更多的"吃瓜群众"都是被那两只紧握的双手一"虐"再"虐"——在这个刚刚立冬的寒意微凉的清晨。

"超模的身材,无尽的财富,都比不过紧握你的那双手!"看看手机里这张快要爆屏的照片以及那两只紧紧相握的手,我们自然会感慨,会羡慕,会瞬间被如此有爱的画面一次次暖化。

带着这样的暖意,匆匆行走在初冬的清晨里。

尽管二卯酉河畔的那片栾树顶上的红灯笼还在跳跃闪烁,清晨的街角还隐约飘着淡淡的残桂的余香,可是,我最喜欢的秋天还是宛如那南飞的候鸟,随着每一次寒潮的来袭渐行渐远了。当我们从一片银杏的落叶中若有所悟的时候,萧索的北风已然吹了过来,冬天还是来了!

尽管冬天是一个善于藏肉的季节,可畏寒体质的我于四季之中,最不喜欢的就是冬天了!因为任我有太多的脂肪,也挡不住迎风吹来的阵阵寒意。

初冬是小城一年中温差最大的时节了。行走在初冬的清晨里,<u>丝丝凉意袭上心头</u>。不由得裹紧大衣,加快步伐,紧赶着向学校走去。

步行一直是我最佳的出行模式,尽管每天会少睡半个小时,可是我却在每天的步行中不仅欣赏到了四季不同的晨景,还邂逅了各种不同的人生。

在呢!立冬的清晨,他们还在呢!隔着红灯,远远地我就看到了那两个我每天清晨都会心心念念的老人——那两个已经感动了我整个秋天的老人。

每天清晨,当我走到品海园那儿等红绿灯时,我总会看到马路对面常新桥北的那两个老人。两个老人约莫七十上下的年纪。爷爷坐在轮椅里,奶奶坐在旁边自带的折叠凳上。每次我穿过斑马线的时候,都会看到他们不同的状态——有时是爷爷指着马路上如我一样的匆匆行人喊奶奶看;有时是奶奶一边理着爷爷的衣服,一边俯在他的身旁耳语着什么;更多的时候,都是他们就那样紧紧地握着双手,默默地坐在彼此的身旁,看着清晨的人来车往……

我无从知道奶奶是从哪里把爷爷推到这里的,我也无从知道爷爷因何缘故坐上了轮椅,我更无从知道这对古稀老人到底经历了怎样的人生。我只知道这对老人温暖了我每一个有点寒冷的清晨,我只知道我远远地看着他们,我就看到了我想要的幸福的模样——在平淡静默的时光里,和爱人一起细数余生每一个共同的辰光。

无论富贵贫贱,健康疾病,从金童玉女走到古稀之年,从青春少年到白发苍苍,彼此依然还在身旁。原来最好的爱情不是风花雪月,而是患难与共,相扶共长。

初冬的清晨,清风过处,朝阳正从二卯西河的东方冉冉升起,霞光仿佛为这对相濡以沫的老人打上了一层玫粉色的光圈。霞光中,我看到的依然是两位老人中间那两只紧握的手。

"超模的身材,无尽的财富,都比不过紧握你的那双手!"我又想起了一早就在朋友圈刷屏的这句话还有那张特别暖心的照片。是啊,再好的身材,再多的钱,再高的权利,又怎能比得过冬天里那双紧握你的手呢?

"执子之手,与子偕老",哪怕心早已不再悸动,哪怕步履开始变得蹒跚,哪怕容颜已经衰老沧桑,可是,如果始终有那么一个人,不管是贫穷还是富贵,不管是健康还是疾病,不管是顺境还是逆境,一直紧握你的手,给你温暖,给你心安,给你陪伴,陪你走到世界的尽头。那么,请你一定要好好珍惜!

因为,这才是爱情最好的样子。

请珍惜那个肯为你花时间的人

"江老师辛苦了!"

"为江老师点赞!"

"江老师真棒!"

……

每当逸雅姐姐把我通过她转赠的每篇文章的稿费明细发在义工联的群里时,群里的许多义工总会对我不吝溢美之词,而这往往让我非常汗颜。

或许在他们看来,一年多来,一个坚持写文的老师能够把热心读者的打赏费用全部捐赠给义工联,这应该算是一件很值得点赞的事了。

可是在我看来,我只是把那些喜欢我文字的热心读者对我的每一份支持和鼓励赋予了更加特别的意义而已。每周一次的捐赠,怎能与那些经常为那些老弱孤残付出时间和精力的义工们相比?

扪心自问,我可以每周捐赠几百或几十的稿费,我却没有时间和精力每周去做一次义工。经历了一周高强度的工作后,难得空闲的周末我只想睡睡懒觉、做做家务、看看书、写写文、逛逛街……

如此看来,那些和我同样忙碌辛苦的职场义工们都是牺牲了自己休息的时间去帮助那些需要帮助的人呢。

如此看来,这世上有一种东西真的远比金钱更宝贵,那就是——时间!

在这样一个快节奏的时代,还有什么比自己的私人时间更宝贵的?

有人说时间就是金钱,时间也许可以换来金钱,金钱却永远买不来时间。为你花钱的人好找,肯花时间陪你的人却难寻。

想想谁最舍得为你花时间?自然是父母。从我们很小的时候,咿呀学步,父母守在我们身边耐心软语地教着,"爸爸""妈妈"是我们最先学会的两个词语,也是我们一生中最重要的两个人。后来我们长大了,上学、工作、成家、育儿……为了我们的大大小小的各种事情,父母为我们花了多少时间和心血?

人的一辈子,不管走多远,爱多少人,最舍得为你花时间的就是父母,可我们却很少舍得花时间陪陪父母。父母与子女之间的爱永远都无法对等,因为父母的爱太过深沉,很多时候当我们懂得这种爱时,已是为人父母之时,已是子欲养而亲不待之时。

请珍惜为你付出时间最多的父母吧!不管你的工作有多忙,时间有多紧,请也为父母付出一些时间吧!一如他们曾经无怨无悔地陪伴我们长大一样,让我们也无怨无悔地陪伴他们慢慢变老吧!

亲情如此,友情也是如此。

记得安妮宝贝在一篇随笔中记述过一段少年友情,她说:"那段少年时的感情,就如同彼此寄居的蛹。当灵魂长出翅膀,各奔东西,蛹就成了透明的空壳。"人生中,我们有多少次破茧成蝶,飞到另一方天空,把蛹留在了原地。走着走着,很多朋友被我们丢下了。

其实,我们生命中很多人都是这样,走着走着就散了。就像两朵云,情意缱绻,两相流连,风一吹,就各自天涯了。

有的人走着走着就散了,可有的人却始终都在!

二十几年前的大学闺密,几百公里的距离和几十年的时间都阻挡不了我们彼此的陪伴,我们都是那个愿意为对方付出时间的人。当她现在还在克服一切困难为我和我的朋友付出她最宝贵的时间时,我只想对她说:秋天尚很好,倘若你在场!

许多时候,生活是一个斑驳参差的河床,随流水逝去的,是往昔的岁月,只留下突兀冰冷的感觉,让你独自承受。

所以,请珍惜那些愿意为你付出宝贵时间的朋友吧!珍惜那些陪你逛街、陪你八卦、陪你走过千山万水甚至先把你喂胖然后再陪你减肥的朋友吧!因为她们付出的岂止是时间?

友情如此,爱情更是如此吧?

这世上愿意为你花钱的人或许很多,可愿意心甘情愿为你花时间的人却不一定很多。

能够花时间陪你的人,其实就是在把你们的世界慢慢相融,若是感情中缺少了时间和沟通,两个人只会越走越远。而且爱情和友情不像亲情,亲情中自有一份血缘在,爱情靠的不仅仅是初见时候的心动,更多的是靠相处之中的守候,相知相识,彼此懂得,都是在时间中日积月累的。一个连时间都舍不得为你付出的人,你能相信他(她)所谓的爱情吗?

苏芩曾说:"世上最奢侈的人,是肯花时间陪你的人。谁的时间都有价值,把时间分给你了,就等于把自己的世界都分给了你。"

所以,珍惜身边愿意为你花时间的人,不管是亲情、友情还是爱情。

这些年,我们一起拉过的票

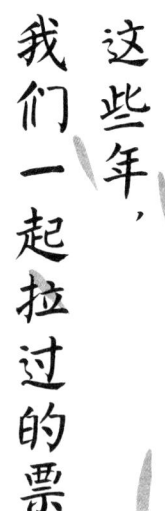

"姐!SOS!"还顺带隔屏甩来一个眼泪汪汪的表情包。

"啥情况?你妈老了,不禁吓的!有话好好说!"我也回了她一个撇嘴的表情。

"帮我们院拉拉票,好吗?"

"我知道投票拉票好烦的,可姐姐人缘好呢!再说我也是你亲生的呢,不会真是充话费顺送的吧?"

我这边还没来得及回复,她那边早就想好了套,只等老妈钻了!

哎!微信投票何以"沦落"到此等境地——连亲生丫头请老妈拉个票都要如此迂回曲折、巧舌如簧了?

在这个全民"被投"的时代,绝大多数人都经历了从起初的一投倾心到而今的谈投色变甚至百般生厌了!

可于我而言,只要念及这些年我们一起投过和拉过的票,总会让我感慨万千,回味无穷。

生命中第一次也是最为刻骨铭心的一次拉票,便是去年五月为女儿拉票的经历。

爱好演讲的女儿，经过层层角逐，有幸能够代表苏科大参加苏州市"反歧视"演讲比赛的"王者之夜"总决赛。

可是，根据比赛规则，除了现场比赛得分之外，还要有一个场外微信平台的投票得分。

那时大学生中玩微信的也不多，因为他们更青睐QQ，而且女儿还要全力以赴准备决赛，于是，为她拉票的重任自然就落到我的肩上了。

所幸丫头发来的投票链接操作还是比较简单的，只要直接点开"苏州市反歧视大赛·王者之夜"的链接即可投票，并且每个微信号也只需投一次即可，战线也不是太长，四号晚八点开始，八号现场演讲那天晚八点结束。

接到指令的第一时间，我就在我的朋友圈里转发了投票链接，迅即得到了朋友们的热烈呼应。

这种投票方式以其便捷和透明一下子吸引了朋友圈里的众多微友的积极参与。当天晚上，我们在绝对优势的喜悦中酣然入梦了。

由于许多朋友的自发转发，第二天的情况还算良好——始终领先对手200票左右。

可是第三天的形势就急转直下了，尽管我方也在加倍努力，可是对手似乎越来越强大，竟然反超我们200多票了！

到了这个时候，相信对手也和我们一样，是不会轻易放弃的了——谁都想拿下这个"人气大奖"。

不知是那时微信投票才刚刚兴起，人们对它还保持着很强的新鲜感，还是真的是我的人缘不错，总之那次拉票是我觉得最为幸福的一次拉票经历。

顾雨婕的亲友团们，每天都会在第一时间转发我的拉票链接，并且还会不遗余力地发动他们的亲戚朋友同学同事投票转发。

经过这样的转发裂变后,2015年5月4—8日,我们的朋友圈里,满满的都是"苏州市反歧视演讲大赛"了,辐射得最远的甚至到了美国和加拿大。

最为关键的最后一天,我们和第二名之间一直呈胶着状态。

到了8号中午,我觉得这几天为了丫头的拉票,我真的已尽"洪荒之力"了,除了上课和睡觉,我的眼睛始终没有离开过手机屏幕,一直在关注着票数的变化,也一直在尽一个母亲能尽的每一份力量,但是中午后的情况似乎不容乐观。

拉票到了这个程度,我忽然觉得结果已经不重要了,重要的是我们在这次拉票的过程中不仅收获了太多的友情和亲情,还让我洞察了一些微妙的人际关系,领悟了许多只有在拉投票中才能体悟到的人生哲理。

于是我在最后的拉票宣言上写下了这样一段话:"感谢各位的鼎力支持,无论结果如何,我们全家真诚感谢各位真诚无私的帮助!投票尽管有些落入俗套,但他体现的团队精神、坚持理念都是让我们和孩子铭记终生的!谢谢!"

回首那次的拉票经历,我除了深深的感动和无比的感谢之外,我更不由得惊叹微信的发展神速——因为我很清晰地记得那时我和我的闺密们,为了给丫头拉票,都曾亲自给那些还不会玩微信的同事们安装过微信呢!

现在想来,短短一年半的时间,微信竟然已经和手机一样,成为人们生活中最最不可或缺的一部分了。

去年暑假,于我而言着实有些悲催——刚放暑假,我就因为一次小小的意外,被做了一回宅女,"世界那么大,我却没法看!"硬生生躺在家里两个月之久。

百无聊赖之际,记忆中始终不离不弃的还是那些如影随形的拉投票活动。其中印象最为深刻的当属暑假接近尾声时的"最美教师"的投票了。

我们学校的最美教师候选人是我们教务处宅心仁厚的包主任，感谢包主任的信任，让我这个"残疾人"在那个最为逼仄的暑假里也享受到了一点做人的价值——他的事迹材料就是我坐在轮椅上几易其稿而成的。

材料通过审核后，轰轰烈烈的投票活动又开始了！

这次投票，不仅要关注，而且战线很长——20天！尽管彼时大家对微信投票的热情早已降低了许多，但我们毕竟都是社会人，大家都知道，有些规则尽管内心腹诽，但总还是要遵循的。

于是，8月底的每一个清晨，我都会早早地拟好相当煽情的拉票语发到我们学校的工作群里，而后我的同事们就会一个个复制转发——因为我们都觉得这个"最美教师"已经不只属于包主任一人，它是属于我们整个实验初中的，她彰显的是我们实验初中团队的精神张力！

就这样，我们在感谢微信平台给我们的生活带来各种便利的同时，我们又在不断"被投票"。

时至今日，对于"微信投票"，好多人已经是"想说爱你不容易了"！

可是我，只要念及当初那么多亲戚朋友、同事同学，甚至毫无交集的陌生人，都曾经那样不遗余力地为我们投过票，甚至拉过票，我就告诉自己，只要我还在玩微信，只要我有玩手机的时间，我一定会投之以桃，报之以李，举手之劳，赠人玫瑰，何乐不为？

因此，当上个月我在看到"盐城市十佳阅读组织"投票的链接时，我第一时间毫不犹豫地选择支持我们大丰的两大公益阅读组织"人民作家"和"宇之声播音主持"。

支持他们绝不仅仅是因为他们的平台都曾发表过我的作品，而是因为在当今这个浮躁喧嚣的尘世，就在我们的身边，就有那么一群人，依然守望在文字和声音的纯净天地里，依然执着地追求着自己的人生梦想，并且还为众多爱好文字和声音艺术的草根提供放飞梦想的平台。

于是,冒着可能被许多朋友屏蔽朋友圈的危险,我依然选择义无反顾地每天为他们"奔走呼号"。

古人俗语"患难见真情!"在当今如此艰难的投票环境里,竟然有那么多朋友始终和我们在一起,一直坚持到25号下午4点,最终"人民作家"和"宇之声"双双获选!

尤其是我们的"人民作家"以其深远的影响独占鳌头!

让我最为感动的是我们刚刚毕业的初三(11)班班级群,群里的家长朋友们看到我朋友圈里转发的投票链接,无一例外地投票并转发,其中最让我动容的是一位家长的留言:江老师,虽然孩子已经毕业了,可我们一直在你的身边,从未走远!

我笑着回复:这是我这辈子听到的最深情的表白了!

原来,无论微信投票的面目已经可憎到何等地步,只要你需要,总会有一些至真至爱的亲朋好友,始终都在你的身边,从未走远!

感谢这些年我们一起拉过的票!

感谢我的微信圈里一直有你!

——只因,你从未走远!

行走在早秋的清晨里

一年之中,我最喜欢的季节是秋天;一日之中,我最喜欢的时辰是清晨。行走在早秋的晨光里,我总觉得再也没有哪个季节的哪个辰光能和我的心绪如此亲近,如此默契而妥帖。

行走在早秋的清晨里,空气微凉,晨风轻拂,仰头看天,残月依旧,小城的东方一抹鱼肚白在一大片灰色的云堆中若隐若现……

沿着河滨一路向西,每天清晨第一个迎接我的,当然还是那一大片已经让我惊艳了三个月之久的合欢林啊!

犹记六月的合欢,是如何第一次惊艳了今年初夏的时光。当一朵粉粉的绒绒的合欢在那样一个美好的早晨调皮地探出脑袋挡住我的视线之际,我才发现原来在我们家的楼下,竟然长着好几株高大的合欢树。这是几株高大而不粗壮的合欢树,羽状的密密层层的叶片之间点缀着粉色的花朵,在朝阳的映照下,宛如一只只跃动的火苗,格外明艳动人。朵朵合欢随着阵阵晨风起伏摇曳,仿佛正对着二卯酉河低吟浅唱。

回望这片树林,满树的绿叶红花,翠碧摇曳,树冠上的朵朵红花,有如腼腆少女娇羞之红晕,似幻影轻纱,让天地间披上了一层绯红的烟霞。一阵清风吹过,那粉红色的小绒花像一个个小降落伞似的从树上飘飞下来……

时令已经渐渐迈入中秋,我怎么也没想到经历过好几次狂风暴雨的洗礼,这一树树合欢依然开得正欢。一树深绿,缀了浅绿的豆荚,秋天里的合欢,较之夏天,安详了许多,俨然簪着发夹的少妇,身上闪烁着内敛的光芒。虽然岁月的流逝不经意间在朵朵合欢身上留下了些许痕迹,她们已经不再有初见时的那份惊艳,可迟暮的美人似乎别有一番独特的风韵呢!

每当我从这片合欢林边走过或者每当我站在楼上眺望这一片绯红的云霞之际,我经常会怀疑自己是不是真的在这河滨住了十几年,我还会经常问自己:我是忙碌粗疏到了何等地步,才会在今年初夏才第一次发现我家楼下竟然还有这一片美丽的合欢?

这不由得让我想起微信圈里流传甚广的小提琴大师约夏·贝尔在纽约地铁里扮作流浪艺人演奏的故事。在这位著名艺术家整整45分钟的演奏过程中,川流不息的人群里几乎没有人驻足,只是偶尔有人在琴盒里投下几枚硬币。其间,只有一个男孩扯着母亲的衣襟在旁聆听。约夏·贝尔为这场"表演"总共收下了20美元的酬劳,而如果去剧院听一场这位大师的演奏则需要花上200美元。

原来,现实生活中,如我一样忙碌粗疏者比比皆是啊!我们匆忙得有意无意间错过了许多世界上最美妙的乐声、最美丽的风景和最重要的人。

这是一个急功近利的时代,一个纷乱脚步踩碎梦想的时代,一个嘈杂声音湮没平和的时代,一个无止欲望充斥内心的时代。放眼四顾,我们身边行色匆匆的人越来越多,"快些!再快些!"——许多人总是不由自主地踏上了疾驰的列车,在前行与忙乱中逐渐丧失生活的乐趣,成了无趣无痛的木偶。

生活中,我们也常常以忙为借口忽略了亲情、友情和爱情。我们经常忙得陪父母吃一顿饭的时间都没有,忙得不能陪孩子去广场转转,忙得无暇关心爱人的冷暖,忙得无暇和朋友慢慢喝一杯茶,忙得几分钟就要看一眼手机、刷一遍朋友圈……

——因为忙对父母、爱人、孩子总是习惯搪塞,因为忙对禁行的红灯、对频频发出警示的病体总是视而不见……也因为忙我们常常忘了最初的梦想,丢了最真的快乐。

约翰.列侬曾经说过:"当我们正在为生活疲于奔命的时候,生活已经离我们而去。"所以当我们汲汲奔走的时候,能否告诉自己:"别走得太快,等一等灵魂。"别走得太快,等一等我们的灵魂。多陪陪父母,就会少一些"子欲养而亲不待"的遗憾;多和孩子交流,就会多一份"稚子敲针作钓钩"的欢乐;多关注一下自己的身心,就可以多一份"把酒祝东风"的"且共从容";多亲近自然,就可以多一份"绕池闲步看鱼游"的闲适……

穿过常新桥,继续沿着二卯西河南向东慢慢行走,清晨的霞光给整个河面镀上了一层好看的玫瑰金,一轮红日正从小城的东方冉冉升起……

就这样慢慢行走在早秋的晨光里,我低头俯拾了第一片泛黄的银杏落叶,我抬头看到了那朵悠闲自在的白云,我还侧耳谛听了路旁木槿绽放的声音……

九月的天空

　　漫步在工农路的人行道上，绿化带内的竹木依然郁郁葱葱，一树一树迎风绽放的紫薇和木槿正在尽情诠释着"烂漫"的内涵，马路对面阳光城市一楼人家的院墙外爬满了紫色的牵牛、黄色的丝瓜花还有罕见的大红的茑萝……

　　这个秋天，痴缠的夏，似乎依然在秋的路口回首张望，她用她炙热的体温和妩媚的容颜正在上演一场难舍难分的剧情。可是只要你抬头仰望一下九月的天空，你就会发现：九月的天空早已用她的湛蓝澄澈和绚丽多姿昭告整个小城：秋天来了！

　　九月的天空很远，远得像一首抽象的朦胧诗。

　　地平线上的天空，一片片浅灰色的瓦块，填补着浅蓝的辽阔，我循着流水潺潺的足音，来到小城的二卯酉河边，微风荡漾着流水的心思，而我正站在常新桥上，眺望着小城九月的晨空。

　　不知是哪个调皮的神仙挥一挥衣袖，就挥去了刚才的那一堆瓦片，东方的天边渐渐露出了粉红色的曙光，太阳快要出来了！这时的天空仿佛拉上了一块红幕布,几乎都是红的了。突然,一个亮闪闪的红点"跳"了出来,只一瞬间,一轮红日像火球一样喷涌而出。霎那间,万簇金箭似的霞光,从云层中迸射出来。那些吸饱了霞光的云朵,鲜红鲜红的,铺洒在小城的东方。"剪裁用尽春工意,浅蘸朝霞千万蕊。"此时的二卯西河浅蘸着玫粉色的霞光,仿佛抹上了一层淡淡的胭脂。水是浓绿的,像碧玉;霞是艳红的,像胭脂。绿水温情地拥抱着红霞,胭脂尽情在碧玉上流丹。

九月的天空很蓝,蓝得像一块透明的蓝水晶。

开学季的脚步虽然有些匆忙,可我还是习惯在带学生到操场做操、到食堂吃饭的间隙里,时常仰望校园的天空。

校园的天空总是那么湛蓝、透亮,好像用清水洗过的蓝宝石一样。有贴着教学楼顶的白云映衬,湛蓝的天空显得越发纯净;有校园里青草红花的比照,湛蓝的天空显得更加明洁。

犹记得那个和学生一起匆匆赶往教室的九月午后,校园的天空蓝得像一块琢磨得非常光滑的蓝水晶,又像一匹织得很精致的蓝绸缎,偶尔也会有几片薄纱似的轻云飘浮在深蓝色的天空上。此时的天空宛如一个美丽的蓝衣仙子,轻轻拖曳着一条轻柔绵软的白色纱巾。这样的天空蓝得让人心驰神往,蓝得让你心旌摇荡,蓝得让你怎么也舍不得把视线从她的身上移开。

有人说,白云是另一种盛开着的花朵,秋天的白云与澄澈的蓝天在一起,仿佛清清湖水中静静绽放的白莲花。随着一阵凉爽的秋风,无数朵洁白的莲花倏忽间绽放在深蓝色的天幕上——它们在天空耀眼地开,奔放地开,汪洋恣肆地开,激情澎湃地开,缠缠绵绵地开,潇潇洒洒地开,随心所欲地开——它们开在天上,落满人间,留驻心底。

在这样的时刻,所有的事物纯净得似乎会让人想要把整颗心都拿出来洗涤一番。尘世里的种种喧嚣,仿佛早已置身度外。仰望着这样的

"大丰蓝",我们的心也晶莹剔透、莹洁温润起来了。

九月的天空很美,美得像一幅印象派的油画。

天气晴好的傍晚,小城的天空颇得晚霞的青睐。一片又一片的火烧云,把小城的西方烧成一幅最美丽的锦缎。我总会惊叹美丽的织女究竟用了多少种颜色的丝线,才能编织出如此绮丽的霞景!红色,黄色,金色,紫色,蓝色,青色,或许还有别的颜色?

喜欢在周末的傍晚,伫立在梅花湾的那座不知名的小桥上,只为守候小城最美的那抹夕阳。深红色的太阳无限深情地俯视着天际边的那片有点模糊的树林,天边的白云和灰黑色的云也渐渐停下嬉戏的脚步,它们穿上夕阳赠予的五彩霞衣,在天空这个魔术师的指挥下不停地易容改装,变幻出各种让人啧啧称奇的迷人poss。

"一道残阳铺水中,半江瑟瑟半江红。"落日的余晖洒在那条不知名的河流上,整个河面顿时明艳了许多,不远处停泊的几条小船还有河那边的人家,让我的心安然温暖了许多。

"夕阳无限好,只是近黄昏。"尽管任你百般依恋,那轮美丽的夕阳依然一点一点地消失在你的视线深处。可这又有什么关系呢?因为,因为当新的黎明从东方冉冉而至,九月的天空一定又会飘漾着灿烂的朝霞、洁白的云朵以及绚丽的晚霞吧?

喜欢仰望九月的天空,喜欢这样的对视,喜欢把所有的心绪在这样的天空下晾晒……

九月的天空下,我静听风声,风里,有心的声音,百转千回……

有雨敲窗的周末

我喜欢有雨敲窗的每一个周末！——因为只有这样的周末才是真正属于我自己的,我的周末!

有雨敲窗的周末,不必赶时间,不必担心雾霾和堵车。有雨敲窗的周末,只要你愿意,你尽可以一整天都躺在床上,在"滴滴答答""滴滴答答"的雨声中做你想做的一切事,想你要想的每个人。

有雨敲窗的周末,无需洗洗刷刷,无需补补晒晒,甚至无需买菜烧饭。有雨敲窗的周末,窗外那"滴滴答答""滴滴答答"的雨声,成了我偶尔放纵自己的最美丽的借口——有雨敲窗的周末是懒散的,有雨敲窗的周末更是率性的。

有雨敲窗的周末,让我们静心听雨吧!

"随风潜入夜,润物细无声",你听出绵绵春雨无声似有声,有声更似无声的一怀柔情了吗?"黑云翻墨未遮山,白雨跳珠乱入船",你听出了即使是人生的狂风骤雨忽至时东坡居士的那份淡定与豁达吗?"梧桐更兼细雨,到黄昏,点点滴滴",一代才女李清照的绵绵愁思是否丝丝入扣?"夜阑卧听风吹雨,铁马冰河入梦来",爱国诗人陆游的拳拳之心是否声声入耳?

在有雨敲窗的周末里听雨,就是在读一首首隽永的小诗,就是在听一曲曲悠扬的古乐啊!

"少年听雨歌楼上,红烛昏罗帐。壮年听雨客舟中,江阔云低,断雁叫西风。而今听雨僧庐下,鬓已星星也。悲欢离合总无情,一任阶前,点滴到天明。"不一样的时节,不一样的心境,自然就有不一样的雨声——一样的只是临窗听雨的那份闲适的意境、淡雅的诗意而已。

有雨敲窗的周末,让我们临窗看雨吧!

丝丝缕缕的春风裹挟着密密麻麻的春雨来了!远处高大的建筑物以及河对岸的柳树,仿佛披上了一层乳白色的羽纱,欲语还休。近看,细密轻盈的春雨宛若天女撒下的滴滴琼浆,"沙沙沙"地飘落在"草色遥看近却无"的大地上,干渴了一个冬天的大地贪婪地吮吸着上天赐予的生命之水,期冀着成长的希望。

夏天的雨,来也匆匆,去也匆匆。来时狂风大作,天昏地暗,电闪雷鸣。

它就像一位粗犷豪放的东北大汉,不知是哪位不乖巧的女子触怒了这位壮汉,他愤怒地挥起他壮硕的手臂,猛地撕开了天上的雨帘——这天上的雨啊就一股脑地往下泼啊,往下倒啊……

俄而,窗外就成了一个白花花的水世界了!每每此时,我总看见我家屋前的二卯酉河上烟雾缭绕,宛如仙境,美不胜收。

秋天的雨,有一盒五彩缤纷的颜料。

你看,它把黄色给了银杏树,黄黄的叶子像一只只黄色的蝴蝶,在秋风的吹送下翩翩起舞。它把红色给了枫树,红红的枫叶像一枚枚邮票,邮走了离人的相思。金色是给田野的,看,一望无际的稻田像金色的海洋,只等秋雨初霁,收割归仓。橙红色是给果树的,橘子柿子挤挤挨挨,争着要人们去摘呢!菊花该是秋雨的宠儿了,红黄紫白粉的各色菊花,在秋雨的飘洒下尽情绽放,争妍斗艳。

"腊月竟然下雨了,是冬负了雪,还是雪背叛了冬?雨,你本该是夏的伴侣,却跑来做冬的情人,人们该赞美你的热情奔放,还是该指责你的水性杨花?"这是这两天朋友圈里最盛行的调侃冬雨的段子了。

既然我们无法阻挡冬雨的脚步,我们为何不把这轻盈淅沥的冬雨看作雪的使者呢?她虽然没有雪花飞舞时的曼妙与婀娜,但在南方的冬天,她却比雪花实诚,比雪花执着呢!因为她绝不会辜负任何一个冬季——无论是南方的暖冬,还是北方的严冬。

有雨敲窗的周末,让我们品茗读书吧!

雨天是最适宜读书的时光。这样的天气里,你可以远离纷繁喧嚣的尘世、是是非非的人群,一书在握,热茶一杯,静心读下去,渐渐便觉茶香满口,书香满纸。

这样的天气,一卷在手,时而定定地凝神细看,时而望着窗外发呆,时而低头淡淡一笑——这时的心境,便是"此中有真意,欲辨已忘言"了。

读书亦如读雨,不同的雨能把我们带进不同的读书境界。绵绵的春雨中,读席慕蓉的诗文,柔情在春雨中一节一节地繁茂生长。滂沱的夏雨中,读辛弃疾的诗词,豪情在夏雨中汪洋恣肆地疯长。萧瑟的秋雨中,读仓央嘉措,读纳兰性德……冷冷的冬雨里,喜欢读一些有温度的文字,为自己取暖……

有雨敲窗的周末,一书在手,暗香盈袖。

……

窗外,这周末的雨呀,仍在淅淅沥沥地不紧不慢地下着——"滴滴——答答""滴——滴——答——答"……有没有人和我一样,在这个有雨敲窗的周末听雨、看雨、品茗、读书?有没有人如同我一般深爱这有雨敲窗的每一个周末呢?

花开无声

睡前,总要读一些文字,带着对文字的咀嚼和回味,渐入梦乡,真的是一件很美好的事情。

可是,今天中午的例行阅读,却让我久久无法入睡。

就在今天中午,自认为看惯了太多的悲欢离合,目睹了太多的逢场作戏,早已百毒不侵的我,却被一段令人荡气回肠的爱情深深地、深深地感动着——那就是德国著名音乐家勃拉姆斯对一代音乐女天才克拉拉长达43年的无声暗恋!

1853年,当年仅20岁的勃拉姆斯在当时集作曲家、音乐评论家、钢琴演奏家于一身的罗伯特·舒曼家第一次见到舒曼的妻子——比他大14岁的钢琴家克拉拉时,那一刻,一朵初恋之花,悄然绽放在这个桀骜不驯的大男孩的心中。

那一刻,他其实就已经知道——这注定是一场永远没有结果的爱情守望!因为舒曼是这个当时出身低微、穷困潦倒的青年的伯乐和恩师,更因为志同道合的舒曼和克拉拉彼此深爱着对方,琴瑟和谐。

尽管勃拉姆斯第一眼就被"犹如水墨画里的一抹嫣红"惊艳得让人触目惊心的克拉拉深深吸引,无法自拔,但他只能把这份爱恋深深地埋在心底。

哪怕是因家族病史的遗传,正值盛年的舒曼患了精神病住进了疯人院,哪怕是后来舒曼以极其惨烈的自杀方式结束了自己痛苦而年轻的生命。勃拉姆斯也只是在克拉拉极其无助、陷入痛苦的深渊之际,默默地照顾他们的孩子,不落痕迹地资助和支持克拉拉的音乐事业。

没有人知道,无数个夜晚,勃拉姆斯强压对克拉拉的无限爱恋,让自己因无望而痛苦的心抽搐不已。更没有人知道,无数个夜晚,在一池喧闹盛开着的芳菲里,有一朵晚莲,无奈地将所有的旖旎心事悄悄地折叠,然后,默默地,熄灭在夜色的尽头。

一眼万年!一望43年!43年来已如当年舒曼一样久负盛名的勃拉姆斯亦如舒曼一样终其一生地只爱着一个女人——克拉拉,终身未娶。即使当时光的刀锋将克拉拉美丽年轻的容颜一片片地剥落,勃拉姆斯心中那份隐忍一生的爱情也从没褪色。

当耳聋发白76岁高龄的克拉拉应亦已62岁的勃拉姆斯的邀请,用干枯的双手很不灵活地为之弹奏了巴赫的前奏曲后,勃拉姆斯依旧深情地凝望着克拉拉。勃拉姆斯不再灵动的眼里依旧溢满了足以让人融化的温情,那一刻,43年的守望定格为永恒!

尤其让人唏嘘不已的是在克拉拉去世后的11个月,这位音乐天才也离开了这个没有了克拉拉的世界!

在这样一个物欲横流,不,甚至可以说是情欲纵横的世界里,爱情已成了最为奢侈的东西!而勃拉姆斯对克拉拉43年的爱情守望正如一篇美丽的童话,在这个秋日的午后,给了我太多的温暖与感动!

原来,爱不一定要完全占有。或许静静地守候,默默地关注,也是上帝最好的安排吧!

花开无声,无声至爱!

苹果，想要爱你已经不容易

"桃花似懂我心，不是飞入我的淘米篮，就是落入我的洗衣盆，有时甚至会停留在我微卷的发上，点缀着我渐渐衰老的容颜，用这种悄无声息的方式告诉我，时间在流逝，属于它的季节将会随着最后一朵花谢而宣布结束。"

在文友的公众号里读到这样的文字，自然觉得"于我心有戚戚焉"，习惯性地点击文末的"打赏"，以表达自己对她文字的喜爱以及对她坚守文字的敬意。

"咦？！"文章下面怎么没有了打赏的标志了？她的原创公众号一直是可以打赏的呀？难道是网络不给力？

刷新！下拉！依然没有！那就是她的号出了问题？

看看我的文章呢？无论我的文笔是多么拙劣抑或我的思想是多么浅薄甚至片面，在文字的世界里，一直以来总有一些朋友通过各种方式给我各种鼓励和支持。打赏就是其中的一种。

我文章的下面竟然也看不到以前每篇都能看到的"打赏"状态了！

不仅这篇看不到,前面的文章下面也看不到!不仅我自己的看不到,同一个平台里其他文友的文章下面也看不到!?

还是问问编辑吧!我连忙给刘编辑发了咨询微信,他的回复是:怎么可能?他的手机能看到"打赏"功能啊!并有截图为证!

他的手机能看到?我的怎么看不到?我用的可是号称全球第一品牌的苹果手机啊!

莫非是我的苹果手机出了问题?

拿来同办公室葛老师的同型号手机查看,结果和我的一样!胡老师的可是最新的7呢!再一查,还是一样!!!

——原来所有的苹果手机都丧失了"打赏功能"了!!!

小易老师用的不是苹果,赶快查撒!没等我亲自动手,他早已在那儿不无得意地嚷嚷了:"姐!我说你们上了美国鬼子的当了吧!瞧瞧俺的国产手机,打赏功能安然无恙呢!"

怎么会这样?有问题找度娘!我立马百度了"苹果打赏"四个关键字——得到的答案是:自2017年4月19日17:00起,IOS版微信公众平台赞赏功能将被关闭,安卓等其他版本的微信赞赏功能不受影响。

这就意味着,从4月19日17:00起,作为苹果用户,我们就这么莫名其妙地被逼停了微信打赏功能!

这就是微信与苹果,两个视规则如生命的科技企业,却在追求自身利益最大化的基础上完全漠视了我们苹果用户的存在感。

尽管苹果公司一再强调,并非故意逼停微信打赏,而是对所有开发者一视同仁。可我们分明又一次领略到了苹果公司"客大欺主"的霸王气质。

是的,你是没有逼停微信打赏,你只是因为没有能够分到拥有8亿微信用户的打赏功能的20%的服务费而取消了微信的这项功能。同时也侵犯了我们国内1.2亿苹果用户的微信打赏权益。

因为欣赏你的"丝般顺滑",所以不惜背负"不支持民族产业"的骂名,始终坚持选择苹果产品。可是你却一再挑战我们的底线,始终将对中国的"歧视"进行到底——从前几年的维修歧视到每一次的新机预售中国都是最后一个!现在你竟然对你最大的市场肆意更改功能权限!苹果公司,你也是够了!

今天,你能取消微信打赏功能,明天你又会针对中国用户更改什么功能呢?

中国有句古话:人争一口气,佛争一炷香。苹果作为一个生产商、服务商,竟然完全不考虑我们国人的感受,我们还有必要挤破头、排长队争着去抢买苹果的新产品吗?

作为一个最普通的消费者,我从不指望网上所说的腾讯完全可以也去将"苹果"一军——腾讯完全可以硬气地向苹果进行反击:你取消我的打赏功能,我的所有产品都从你的平台下架,不支持IOS下载微信、QQ、QQ游戏等产品。那么多用户在这些年中已经习惯了使用微信聊天、QQ交友等,一旦苹果手机不能下载这两大沟通工具势必会影响苹果手机的销量和使用量。

我只能捧着手里依然"丝般顺滑"的苹果手机,默默地对自己说:苹果啊苹果!尽管我曾无数次爱你如初恋,你却总是虐我千万遍,情已至此,想要继续爱你已经真的不容易!

当高铁从我们身边走过

"盐城至南通客运专线可行性研究报告通过了中国铁路总公司审查。这条铁路的设计时速为250公里/小时,在盐城将设盐城站、大丰站、东台站3个火车站。"

当相关权威部门在相当权威的媒体上以"重大喜讯"的醒目标题公布这一资讯时,大丰人民沸腾了!

——因为,这一次,火车不只是从我们身边呼啸而过了!

这一次,火车将为我们停伫!

这一次,为我们停伫的已经不再是十几年前我们曾苦苦追停的新长线上的普通列车,而是时速250公里/小时以上的高速列车。

十几年前,我们曾经破碎的铁路梦想,终于在这一刻以更加美好的姿态再一次向我们走来。不久的将来,同每一个构筑中国梦的中国人一样,大丰人民即将实现让我们魂牵梦萦的美丽高铁梦。

2016年1月,当我们曾经期盼已久的高铁从遥远的南方,深情款款地向我们走来时,我们曾经是那样"漫卷报纸喜欲狂"!

春末夏初,蔷薇飘香,这是一个属于成长的美好季节!可是2017年的春末夏初,七十二万大丰人民的高铁之梦醒于一旦。

4月20日,江苏环保公众网发布新建盐城至南通至张家港铁路环评第一次公示,让大丰人多少年来的铁路之梦即将再一次成为泡影。

公示显示,盐城至南通铁路沿途共设四个车站,分别为东台、海安县、如皋和南通西,取消在大丰区设站。

取消在大丰区设站!——说好了的高铁站呢?说好了在大丰设站的呢?

十几年前,新长铁路即使堂而皇之地从我们境内经过,我们甚至还为它设置了几个道口,我们大丰人乘坐火车,依然要坐一个多小时的车辗转到盐城站或东台站——十几年前,我们只是做了一个假铁路梦。

三年后的2020年,这样的假梦还要继续?全线通车的盐通高铁依然只是从我们身边呼啸而过?那原先的《盐城高铁客运枢纽最终规划图》里的大丰站及其效果图又算啥呢?

当那让我们心心念念的美丽高铁一路呼啸着就要从我们身边疾驰而过时,我们只能感慨"人生若只如初见""却道故人心易变"了。

面对一变再变的"故人心",勤劳勇敢的大丰人民难道只会在这个生机盎然的夏风里"悲画扇"吗?

自然不会!

我们能够围海造田,让沧海变桑田!

我们能够让麋鹿自由奔腾在广袤的滩涂湿地!

我们能够在淤泥质海滩上建起年吞吐量在5000万吨以上的大丰港!

我们还能够让荒芜的盐碱地上绽满美丽的郁金香……

我们绝不能够在造福子孙后代的高铁站上望而却步!

因为高铁欠大丰人民一个"交代"!更因为大丰太需要一个真高铁!

同期拟建的连镇高铁缘何可以每20公里就建一个站台,缘何我们大丰站点距离达47公里都不能拥有一个站台呢?

有关部门给出的理由是因为新建高铁的速度目标值要由250公里/小时提升至350公里/小时,为了提速,就多我们一个大丰站吗?可这个理由早就被宁杭高铁的事实推翻了呀!

宁杭高铁最短的两站距离只有10.2公里,其目标值依然是350公里/小时呀!难道真的因为我们成了大丰区,还是……?

太多太多的疑问,让我们十分期待有关部门在做出决定的时候,尤其是在做出关乎民生利益和一个地区长远发展的重大决定时,能不能给老百姓一个明白,让老百姓拥有真正的知情权呢?

能不能让曾经的"管理"真正变成共同的"治理"呢?许多时候,我们需要的不只是一个结果,我们还需要知道过程,知道论证的科学过程。

或许舆情发展至此,大丰人民需要的已经不仅是一个高铁站了,大丰人民需要的更是一份公正公平的待遇和应有的尊重!

"山重水复疑无路,柳暗花明又一村。"所幸一切都在向好的方向发展,人民在期盼,政府在努力,高铁就在前方!

当高铁将再一次从我们身边呼啸而过时,我们需要团结,我们需要坚韧,我们更需要理性!我们相信高速奔驰的列车一定会因为美丽的"黄海港城、麋鹿故里、湿地之都、上海飞地"和那遍地绽放的郁金香而回眸驻足!

我们期待!

我和"好女"之间只有两个字的距离

"好女不过百!"躺在床上的我一早醒来就批阅到了果妈发在朋友圈的这句特别励志的"名言",加之她配的那张长发垂腰的窈窕背影,让我不由得在被窝里握紧了拳头来配合她"名言"后面表示加油的表情。

果妈可谓是同事中减肥成功的励志女了,别看她年纪不大,可是自我约束的能力,那真不是一般的。上学期我曾有好几次和她共进晚餐的机会,我也曾目睹她是如何面对一桌美食,只吃冷盘中蔬菜的那种坚持和决绝。从春节到现在,十个月坚持不吃晚餐,她终于达到了自己的理想体重。

放眼四周,同行的胖子是越来越少了。每天晨跑时都能遇到的玉女,硬是通过五个月"粒米不进"的坚持,成功减脂20斤,已经变身为窈窕淑女;同是性情中人的小鱼儿凭借自己将近一年七次轻断食的经历,完全的脱胎换骨,距离"好女"的目标越来越近;闺密喏喏通过近一年的瑜伽和晚上少吃,也已经基本"脱肥"……

"好女不过百!"原来我不做好女已经若干年了!现在回想起来,自从生完丫头后,我就没做过"好女"吧!可是二十几年来,我努力做"好女"的步伐也从未停止过呀。

曾经我也是个怎么吃也吃不胖的从未过百的"好女",怎么当了妈之后,就成了那种传说中喝水也会胖的胖子了呢!何况我怎么舍得让自己只是喝水呢!于是我的减肥就成了"永远在路上",不,准确点说,应该是"永远在桌上"。

回忆二十几年的减肥征程,满满的都是泪啊!学过瑜伽,打过球,跑过步;扎过针灸,敷过药包,甚至还偷偷吃过减肥药;晚上也曾只啃黄瓜和苹果,也曾尝试过几天的辟谷和轻断食……

结果呢?结果是笨拙的我怎么也学不会瑜伽和广场舞,以致闺密至今回想起当年带我去学瑜伽的经历,仍然忍俊不禁。游泳当然是最好的全身运动,群里的姐妹们前几天还在各种"利诱威逼"的,可我依然没勇气让自己"湿身"。

因为家里有个羽毛球爱好者,所以在他的一再怂恿下,我终于鼓起勇气拿起了球拍,可好事多磨,跟在他后面蹭球的第二天,我就不幸负伤,硬是在床上躺了一个暑假。那个暑假,姐躺的是床,养的可全是油啊!从此以后,以前的所有努力全都付之东流,一个暑假下来,我成了一个无可挽救的胖子。

走路上班,是我一贯坚持的习惯。不知是家离学校的距离太近,还是我总是喜欢"慢慢走啊,用心看",几学期走下来,搜集了一些素材,构思了一些文章,可就是没少过一斤一两。

减肥人都知道,减肥无非做到这两点就够了——"迈开腿"以及"管住嘴"。作为一名资深减肥人,既然迈不开腿,总该管住嘴吧?

于是,看着镜子里日渐膨胀的自己,我也曾咽过无数次口水,下过无数次决心,想和自己最爱的美食做一个了断。可是对于一个资深"吃货"来说,世界上还有比不能享受各种美食而痛苦的事吗?

于是,我既无法像玉女那样几个月"粒米不进",我也无法像果妈那样晚餐不吃或者一直"吃草",我更无法像小鱼儿那样一次又一次地换食。小鱼儿的换食产品我没少买,可用我丫头的话来说,我就是在正常饮食的基础上,每顿多吃了一包×××……于是,我也在各种折腾中渐渐明白:我和"好女"之间的距离原来只有两个字——坚持。无论是运动还是节食,尤其是节食,只要坚持下去,一定会有效果的。

　　"好女"如此,"好事"更是如此吧!许多时候,我们和所有想要的结果之间的距离其实都是这两个字吧?!

　　"亲,今晚打球吗?生日那天,期待你的旗袍秀哦!"这是这半个月来一直拽着我去打球的好友萍发来的信息。看来,为了这场有点缥缈的旗袍秀,我也得坚持下去了!

　　"一个人连自己的体重都控制不了,何以控制自己的人生!!!从今天起,努力做一个好女!"依然躺在被窝里的我懒懒地发了一条我已经发了N次的减肥名言。

　　好吧!愿我们远离肥腻和庸俗,不仅关爱男人,更要关爱自己,过好余生,让世界更美好!

学会爱自己

曾几何时,作为职业女性,我们整日为工作而忙碌;作为家庭主妇,我们天天为生活而操劳;身为人母,我们含辛茹苦,苦口婆心,生儿育女;身为人女,我们肩挑责任,陪伴双亲,安抚老人……

在这无怨无悔的付出中,岁月一天天流逝,偶尔停憩,蓦然回首,我们的身材开始变得臃肿,容颜不再焕发,脸上有了暗斑,眼角有了皱纹,双手也开始变得粗糙……

是不是真的到人老珠黄的那一刻我们才会恍然明白:我们也应该拿出一点点时间来爱自己,爱自己的容颜,也要爱自己的身体,惟其如此,生活才能多一份信心与勇气,少一份无奈与孤独。

学会爱自己,要学会欣赏自己的外表。外表是与生俱来的,可气质却是后天可以改变的。生活中我们常常能够看到,即使一个长相平凡、身材普通的女人,即便她没有令人艳羡的美貌,没有一眼看上去动人心魄的性感,她却可能会有善良的心地、温柔的性情、聪慧的心智、磁性的声音,感染你,甚至打动你。其实,视觉上的美丽熟悉之后会变得平淡,气质上的美好却会日益长久。所以，不论自己长得美还是丑，我们都无须与别人进行比较，要看到自己的美丽。只有这样，你才有勇气与人交际，才会真心地爱自己。

学会爱自己，就要从一点一滴的细微处呵护自己。忙碌的工作和机械的生活中，我们是不是忽视了很多呵护自己的细节了呢？我们是不是可以做面膜保养皮肤，做头发散发自信，做指甲拈花微笑……生活中的这些细节你是不是因为忙碌而轻易忽略了？为了爱自己，从现在起就重新将它们拣拾回来吧，在钢筋水泥的都市森林里做一个爱自己的靓丽女人。

学会爱自己，还应该让自己的头脑也丰富起来。到大自然中去，让心感受年轻时的浪漫；到图书馆去，汲取丰富的知识，世界之窗不仅仅为男人开启……只有这样，我们才能永远拥有爱。千万不要等到老了以后才发现，自己不知在什么时候已被丢掉；也不要在男人抛弃你的时候才发现自己真的已衰老；更不要到孩子问起他们想问的东西而妈妈什么都不知道时，才后悔自己曾经的知识都已经忘掉。"腹有诗书气自华"，读书是最好的美容，读书的女人最美丽！

学会爱自己，就千万不能放弃自己。我们往往会为了爱丈夫和孩子，放弃自己的爱好，放弃自己的朋友，放弃自己的事业，放弃一次次能让自己发展的机会……于是，丈夫在进步，孩子在进步，我们则在退步。当距离拉大的时候，我们的爱，我们的家还能继续朝前走多远？保持自己的美丽，丰富自己的知识，给自己一个发展的空间，让自己也和丈夫和孩子一起成长，共同进步，携手创造明天，这样的爱才牢固。

学会爱自己，就要多给自己美好的憧憬。在人生路途发生巨大转折的时候，在最痛楚最无助最孤独最无援的时候，在必须自己独走夜行路的时候，在必须独自承担压力的时候——我们应该给自己一个灿烂的笑容，给自己一个美好的憧憬，坚信在那遥远的灯火阑珊处，必然有一个

"他"会向我们招手。唯有如此,我们才能走过月光如水、鸟语如歌的朝朝暮暮,寻找到属于自己的蓝天与白云。

人们常说:"爱爱你的人如同爱你自己。假使你不爱自己,又怎么爱别人呢?"的确,我们可以无私到爱任何人,但一定要先学会真心地爱自己。

看那春寒料峭中的冰凌花,它从来不被人像牡丹那样地宠爱,而它仍旧义无反顾地迎着寒风倔强地开着;看那深谷的幽兰,即便无人采摘,甚至看不见自己水中的倒影,它亦会开出最美的花,弥漫最幽雅的清香,千百年来,花开花落,悠然自得……

是的,在人生的旅途中没有谁真正可以陪伴你走完一生,除了你自己!

即使我们失去了一切,可我们还有我们自己!

即使没有一个人爱我们,可我们自己可以爱自己!

爱自己,才会真正懂得爱这个世界!

让生命与书香一起律动

"如果读书也算一个嗜好的话,我的唯一嗜好就是读书。"每每看到国学大师季羡林老先生的这句话时,我总会难掩敬佩之情。当一个人把读书当成生命里最重要的组成部分时,他的生命又该是何其纯净而丰蕴啊!

这是一个碎片化信息泛滥的时代,手机和微信貌似正在绑架我们原本宁静的生活,我们所有闲暇的时光几乎全部用来刷屏了,曾有的午读和夜读的习惯,渐渐地都被手机取而代之了。然而,存在的都是合理的,我们总不能把自己远离书本的原因归咎于给我们带来那么多便利的手机和微信吧!

其实,一切都是我们本身的惰性和不良惯性使然吧!因为懒惰,我们辜负了多少适合朗读的美好晨光?因为慵懒,我们又浪费了多少可以轻倚床头的午读时光?因为懈怠,我们曾让多少适合静读的夜晚流连在觥筹交错之中?

古人云:"三日不读书,便觉语言无味,觉面目可憎。"扪心自问,我们有多久没有嗅到书卷的幽香了呢?我们的面目可憎到了何其可怕的程度了呢?我们就这样在日复一日的喧嚣与浮尘中沾染了太多的戾气与俗气,遗失了曾经的初心与斗志。

"书读多了,容颜自然会改变"这是我最喜爱的女作家之一三毛的一句名言。我想,"书读多了,气质自然会改变"似乎更合理些。因为你的气质里藏着你读过的书和你走过的路呢!

读史可以使人明智,读诗可以使人灵秀,读专业书,可以使人渊博。因为读书,我们会安静;因为读书,我们会思辨;因为读书,我们会睿智。

在书的瀚海里,我们可以轻踏犹如梨花盛开的西域白雪;我们也可以寻访暗香浮动凌寒独绽的东土红梅;我们可以感受烟雨江南"杏花春雨"的柔情;我们还可以领略塞北"秋风骏马"的粗犷⋯⋯

栖居在读书的绿洲,你会发现云卷云舒,烟波浩渺的大千世界原来如此美丽!读书,会让你身无双翼,却如闲云野鹤,飞翔于心灵与天地之间,穿越于历史、现实与未来的时空隧道。

你可以在书籍里观看沧海,感慨曹孟德的壮心;你也可以在书籍里游历欧洲,轻舞于安徒生的童话世界;你可以梦回唐朝,感受李白斗酒诗百篇的豪迈;你还可以回归现实,聆听先生"狂人"般的呐喊!

"腹有诗书气自华""最是书香能致远"。你听说有一种女人味,叫书香味吗?这是任何昂贵的化妆品和高超的美容技术都无法企及的。一个饱读诗书的女子,她所散发的温婉雅致的气质,犹如一杯封藏经年的佳酿,让人不能自已,回味无穷。

亲,如果你和我一样,没有天生丽质的容颜,没有令人艳羡的成就,那就让我们一起来读读书吧!因为读书能让我们的眼眸更加澄静,让我们的心灵更加纯净,让我们的生命更加宁静!

夜深花睡去,明月挂中天,让我们一起打开书柜,轻轻拂去书卷上的灰尘,在淡淡的书香中寻一方空灵,一片宁静,一份安然,一股清澈,一种愉悦。让缕缕书香张开美丽的翅膀,轻轻滋润我们的生命,让生命与书香一起律动⋯⋯

我想和你一起来读诗

"有些时候,偶尔的停留只是一场休整,只是在静默中想要聆听更真实的声音,只是想让自己沉淀一段时间,然后沿着时光,向自己更喜欢的样子迈进。"

虽然我在最后一篇专栏文章里已经通过这样的文字委婉解释了我暂时离开专栏的原因,可是这20多天来,仍有不少朋友通过留言或私聊问询我停止写专栏的原因。

"真的不写啦?本周没等到你的文章呢!"

"写得好好的,怎么就不写了?"

"你断了我们每个周二的念想了呢!"

……

每每读到这样的留言,我一面感受着朋友们对我的鼓励,一面更加坚定了让自己归零的决心。一切都只是因为,写着写着,我越来越觉得我浅薄的文字已经无法承载读者朋友们对我的厚爱。

近两年不断输出的写文生活,让原本储备就不够充分的我,越写越怕,总有一种快要被掏空的恐慌。

我深知,是时候让自己静下心来充点"电"了。

为了加深自己的厚度,我以为我的第一要读便是中华民族文化艺术宝库里那颗最璀璨的明珠——古诗词。

因为,诗词如歌,在平平仄仄中婉转悠扬、抑扬顿挫;诗词如画,在虫鱼鸟兽中描摹自然,在小桥流水中展现乾坤;诗词更像一位哲人,在历经千年后,向我们娓娓道来人生的真谛,悄悄丰厚我们的底蕴。

在这里,有王维"大漠孤烟直,长河落日圆"、范仲淹"塞下秋来风景异,衡阳雁去无留意"的异域风情,有白居易"日出江花红胜火,春来江水绿如蓝"、杜牧"千里莺啼绿映红,水村山郭酒旗风"的江南春色,有陶渊明"采菊东篱下,悠然见南山"、孟浩然"开轩面场圃,把酒话桑麻"的山水田园,有王勃"落霞与孤鹜齐飞,秋水共长天一色"、苏轼"水光潋滟晴方好,山色空蒙雨亦奇"的湖光天色……

是诗词让冰冷生硬的地理景观和山水楼台,有了精神的支撑、人文的温度。我们心中的苏州,成了寒山寺,成了"夜半钟声到客船";我们想到的武汉,是黄鹤楼,是"晴川历历汉阳树,芳草萋萋鹦鹉洲";我们遥望的西域,是玉门关,是"黄河远上白云间,一片孤城万仞山"……

这里有"慈母手中线,游子身上衣""烽火连三月,家书抵万金""独在异乡为异客,每逢佳节倍思亲""但愿人长久,千里共婵娟"所倾诉的骨肉亲情。

这里还有"海内存知己,天涯若比邻""桃花潭水深千尺,不及汪伦送我情""劝君更尽一杯酒,西出阳关无故人""正是江南好风景,落花时节又逢君"所吟唱的真挚友情……

在这里,我们可以在《诗经》"执子之手,与子偕老"中见证古老的爱情誓言;在李之仪"日日思君不见君,共饮长江水"中感受绵绵思念;在秦观"两情若是久长时,又岂在朝朝暮暮"中体会温情共勉;在苏轼"十年生死两茫茫,不思量,自难忘,千里孤坟,无处话凄凉"中遥想他对亡妻的深切怀念……

在这里,还有"虽九死其犹未悔"的屈原,有"感时花溅泪,恨别鸟惊心"的杜甫,有"王师北定中原日,家祭无忘告乃翁"的陆游,有"苟利国家生死以,岂因祸福避趋之"的林则徐……

是诗词让温馨的亲情、真挚的友情、美好的爱情以及爱国的豪情吟诵成了亘古不变的永恒。

可是,在这个急功近利的碎片阅读时代,我和我的学生们有多久没有好好读诗了呢?

不必说部编教材早已硬性规定并增加了各学段的古诗篇目,也不必说初高中都会考到容易拉差距的课外古诗赏析,单是每个年级都会考的古诗默写,也足以支撑我们应该好好读诗了!

叶嘉莹老师曾说:"在我看来,学习中国古典诗歌的用处,也就正在其可以唤起人们一种善于感发、富于联想更富于高瞻远瞩之精神的不死心灵。"

愉快的寒假即将开始,可一想到去年寒假回来后你们对"王者"的迷恋,以及因为这份"迷恋"而挥之不去的"浮躁"和"戾气",我就有点不愉快了!

有人说:"中国人的诗心一直在,但需要被激活。"

这个寒假,我可以做那个"激活"自己也"激活"你们的人吗?我们可以一起放下手机,远离游戏,一起来读诗吗?

我希望,春天,当你们看到盛开的桃花,就能明白什么是"桃之夭夭,灼灼其华";夏天,当你们的小舟在荷叶中穿过,你们就知道什么是"接天莲叶无穷碧",什么是"水光潋滟晴方好";秋天,当凉风乍起,梧叶飘黄,你们就想起什么是"老树呈秋色",什么是"苒苒物华休";冬天,一如这样的下雪天,你们能知道什么是"晚来天欲雪",什么是"红泥小火炉"。

我也希望当看到湖面上有一群鸟飞过的时候,你们也能吟诵出"落霞与孤鹜齐飞,秋水共长天一色",而不是在那吵吵,我去,全都是鸟!当你们去戈壁旅游骑着骏马奔腾时,你们也能在心中默念着"大漠孤烟直,长河落日圆",而不是在那喊,唉呀妈呀都是沙子!

我更希望——我们真的可以一起读读诗!

青椒土豆丝的幸福定义

幸福有时真的就只是一盘青椒土豆丝那么简单。

每当我在前行中迷惘、纠结的时候，我总会想起六年前的那盘青椒土豆丝。

那是一个让我们终生难忘的暑假！那个暑假，因为公公的病，我们一直无助而心痛地奔走在各大医院之间。无情的病魔已经让公公几乎不能进食了，可我们依然每天变换不同的花式至少烧上可口的四菜一汤送到病床前，似乎唯有如此才能把无法继续尽孝的遗憾降到最低。

那天中午，当我和老公拎着饭菜放到公公的床头时，掀开盒盖，一股菜香扑鼻而来，可饱受折磨的老人已经是一点食欲都没有了，连正眼也没瞧一下！

"青椒土豆丝肯定很香呢！"同室的病友，那个同样是晚期的年仅四十四岁的女人嘴里喃喃道。

四十出头，尽管韶华不再，可也不至于如此之早就要与死神抗争啊！我每天早中晚进出医院多次，从没看到过他的老公一次，据另一个病友说，她的老公是一位包工程的小老板，因为女人的晚期，小老板的后面已经有三四个女人在排队侯娶了!

也据说当初的第一桶金是夫妇二人在上海拾荒淘来的。如今别墅有了,汽车也有了,可只剩下她一个人在医院里无奈无助地用她日渐销蚀的生命在和无情的病魔做着最后的无谓的抗争!

每看她一眼,我的心里都会涌起一阵阵隐痛,甚至抽搐,乃至痉挛!我总在想:难道生命真的如此脆弱!因为她或许未必美丽可却也依旧年轻啊!她也只比我大几岁啊!她才四十四岁啊!难道夫妻情分真的如此薄寡?他们毕竟也曾同甘共苦、相濡以沫过啊!

每次去看公公,我都会主动问候她一声,或者搀扶她方便一下,或者给她倒一杯水,或者分些饭菜给她。孱弱的她只是微笑着颔首以表谢意!因为她实在没有太多的力气讲话了!

可此刻,这个可怜的女子,这个吃一口吐一口的女子,她最奢望的美食竟然只是一盘家常的青椒土豆丝!我想任谁听了这样的要求,都会心怀恻隐的吧?

"青椒土豆丝吗?我待会儿回家就为你炒!""不用、不用!太麻烦了!"她还在极其虚弱地推诿道!我实在不忍心再和她客套,因为我不能消耗她极其有限的体力了!

尽管当时已经将近下午一点了,尽管我们也是热累交加,饥肠辘辘,我还是立马赶到菜场,选了新鲜的青椒和土豆,然后回家极其用心地炒了一份青椒土豆丝送到医院!

那个中午,已经几顿不能吃饭的她,竟然就着青椒土豆丝喝了将近一碗稀饭!看着她吃得那么香,我的心里真是五味杂陈,感慨万千。

——原来有时一个人的愿望真的就只是一盘青椒土豆丝那样简单!

——原来有时所谓的幸福和快乐真的就是这么简单!

——原来如果你在医院里走上一遭,你就会发现:健康平安真的就是我们拥有的最大的幸福和最宝贵的财富!

我在，我很好

黄灿灿的玉米粥，妈妈版的各色家常咸菜，怒放的康乃馨，游来游去的鱼儿，清晨的阳光透过窗户，斜射在葳蕤的幸福树上……嘴角不由上扬，信手在氤氲着室内热气的窗户玻璃上涂鸦上"岁月安好"四个大字。

如此安好的画面，怎能不与大家共享？

"你不会又要拍照上传了吧？都奔五的人了，怎么永远都是一副少女心？一天到晚发朋友圈，就不怕大家烦你吗？"画风瞬间就被那个刚从卫生间里洗漱完毕、穿着睡衣出来吃早饭的熟男破坏了。

刚拿出手机准备拍照的我，被他这么一问，只好讪讪地坐到餐桌前习惯性地翻起我的朋友圈来。我发的朋友圈，真的很烦很烦人吗？

真是不翻不知道，一翻吓一跳！

——我的相册真的没有一天消停过！

——原来我就是那种一天不发朋友圈就会手痒难耐之人！

回头琢磨相册里的内容，我自认为"美"应该比"烦"更确切吧？

"美文"是我相册里最多的内容。从《秋天，我们一起来看葵》到最近的《人生不必如初见》,一年来,我竟絮絮叨叨地写了41篇不成文章的所谓"美文"。转发的其他老师朋友以及订阅号上的美文更是不计其数了。

单看我这体型,大家就该知道我是多么热爱"美食"了!我不仅爱吃"美食",我还喜欢做各种家常"美食"。即使是一碗简单的面条,我也要让它"活色生香";即使是一顿简单的早餐,我也想让它营养丰富、色香味俱全。于是,做过的和吃过的"美食"也占了我相册里的小半壁江山。难免有时会让我的微友们舔屏了。

"身体和灵魂必须有一个在路上!"我是一个只要有机会,就必须让自己"在路上"的喜欢折腾的女人。尽管我是一个十足的路痴,所幸有一群愿意陪我折腾的家人、同事及闺密。

2016,我走了太多的路,看了太美的景。春节期间,一大家人在山东滑雪泡温泉,其乐融融;中考过后,和美女同事们结伴去桂林看山看水,身心放松;酷暑盛夏和闺密们在青海湖边一起飞;金秋十月,一家三口畅游千岛湖,徜徉乌镇……此情此景,怎能不记录分享呢?

一遍遍翻看着自己的朋友圈,我还翻出了一片"美心"!对陌生人的无偿资助,为亲朋好友的拉投票,一草一木给我的人生启迪,和孩子们一起奋战中考的历程……满满的都是正能量啊!

我怎么就烦人了呢?

其实我就是那种看个段子就能哈哈哈,尝个美味就想嘚瑟,看个美景就想晒照,看到好文章就想分享,朋友有需要就会伸手,喜欢用朋友圈来记录自己的生活,习惯和大家分享一切的人。

越来越多的人,对朋友圈开始厌烦,无非是有人成为了你的微商,24小时刷爆了你的朋友圈;有人成天晒娃,你觉得自己的朋友圈俨然已经成了她的成长记录平台;有人秀恩爱,每天都被喂食着变着花样的狗粮;还有人不断在发着各种虚假的信息,传播着各种负能量……

于是,对于发不发朋友圈,我也曾纠结过——也曾害怕有时会顾此失彼,弄巧成拙;也曾害怕别人说自己浅薄、无知、不够沉稳……

可是,如果我从今天起不发朋友圈,亲爱的你们,还会习惯吗?

正如我的闺密,自过年来,她竟然连续几天在微信圈里毫无动静,我就会生出许多担心和念想,因为我们已经习惯了通过彼此的朋友圈触摸彼此的生活。一个电话打过去,才知道她因为患了眼疾而暂别手机,一颗悬着的心才放了下来。

很多时候,我们早就习惯了这样一种状态,一个人的时候读喜欢的人的生活,就好像她依旧在身边。

人到中年,生活的各种烦累,已经让我们没有太多的时间一起逛街喝茶看电影,但我们却可以通过彼此的朋友圈,了解彼此的现状。一如我的大学闺密,尽管我们现在难得一聚,但我通过她的朋友圈,我能知道她还在写着暖暖的文字,过着安心的日子,足矣!好朋友就是虽然不常联系,但我却会通过你的朋友圈关注你的一切,支持你的一切的那个人。

所以我从不介意我喜欢的朋友晒娃、卖商品、拉投票,不介意她不间断地旅游直播,更不介意她撒娇卖萌,我甚至特别佩服那些工作之余能够为自己的爱好和梦想而奋斗的微商和文友们……

我只要知道,你在,你好,就好!如果实在厌烦了,你完全可以选择性地屏蔽一些信息啊!

我们的朋友圈,我们自己做主!我发朋友圈无需取悦他人,只是记录下了漫漫岁月中的点点滴滴,只是愿意与那些惺惺相惜的人共同分享。我们坚守在彼此的朋友圈里,时而点赞,时而点评,时而嬉笑,时而怒骂,时而拥抱,时而赠花,时而打闹,时而安静,时而唏嘘,然后走完这一段彼此相伴的时光。

谁还会在车水马龙的世界里,每天24小时守着对方的日月星辰?当我们依然在我们的朋友圈生龙活虎,其实就是我们彼此最好的相望。

因为我知道,你在,你也好!你是否也知道,我在,我也很好呢?

感谢有你

怎么办？只是接了个电话，一不小心就没跟上刚才一直乘的那部电梯，现在看来只有会长乘坐的那部电梯里尚能容得下我这个体积相对庞大的无党派知识分子了。

硬着头皮走进电梯，怯怯地朝会长腼腆地笑笑，算是打了招呼。

会长的以人为本和才情横溢一直是有口皆碑的。因为共同的爱好，我们在朋友圈里的互动还是很多的。可我这人其实就是一个见不了大方的骨子里有点清高又有点自卑的教书匠，现实生活中，习惯于遇到领导能绕则绕、能躲则躲，更何况是在这样一个精英荟萃的无党派知识分子理事年会上呢？

"江老师啊，你可知道你这一年创造了大丰文坛的几个第一吗？"正当我因为近距离和领导共处如此逼仄的空间而惴惴不安时，会长开始问我话了，脸上自带着他招牌式的微笑。

"啊？"

还没等我反应过来，他已经在列举我的所谓的"第一"了。

"单篇点击量大丰第一,六万多的点击量,不容易呢!坚持写专栏这么久,大丰第一;每篇作品的平均点击量大丰第一!你该能出两本书了吧?"

"是的呢!我们以前虽然没见过江老师你本人,但读过你许多文章呢!"

"上周才发的那篇《突然好想你》写得好好呢!"

"我们都是你的粉丝哦!"

……

电梯里那些我一直久仰他们大名,却从未和他们有过太多交集的副会长和其他理事们貌似也读过我的不少拙文。

……

听了他们的一番议论之后,蓦然回首,我才发觉时间真像长了翅膀似的,不觉中我竟又和自己喜欢的文字厮磨了一年之久。

这一年,似乎和往年不同,以往的很多日子,我总是在文字中走走停停,像是经历一次次旅行,回来仍然在琐碎中消磨着光阴。行途中的见闻,虽然曾经梦一样让人向往,却逐渐的被岁月磨光。

这一年,徜徉在文字的世界里,沿着内心的真实轨迹,随着键盘的起起落落,坚持用一个个方块字去码出自然的美丽、人间的美好以及内心的真实。

一直以来的自卑其实也是源于无论外界有多少诸如今天这样应景的赞誉,我尚能拥有一份自知之明。和身边熟悉的写文者相比,朱国平老师的深度、韦会长的情怀、袁红姐姐的渊博、德兰姐姐的清新、小鱼儿的率性以及我们韦校的浪漫,是我这辈子都难以企及的。

从我日渐臃肿的身材,你们就可以知道我是一个多么缺乏自制力的人。现在回头看来,连我自己都不敢想象我能坚持写专栏这么久!或许一切皆是出于喜欢,才会如此执着吧!

从去年10月份开始写专栏以来,其间因为工作的繁忙、琐事的纷扰、文思的枯竭等原因,我也曾有过无数次的犹豫和迷茫,能够坚持到现在,非常感谢人民作家平台以及编辑老师们近两年的不离不弃!

走了这么久,还要特别感谢一个人——人民作家主编骆圣宏先生。

认识骆主编以前,尽管在自己的那隅天地里,因为经常帮人家写一些演讲稿和先进事迹材料而被客气地称为"才女",可除了行业里的征文比赛和必要的论文写作外,一直以来我的文字都是"养在深闺人不识"的。

我就是一个喜欢在自己的空间日记里自娱自乐的小女子,"我手写我心",写我的日常生活,写我的嬉笑怒骂。

感谢他为我这样的文学草根提供了展示自己不能称其为作品的平台;感谢他在我找不到写作方向的时候为我指点迷津;感谢他在我犹豫退缩的时候给我鼓励和鞭策。

"心里要有读者!"这是他经常教导我的一句话。尽管我的文字中"小我"的成分还是居多,但我会谨记主编的谆谆箴言的。

这条路或许很寂寞,但一起走的人多了也就不寂寞了。因为文字,我认识了许多良师益友。

当我懈怠的时候,我就会想到饱受肩周炎折磨举箸提笔甚多不便的恩师还在坚持写作;我就会想到公务特别繁忙,仍在深夜坚持写文的会长;我就会想到身体一直不是很好的袁姐姐和陈姐姐的笔耕不辍;我还会想到那些用声音用心诠释我文字的朗诵老师们,虽然我们以前素昧平生,可文字竟让我们的心意如此相通,我写字你读文,这样的合作何其美好?

因为写文,我还学会了倾听,学会了宽容,我被更多的人爱,我也学会了爱更多的人!

"每个周二都有盼头呢!""我和孩子周二晚都在一起等呢!"……每

篇拙文出来,总有那么多朋友点赞、点评、转发、打赏。

　　正是朋友们一直以来的关爱和鼓励给了我不断前行的勇气和动力。

　　为了不辜负朋友们的厚爱,为了让朋友们对我的支持更有意义,我把每一篇文章收到的打赏金额全部捐赠给了"大丰义工联",让他们去帮助那些需要帮助的人。

　　这样的捐赠,尽管绵薄,却让您的支持、我的文字有了温度,爱的路上因为有你们同行而分外美好!

　　因为这些,又怎能轻言放弃?有些时候,偶尔的停留只是一场休整,只是在静默中想要聆听更真实的声音,只是想让自己沉淀一段时间,然后沿着时光的步履,向自己更喜欢的样子迈进。

　　元旦将至,又是一年悄然而逝,许多东西就像飘进手心里的雪花,还没等好好看清它的花瓣,就融成了一滴水,唯有自己亲手堆砌的文字和伴随着这些文字的你们一直都在!

　　新的一年,特别感谢有你!有你!还有你!

　　新的一年,缓缓前行,我们都会遇见更好的自己!

第五辑 最后一片净海

人生就是一场
未知的旅行，
最美的风景
永远在路上。

有一种瀑布可以行走

走过许多景区,也欣赏过许多瀑布,无论是"飞流直下三千尺"的庐山瀑布,还是"虹泉飞万丈"的黄果树瀑布,它们都是可望而不可即的!许多时候,我们都是走过千山万水,历经千辛万苦,最好的结局就是能在它们最好的年华里(雨季),静静地守候,远远地遥望。唯有今天遇见的古东瀑布,以其无可抗拒的魅力,让我们不能自已,只想走进它的世界,与它做一次最亲密的疯狂接触——因为它是迄今为止中国唯一可以行走的瀑布群落。

古东瀑群位于灵川县大圩镇古东村的古东森林群旅游区。据导游介绍,古东森林瀑群旅游区森林覆盖率达96%,占地面积约300亩,其中原始生长林2000亩。这里古木参天,景色秀丽,鸟语花香,空气清新。是距桂林市区最近、面积最宽、最具特色的一处森林公园,也是登山探险、森林寻幽之佳境。

一路对着山歌,一路欢声笑语,约莫一小时的光景,我们就来到了景区。还没下车,一股特别清新的青瓜面膜的香气迎面扑来,让人神清气爽,疲累顿消。

抵达瀑布,有两种选择,可以沿着蜿蜒崎岖的山路拾级而上,看滴水观音,赏千年古枫。也可以乘坐当地"奔驰"——竹筏溯流而上。这里是鲤鱼的天堂,鱼随竹筏而行,手伸入水中就可以触摸到鱼,坐在竹筏上,不仅可以饱览两岸风光,还可以与美丽的壮族阿妹对唱山歌。

只可惜我们此行是清一色的美女,自然就选择边走边看,拾级而上了。这时我们就会欣赏到古东"一绝"——"天然有观音,地上独一尊"的滴水观音。前往瀑布的山路两旁,生长着许多高大的滴水观音,我们甚至还第一次见到了蓓蕾初绽的滴水观音。一绝还罢,一怪真的很怪了!——"鸟窝里长青菜"——这是典型的亚热带雨林气候的产物——附生植物,自然万物的共生性、包容性在这里得到了充分的体现。

听着鸟语,闻着花香,做足了有氧spar,当你听到轰轰的雷声之际,千万不要以为桂林的阵雨又来了,那是告诉我们瀑布就在眼前了!——最精彩的桂林四怪之二怪——"瀑布脚下踩"即将开始!

换上草鞋,戴好头盔,精彩刺激的瀑布攀缘即将开始。这是一个瀑布泉,全程共有8个瀑布,落差90米,其中最难攀缘的就是第一个瀑布,因为它落差最大,最为陡峭。瀑布从上游奔腾而下,清澈湍急。颤颤抖抖地让穿着草鞋的双脚小心翼翼地探进水里,一个激灵,会让你身子不由得后倾,踩着石窝,紧抓着铁链,双脚轮流着向上攀登,每一步都很艰难,可是又容不得你止步,因为不能因为你的停滞不前,影响了后面的游客,越是想往上爬,越是走不起来,手抓铁链在空中摇摆着,往往还没开始攀爬,那湍急的水流便让你一不小心湿了身!在如此炎热的酷暑,我们就这样心甘情愿地集体大湿身了!

万事开头难,爬过了第一个瀑布,后面的就平常多了。如果遇到深涡或是急流,姐妹们都会互相搀扶着逆流而上,前面的会伸手拉一下后面的,后边的会帮上面的人扶一下脚,共同协作攀登绝顶。近三小时的攀缘,让我们与泉水和山石来了一次零距离的亲密接触,我们在尖叫与欢笑中享受着身心的悸动、无比的快乐以及闺密的深情。我们攀缘于八瀑九潭之间,诗意地溯溪,幸福地湿身!

"行到水穷处",脱下草鞋,跟随导游继续"坐看云起"。顺着导游的指点,我们看到了桂林最豪华的八星级酒店——树屋,它们坐落在古树的枝丫之间,传说古代的壮族人就是以此为屋,高大茂密的树冠可以为他们遮风挡雨,住在高高的枝丫之间,还可以防止豺狼野兽的袭击。那么古代的壮族人如何串门呢?那就是利用藤条在这棵树与那棵树之间荡来荡去,窜来窜去。藤条渐渐就演化成了山上最刺激的代步工具——溜索。溜索真的不同于以前坐过的缆车,它不像缆车那样封闭,它可以让你在最快的速度下无遮拦地鸟瞰山下美景!溜索下来,那呼啸耳旁的山风不仅让我们惊叫不已,也让我们刚才淋湿的衣裙自然风干了。

一个上午,一群女人,远离尘俗的喧嚣,行走在瀑布群中,如此甚好!

山寨也可以成真

当导游向我们推介阳朔的世外桃源时,我的内心其实很是不屑的,语文人都知道,那个被陶渊明先生形容为"桃花流水,渔歌唱晚"的半仙之地应该在湖南省桃源县吧!这阳朔的世外桃源充其量只是一个山寨版吧。

恹恹欲睡的午后,沿着坑洼不平、尘土飞扬的桂阳公路北上,约莫十几分钟的车程,我们来到了阳朔的"世外桃源"。景区入口处,一幅巨大的"桃花源记"横匾,昭示着"世外桃源"的主题。

无论起初是何等腹诽这伪桃源,可一踏进"世外桃源",眼前这片秀美的山水田园风光还是会让你精神为之一振的。清波荡漾的燕子湖镶嵌在大片的绿野平畴之中,宛如少女的明眸脉脉含情。湖岸边垂柳依依,轻拂水面。一架巨大的水转筒车,吱吱呀呀地摇着岁月,也吟唱乡村古老的歌谣。放眼望去,远方群山,村树含烟,阡陌纵横,屋宇错落,宛若陶翁笔下"芳草鲜美,落英缤纷""有良田美池桑竹之属"的桃源画境。

在这样一个酷热的午后,乘坐小船游览燕子湖无疑是一种最好的选择。当小船在绿丝绸般的湖面上裁波剪浪、悠然滑行时,我们的心就像一只只"久在樊笼里,复得返自然"的小鸟一般惬意和欢欣。天旷云近,岸阔波平,清风徐来,让人尘虑尽涤,俗念顿消。忽然一阵高亢的乐音,打破了这午后的宁静,原来是岸边歌台舞楼上的姑娘们在载歌载舞。她们身着鲜艳的民族服饰,正以充满浓郁民族风情的歌舞欢迎着我们的到来。

一船人都被这美丽的湖光山色和浓郁的民族风情浸润了。忽然眼前一黑,船工冷不丁地把我们带进了一片黑暗之中,原来这就到了著名的燕子洞了。洞内昏暗狭窄,船工不时提醒我们要低头坐稳,偶有一两只燕子掠过我们的身边,总会引起一船女子的阵阵惊呼。

"山重水复疑无路,柳暗花明又一村"!正当我们在黑暗中茫然惊惶之时,眼前突然一片敞亮。一片美丽的人工桃林呈现在我们面前!山清水秀,桃红柳绿。潺潺的溪流,稀疏的古屋,静默的村庄,勾勒出了"世外桃源"简笔线条。

舍船上岸后,我们穿行在长长的侗寨中感受浓浓的侗乡风情。听侗族大歌,抢壮族绣球,织苗族刺绣,赏壮锦制作,走风雨长桥——就这样慢慢地穿行在长长的侗寨中,静静地看着身着民族服装的阿婆心无旁骛地织着自己手中的素锦,感受着时光悠悠、岁月静好的质朴与幽静——这应该才是世外桃源的真谛所在吧!

回望世外桃源,燕子湖波光粼粼,风雨桥如长虹卧波,侗鼓楼似青峰入云。还有远方的青峰、黄稻、绿竹,那种闲适,那种宁静,那种安逸,俨然一位朴素的村姑静静伫立在城市边上,不张扬也不造作,一派天然,富于真趣。如果此时陶翁能穿越到这里,他是否会抚须颔首"如此甚好!如此甚好!"?

青海湖的歌与远方

　　青海湖，藏语名为"措温布"，意思就是"青色的海"，据说这就是青海省得名的由来。青海湖既是中国最大的内陆湖，也是中国最大的咸水湖，还是中国最美的五大湖泊之首。去青海如果不去青海湖，犹如去北京不去天安门一样，那还算去过青海和北京吗？

　　从西宁出发，翻过日月山，就距离青海湖越来越近了。日月山历来是内地赴西藏大道的咽喉，故有"西海屏风""草原门户"之称。在历史上，日月山还是唐朝与吐蕃的分界。今天的日月山如此有名，其实都源于青海民间盛传的这样一则故事：当年文成公主行至赤岭（此山本名），将要离别唐朝管辖的土地，心中一片怆然。公主向前西望吐蕃，天高云低，草原苍茫；回头东望长安，风烟迷茫，无限怅惘。于是拿出皇后赐予的"日月宝镜"，期冀从中照看到长安景色和亲人，照着照着，公主不禁伤心落泪，思乡的泪水汇集成了此地独具特色的倒淌河，河水由东向西，流入青海湖。但当她想到身负唐蕃联姻通好的重任时，便果断地摔碎了"日月宝镜"，斩断了对故乡亲人的眷恋情丝，下定了毅然前行的决心，义无反顾地走上了西行的道路。

对青海湖的美好憧憬,似乎在不经意间冲淡了我们对文成公主的悲壮的唏嘘。越是接近青海湖,青藏公路上的车辆也越来越多,公路左侧渐渐会看到许多毡房旅馆,远山、青草、毡房,构成一种特有的草原风光。放眼公路的右侧,近处是一大片一大片的油菜花,远处的那一抹倾斜的外高内低的淡绿或者浅蓝,不是你以为的青山,也不是你以为的蓝天,那就是我们心驰神往的美丽的青海湖了!

青海湖位于青藏高原的东北部,是由祁连山脉、日月山和青海南山之间的断层陷落形成。由于地处高原,青海湖边的温度非常低,盛夏的七月,如果你在这里看到穿着厚厚的冲锋衣或者轻薄的羽绒服的游客,请不要大惊小怪哦!我们这班人中以只要风度、不要温度的美女居多,为了拍照好看,都没能遵照导游的嘱咐好好添衣,一下车只有抱团取暖了。

坐上游轮,畅游青海湖,饱览两岸风光,一定是最好的选择了。登上顶楼的甲板,凭栏远眺,清风徐来,长发翻飞,衣袂飘飘,一个个俨然真成了仙女了。晨雾还没有完全散开,湖岸的远山宛如披上了一层若有若无的白纱,羞涩而不失妩媚。清澈的湖水随着光线的变化而旖旎潋滟,近一个小时的航行中,我们目睹了湖水由暗到明、由浅入深、由绿而蓝的蜕变。当晨雾散去,碧空如洗之时,也就是青海湖一天中最美丽的时刻了。女伴们纷纷走上甲板,披上七彩的头巾,摆出各种造型,想要留下这湖、这山还有这份美丽的心情。

快乐的时光总是那么短暂,湖上的航行已然结束了,可伙伴们还是意犹未尽。恋恋不舍地走下游轮后,一个个又走到湖边,近距离地接触这圣湖之水。站在湖边,极目远眺,你已经分不清你是站在湖边还是海边了!她有海的辽阔与苍茫,她却又有湖的清澈与秀美!面对这块晶莹剔透的蓝水晶,你真的会感慨大自然的无比青睐,发出"造化钟神秀"的惊叹!调皮的小丫头们忍不住掬水嬉戏起来,原本还有些矜持的美女们,完全被眼前的美景打败了,觉得既然不能在湖边浣纱弄舞,那就让我们一起在这神奇而美丽的青海湖边尽情飞起来吧!

在如此高的海拔地区狂跳的后果自然是心跳不已,娇喘吁吁了!在导游的千呼万唤之下,我们才极不情愿地一步一回头地挪到了车上。如果你以为我们经过一个上午的折腾,这回该乖乖地回到车上安心地休息,那你又错了!因为貌美如花的我们怎么能错过那一大片一大片美丽的油菜花呢!

那是一片怎样的油菜花呢?青海湖的油菜花,与江苏兴化的油菜花是完全不同的两种姿态。兴化的油菜花要搭配小桥流水、白墙黛瓦,是小家碧玉般的温情脉脉。所以兴化的油菜花好像要着眼于小,一小片一小片的油菜花田在一条条蜿蜒而过的小河两岸彼此凝望,眼神里流转的都是温情。以至于连带着兴化这个小城的人们,也都因为油菜花变得温柔起来。青海湖的油菜花则不同,它们绽放的背景是青海湖,这个中国最大的内陆湖泊,最大的咸水湖,这就让这里的油菜花多了几分"底气",仿佛不用尽全力迎接开放,简直就是暴殄了如此美丽澄净的湖水。所以青海湖的油菜花,着眼于大,水天之际,几公里甚至几十公里绵延不绝,犹如在青海湖前铺上了一条巨幅的黄色花毯。青海湖的油菜花汪洋恣肆,像极了青海的牧民,热情爽朗,粗犷豪放。

头顶是肆意翻滚的白云,远处有一抹最纯粹的蓝,脚下是一片最艳丽的黄,镜头前是一群欢呼、跳跃、沉迷的人……

八月,就去青海湖吧,那里有透明的蓝色、纯净的白色、肆意的绿色,还有璀璨的黄色。那里还有海子的诗,他说:青海湖上/我的孤独如天堂的马匹/因此,天堂的马匹不远。

——那里还有我们的歌与远方。

在心中修篱种菊

如果不是亲耳所闻，亲身体验，身处沿海发达地区的我们怎么也无法相信一顿饭可以吃十几个小时！因为我们早已习惯了快节奏高效率的生活及工作方式。我们忙着上班，忙着家务，忙着应酬，甚至忙着运动！我们赶时间，赶会议，赶场子，甚至赶人生！于是我们就在每一个忙碌庸常的日子里紧赶着消耗甚至提前透支我们最为宝贵的人生！

沿着平均海拔三千米以上的盘山公路颠簸了四小时之久，我们才从西宁来到了青海南部海南州的同德县。山路的颠簸，高原的反应，让前来迎接支援青海的董郎凯旋回家的仙女们初步体验了援青干部的疲累与艰辛。窗外的美景，车内的欢乐，又让我们吐并坚持着，累并期冀着。

远远地就看到董郎一行手捧着金黄色的哈达候在通往同德县城的公路边。接受了藏族同胞最高礼遇的欢迎仪式后，我们一行来参拜当地最受人尊敬的活佛，毕业于北大哲学系的活佛是当地最得道的高僧，他已经获得了藏传佛教中的最高学位——格西,相当于佛教中的博士学位。这是一个全民信教的民族,大殿里叩拜的信徒之虔诚,深深地感染了我们,经过活佛的摸顶之后,我们的灵魂似乎沉静了许多……

同德县是三江源自然保护区,这里是典型的牧区,"蓝蓝的天上白云飘,白云下面牛羊跑"是这里自然风光的真实写照。湛蓝的天空,洁白的云朵,青青的牧草,金黄的油菜花,悠闲吃草的牛羊,依山而建的帐篷,构成了同德乃至青海最美时节的最美图画。

如果你看到桌上自始至终只有几盆肉和肠以及一些水果,你就以为这和我们酒席上的一道道菜肴依次而上相比,简直简单多了,那你就大错特错了。就是这样几盆肉和肠,就可以吃四五个小时之久,甚至十几个小时。热情淳朴的牧民会一个个一轮轮给每一个客人敬酒,每一轮都是三杯,在每次端杯之前,还要依次点三杯酒,意为一敬天,二敬地,三敬父母。除了不断地给你敬酒之外,还会不断地给你加酥油茶,不断地往盆里加肉和肠。还有年轻的藏族阿扎弹着心爱的曼陀罗唱着一曲曲动听的藏族歌曲。酒过三巡之后,原本内敛含蓄的我们,也会借着酒劲,和牧民们一起唱歌跳舞。大口吃肉,大碗喝酒,大声唱歌,尽情跳舞……帐篷外美景如画,帐篷内欢歌笑语,不知不觉这顿午餐竟然吃了三小时之久。如果不是因为担心我们不能适应这里的高海拔,晚上要赶到贵德住宿,相信这顿午餐一定也能吃到深夜吧!

走出牧民的帐篷,不知何时竟下起了阵雨!这也是这个季节草原特有的气候特征。却也让我们见到了草原不一样的景色。山头上的层层雾气盘旋缭绕,俨然仙境一般!经过雨水洗涤过的牧草,碧绿碧绿的,绿得直逼你的眼。盘山公路上时不时地会有一群牛羊不紧不慢地悠闲而过,没有主人的带领,它们竟然都能自己找到回家的路吗?

同德是海南州海拔最高也是条件最为艰苦的县区,牧民们的人均收入有的只有300元,可是他们却能拥有如此美丽的草场,却能尽情地唱歌喝酒,从容地走完每一个在我们看来都甚为艰苦的日子。而我们却经常会为情感而挣扎,为名利而倾轧,为得失而恐慌。人生的路上,我们似乎一直在奔跑,在奔跑中常常会找不到适合自己的速度,总会因疾进而不堪重负,一如眼前的高原反应一样气喘吁吁。

看着那只慢慢地从我们车前气定神闲地走过的牦牛,我突然想到了林徽因的那句话——真正的平静,不是避开车马喧嚣,而是在心中修笆种菊。

谢天谢地谢谢您

前几天在群里读到友人的一篇题名《慌春》的散文，一直在心里暗叹——好一个"慌"字！这个忙碌的有点过分的春天，在一天又一天的加班和熬夜中，春天似乎就要与我擦肩而过了，当家乡的各种花事都接近尾声的时候，这个周末，我跟随友人的脚步来到了安吉。

美丽的城堡

尽管安吉的民宿是很有名的，但由于上次在莫干山已经对浙江的民宿有了一次很充分的体验，这一次，安吉之行的团长安排我们入住了主题鲜明的城堡酒店。这家酒店外观就是一座欧洲中世纪城堡的样子，虽然早已过了做公主梦的年纪，但是能够住进一座城堡，也算是圆了一回公主梦了。徐行在酒店和hellokitty主题公园之间的廊桥上，俯瞰人工湖里灯火辉煌的城堡的倒影，遥望不远处映着hellokitty可爱头像的摩天轮以及夜色中黛青色的远山还有山顶上的那轮明月，恍惚间，你会真的以为你就是城堡中那个最美丽的老公主了，只是回头一看，身边的王子呢？原来在夜色中抽着他最不能舍弃的"大烟"呢！

静谧的夜

安吉的夜是极静的。同样是县城，家乡的小城这几年与城市交融的步伐似乎太快了些，而安吉的夜晚真的是我从没想过的静谧，行走在城堡附近的山坡上，虽然才九点多一点，但已经很少看到疾驰的汽车，更听不到喧闹的广场舞的音乐。路上似乎就只有我们四个人，一个五星级酒店的附近，竟然会如此安静，这该是安吉给我的第二份惊喜吧！因了这份别样的安静，一向大大咧咧的我和友人交谈的声音也陡然降了许多，唯恐因为我的恣肆破坏了这份美好的宁静。潺潺的山泉从我们身边轻轻地流过，暖暖的春风拂在我们身上，还有不知名的花香隐隐传来……一切都是自己喜欢的样子。

回甘的白茶

我是一个典型的"茶盲"，这辈子似乎永远只对那些据说有减肥效果的茶会有两三分钟的热度，最后都是以不了了之收场。所以当和友人信步走到酒店大堂里卖茶的专柜前时，我真的只是陪她而已。友人是个生命中不可或缺茶叶的女子，人们都说，安吉的白茶是极好的，既然她带我们来安吉，自然是不会错过品尝白茶的任何一个机会了。

以前，我只是道听途说过"明前茶"的概念，今夜，算是脑补了一些"明前茶"的相关知识。原来，即使是"明前茶"，也是很有讲究的，一天一个价，一山几种价。深谙经营之道的老板娘，分别给我们取了三种茶叶，让我们逐一闻过去，感情这就是"闻香识茶"？不闻不知道，一闻还真有门道！三种茶叶都有一种清香，但三种香味之间确实是有一些差别的。老板娘逐一把三杯茶都泡在我们面前，让我们说说个中滋味。连我这个茶盲，也喝出了三种茶的不同：第一杯是淡淡的清香，喝完后还有一丝甘甜;第二杯比第一杯茶味要浓些,但回甘似乎没有第一杯的感觉好;第三杯茶味最浓,但基本没有回甘。那么叶相似的茶,缘何味有别呢?

原来就是因为采摘的时间和地点不同,第一杯茶是头天茶,是这个春天第一天也就是3月27日采的朝南的山坡上的茶,是最贵的一道茶;第二杯是3月31日采的茶,第三杯是清明当天采的茶……

对于我这个茶盲来说,我远没有友人那么多耐心去听老板娘不断地兜售她的茶经,反倒是被她茶桌上的一本宣传安吉白茶的小册子封底上的一段话深深地吸引了:

世界上所有的遇见都是安排好的/世界上所有的别离都是命中注定的/团圆不用大喜/失散不用大悲/谢谢给你风雨的天吧/它让你成熟/谢谢给你食物的地吧/它让你行走/谢谢你生命中值得感谢的人吧/谢天谢地谢谢你!

有一种美丽叫"文化"

起初看到《学员手册》上现场教学的地点是"桐庐"时,我的内心其实很是雀跃一番的,因为对于桐庐这两个字,我是深中《与朱元思书》之毒的——一直都想能亲眼看看自富阳至桐庐的奇山异水,是如何天下独绝的!

然而此次的桐庐之行,依然还是和以往每一次的桐庐之行一样,都是很完美地错过了富春江两岸的"奇山异水"。因为我们今天现场教学的内容是参观调研桐庐县的两个美丽乡村,而不是让我们游山玩水。

浙江的村镇大大小小应该也走了十几个了吧?无论是零距离的深度游,还是一如今天这般的走马观花,我对浙江美丽乡村的共同印象就是美丽的自然山水加上深厚的文化底蕴再辅以因地制宜的匠心设计。

浙江之美,美在山水!对于我们这些一辈子呆在平原地区的人而言,一个小村,有山有水,自然是我们心中永远的白月光了。

环溪古村就是一个典型的三面环水一面靠山的古村落。清澈的天子源和青源两条溪流汇合于村口,"门对天子一秀峰,窗含双溪两清流"

是对环溪村地理风貌的真实写照。沿着小溪走进村庄内,可谓步步入画,处处是景。一条条蜿蜒的硬化小道伸向农家小院。

田坎上、庭院里、池塘边翠木垂柳,柑橘文旦等果树点缀其中,错落有致。一群群鸭子在环村的小溪里游来游去,浣洗衣服的老妪正举着棒槌不紧不慢地捶打着一堆花花绿绿的衣物——好一派小桥流水人家的田园风光。

山川之美,美在气韵!人们常说"腹有诗书气自华",我却认为"村有历史质更佳"。

走进荻蒲古村,首先映入我们眼帘的是一座古朴高大的孝子牌坊。孝子牌坊是清乾隆皇帝为表彰该村孝子申屠开基而建的。

相传申屠开基为救父亲,不惧污秽,舐吮疮毒,乾隆听后为之深深感动,便赐"孝子"匾,立牌坊一座,令天下人效仿。荻浦人自此孝义代代相传,孝义文化就成了荻浦村的主流文化。

申屠氏也是荻浦村最大的宗族,申屠氏宗祠里陈列了列代申屠氏的名人,中有汉代丞相、尚书令,提据史端公等,还有新中国第一任民航总局局长沈图。行走在荻蒲村弯弯曲曲的巷落里,孝义文化的元素随处可见、信手拈来。

荻浦村的古树文化也是独树一帜的。从孝子牌坊走进一片茂密的树林里,你会很惊讶地发现,这片林木荫蔽的树林里竟然有好多株历史悠久、树身巨大、造型各异的古樟树,最老的树龄已达880年。

其中有一棵树特别引人注目——竟然只有一半树身,那么还有一半哪里去了呢?

相传很久以前,在一个风和日丽的日子,突然间乌云密布,风雨大作,一声巨响后,人们发现这原本粗大壮实的树只剩半棵,另一半不知去向。与此同时,隔壁深澳村的青桥头,竟然凭空长出了半棵樟树,这半棵樟树从树干到树冠,都可以与荻浦的半棵合而为一。

人们议论纷纷，啧啧称奇。原来，荻浦、深澳两村均姓"申屠"，同根同宗，把此树一分为二，是申屠老祖宗冥冥之中的安排——希望这两个村的申屠子孙能够相亲相爱，相助相扶。后来，人们便把这两棵树称为"兄弟树"。

尽管没能领略到吴均笔下美丽的富春江，但总算在环溪村遇到了周敦颐和他的《爱莲说》。

环溪村利用周敦颐的十四世孙于明代始迁居于此的契机，着力打造"清莲"文化。尽管这个季节的河塘里"荷尽已无擎雨盖"，但随着讲解员引人入胜的介绍，我们仿佛"已闻莲花一缕香"了。

移步爱莲堂，那精致的木雕、绝伦的彩绘、栩栩如生的莲花图案，会让你深深体会到环溪人对于清莲文化的情有独钟。他们对清莲文化的深厚情感还体现在他们对村标的独特设计上，融合了周氏家族及荷花元素的独特设计充分彰显了环溪小村深厚的历史积淀和特有的村庄文化。

行走在这样的美丽乡村里，我们虽然羡慕它们得天独厚的自然山水，我们其实更羡慕它们无以复制的历史文化。

因为，是历史让浙江的乡村扎下了深厚的根基，是文化让浙江的乡村更加美丽。

据讲解员介绍，荻浦村还有一个著名的江氏宗祠，作为江氏后裔，因为没能有机会到江氏宗祠里寻访一番，自然还是深感遗憾的。可莞尔又念——或许正是因为这些错过和遗憾，才会让我不断重新出发、永远继续前行呢！

最后一片净海

"我见过不少蓝色的水。'春水碧于天'的西湖,'比似春莼碧不殊'的嘉陵江,还有最近看过的博格达雪山下的天池,都不似赛里木湖这样的蓝。"

读汪曾祺先生的这句话时,总认为这大概就是文人一贯爱用的夸张手法吧!如果不是亲眼所见,任谁都是无法想象赛里木湖的蓝色会给每一个亲近她的人怎样的惊艳的。

于网上炒作得很厉害的果子沟大桥而言,我们充其量只能算是匆匆过客。所以严格意义上来说,赛里木湖应该就是我们此次新疆之行的第一个景点了。

当我们的车队距赛里木湖越来越近时,透过车窗,一条天蓝色的细线映入眼帘,犹如一条系在远处山腰上的细长的蓝丝带。越是接近目标,这根蓝丝带渐变渐宽,最后变成了一幅巨大的、在正午的阳光下熠熠生辉的蓝色绸缎。

不到新疆,不知中国之大;不到伊犁,不知新疆之美。尽管从伊宁到赛里木湖这一路的草原美景——湛蓝的天空、漂浮的白云、黄绿色的草原、成群的牛羊,还有那似乎永远都无法到达的蓝天下晶莹的雪山,早已把前戏做足。

可是当我们真正站到赛里木湖这面神奇的魔镜前,先前在车里一路惊叹、一路咋呼的大妈们都被眼前这片神奇的蓝色震住了,只是屏住呼吸恨不得把这片蓝色摄进自己的灵魂里。

这是一片怎样的蓝色啊?呈现在我们眼前的是一望无际的、蓝莹莹的湖水,俨然是天空把自己独有的、纯净的色彩毫无保留地涂在了这片湖面上,水天相映,美不胜收。

这里的蓝,蓝得奇怪,蓝得任性,蓝得不近情理,蓝得不可理喻,蓝得就像绘画颜料里的没有化开的普鲁士蓝;这里的蓝,蓝得纯粹、蓝得通透、蓝得清澈澄净,蓝得不染尘埃,蓝得宛如天山脖子上悬挂的一颗晶莹剔透的蓝宝石;这里的蓝,蓝得深邃,蓝得幽雅,蓝得由淡及深,蓝得层次分明,蓝得荡气回肠,明明是大自然的精心杰作,却又像是某个任性画家漫不经心的泼洒。

那浩瀚、湛蓝的湖面,一平如镜,水光照天,那么静谧、那么神奇。盛夏的阳光,毫不吝啬地倾洒在湖面上,波光粼粼、明亮璀璨。碧蓝碧蓝的湖水与碧蓝碧蓝的天空深情相望,悄然拨动你内心的某种情愫。

偶尔会有阵阵凉风从湖面上徐徐吹来,湖岸上各色野花在凉风的吹拂下翩翩起舞、沁人心脾,此时,山风吹起了我们的衣袂,我们仿佛穿越到了家乡的海边,顿觉凉爽舒适,心旷神怡。

极目远眺,赛里木湖彼岸群山连绵,山顶的积雪在阳光的照耀下白得晃眼,高高的蓝天上几缕轻纱般的浮云四处飘荡,倒映在湖中的雪山和白云显得异常的纯净与空灵。碧蓝的湖水宛如一颗璀璨的蓝宝石镶嵌在绿草如茵的原野上,四周牛羊如云,毡房点点,炊烟袅袅,五颜六色的野花点缀其中,怎一个"美"字了得?

清末文人宋伯鲁曾用"四山吞浩淼，一碧拭空明"的诗句赞美过赛里木湖的壮阔清澈。当我们屏住气息静静地伫立在赛里木湖边时，我才真正明白了"拭"字之妙，也才真正明古人缘何称之为"净海"。

只有亲眼目睹赛里木湖的芳容，才能真正读懂汪老先生开头的那句话：原来我也见过不少的湖水，"波光碧水朦"的太湖，"江作青罗带"的漓江，还有三年前曾经也让我无比惊艳的青海湖，都真的不似赛里木湖这样的蓝啊！因为赛里木湖委实是我迄今为止见过的最干净、最澄净的湖泊，即使是极负盛名的青海湖却因为过度的开发也早已丧失了如赛里木湖这般的宁静与澄净了。

因为赛里木湖是新疆海拔最高、面积最大的高山湖泊，又是大西洋暖湿气流最后眷顾的地方，因此赛里木湖素来有"大西洋最后一滴眼泪"之说，这里也被人们称为"揉碎天山雪满清"的最后一片"净海"。

"最后"的字眼让这片至蓝至净的湖泊平添了一缕蓝色的忧郁，我总认为只要我们能够懂得并守护这份属于赛里木湖特有的宁静与美丽，眼前的这片净海绝不会是造化留给我们人类的最后一颗遗珠——因为"金山银山不如绿水青山"的生态理念只会让更多更美的风景永远在前方。

感谢生命中的那次塌方

"大家不要着急啊！继续原地休息啊！前方公路塌方，何时上车大家随时注意群里的消息啊！"

好不容易才在一家羌族酒店里花了四元钱匆匆如厕后，我们四人团的美女团长却给我们播报了群里导游刚刚发来的语音。

"塌方！"这要到啥时才能通行呢？我们可是凌晨六点就从若尔盖草原出发回蓉了呀！吃了三天团餐的我们早就指望今晚到成都好好补一顿的呢！

当我们赶到羌寨大门口集合地的时候，就看到一辆辆大巴车纷纷从寨前那条唯一通往成都的盘山公路上折到此处。

同车的游客都围在导游和司机的身旁，询问的应该就是前方塌方的情况吧。

"前方传来的消息是汶川那段发生了塌方，具体何时能通，我们也说不清楚呢！"我们的随团导游阿英也只能如斯安慰着已经坐了八个小时疲累不堪的游客们。

以前在电视上才能看到的画面竟然在我们这次行程的最后一站真实上演了？

除了我们四人，其他的游客都是四川本地的，他们或许早已习惯了山路"塌方"，继续风轻云淡地耐心等候了。

我们四人怀揣着小小的不安，惴惴地行走在小有特色的羌寨里，打发着无聊的不知需要等到何时的时光。

行程走到这儿，这个商业气息浓郁的羌寨已经无法引起我们的任何兴趣了。唯有羌族老太太卖的青苹果和野李子略微能安慰一下我们这四个吃货已经亏了三天的胃。

群里依然没有任何消息，苹果和李子都吃过了，老是捧手机也不是个事儿，通过与卖羌绣的小姑娘的闲聊，得知山上还有一个古老的羌寨，这倒是成功勾起了我和四儿的兴趣，反正闲着也是闲着，不如上去探访真正的羌寨吧。

当我们七绕八拐，就要爬到寨前时，团长的电话来了，让我们立即赶到车上，可以出发了！

尽管这个时候已经在这耽搁了两个小时，但一想到还有三个多小时就能到成都，上了车的游客们都心情特好，大家一边吃着刚买的各种小吃，一边开心地侃着大山。

只是路上的车辆明显比停车前多了许多，本来就只有两车道的盘山公路显得更加拥挤了！

还没走多久，大巴就不能顺畅地通行了，所幸师傅的车技还行，尽管时断时续，但毕竟还在前行。

就这样时断时续地又走了近一小时，前面忽然就完全不动了。大家只能焦急地等着导游在用方言和她的同事们在打探前方的消息。

"大家都到车上来吧！"导游招呼那些下车透气的游客赶快上车。

"前方传来的消息是汶川县城这边的山体一直在滑坡,有关部门也在紧急处理,但具体情况不得而知。现在有两个选择,一个是原路返回刚才停车休息的羌寨,今晚大家就住在那,费用自理,一个是继续前行,但到底能不能通行也无法确定,你们自己选择!"

"原路返回去何时才能通行呢?"

"能不能绕其他的路上成都呢?"

"对面有车来了呢!说明还是在慢慢放行的,还是继续前行吧?"散客拼团的特点在此时是充分体现出来了。

"还是往前走吧!走一步就距离成都近一步啊!"最终绝大多数游客都附议了我们七号家庭的意见——我们还要赶明天上午的航班呢!

当大家决定继续前行的时候,前面的路也似乎畅通了许多,大家又开始满怀信心地憧憬着到了成都后想要吃的各种美食了。

当我们正在为今晚是去吃火锅还是家常川菜争论不休的时候,我们的车又停下来了!

原来越接近山体滑坡的地方自然堵得越加厉害,好在还没有完全堵死。由于天气闷热,大家只能随着车的开停而上上下下。放眼公路两头,望不到尽头的两条长龙蜿蜒在这条陌生的盘山公路上,公路两侧是看起来随时都可能滑坡的高山。

天色渐渐暗了下来,还有零星的雨点飘过,除了两个孩子还在车厢里没心没肺地追逐嬉戏外,其他的游客此时都无法淡定了——有的跑到车队很远的前方去打探情况,有的车上车下不停地穿梭,有的在向家人告知这边的情况,最不济的就是在百无聊赖地玩着手机。

"滑坡就在前方几百米处,只要过了这个滑坡就好了!"先前打探消息的游客回过头来有点兴奋地说道。

"估计困难呢!天渐渐黑了,山上滑下来的石头没法处理了呀!"

"但愿能赶快放行哦!"

……

希望与失望就在这样的议论声中交替更迭着。

"快看群里的视频!导游发过来的,现在还在滑坡呢!"当看到视频里一块大石头从山上滚落下来时,大家的心似乎也随之滚落到了幽深的山谷之下了。

"还是先到车上来吧!现在的情况是这样的,前面肯定是走不了了。我刚问了警察,这里有一条山路可以步行到汶川县城,然后你们可以打车去成都,估计两个多小时也能到了!但你们必须帮我把离团协议签下来!"这就是导游给我们带来的确切的消息。

"天已经黑了,我们还要拖着沉重的行李箱至少走半小时完全陌生的山路,附近还有山体滑坡,这也太危险了呀!"大家都觉得导游的这条建议不太靠谱。

"那就只有呆车上休息,一切等明天天亮再说了!"导游在征得旅行社的同意后,就和司机一起到附近的山村觅食了。

"天亮了,我们倒是可以考虑导游刚才提的那条建议,起早步行绕道汶川县城,然后打车去成都,毕竟明天大路何时才能通车还是个未知数呢!"

看来也只能如此了!今夜注定又是一个不眠之夜了!(昨夜因为高原反应一夜也未睡好,本指望今夜到成都美美补一觉的呢!)

科学地分配享用完所剩无几的干粮后,已经是深夜十二点了。虽然已经在车上呆了将近十八个小时,我却依然毫无睡意,枕着车窗外奔腾不息的岷江水,我用手机敲下了这次于我而言最特别也最难忘的旅游经历。

"最美的风景总在崎岖之后,平安就好!"

"别样的旅行体验,难忘的人生经历!"

"没有预设的旅行才更有意义!"

"有惊无险的小插曲,你和闺密的独家记忆!"

"被困是不幸的,没有正面遭遇塌方却又是极幸运的!"

……

看着亲友们一句句暖心的留言,听着车厢内彰显着伙伴们生命活力的呼噜声,我忽然很想感谢这次难忘的堵车,正是这样独特的经历丰富了我的人生,让我学会了坚持与珍惜!

我们都不要"被游记"

"在吗？我下周要带丫头出去旅行，你能帮我布置两篇游记给她吗？你们老师说的话才管用呢，我们说了她不会听的，即使母命难违，也不会认真写呢！"

收到既是学生家长也是好朋友的这则消息，向来伶牙俐齿的我竟不知如何回复了——这已经是这个假期第几次收到类似的求助信息了？

同为人母，我非常理解父母朋友们的良苦用心。身为人师，我更同情这些"被旅行"和"被游记"的孩子们。

"被旅行"，绝大多数孩子尚且还能接受，因为无论怎样的旅行，总比在家里赶各种补习班幸福吧。可是"被游记"就是一件很痛苦的事了，与其"戴着脚镣旅行"，还不如呆在空调房里玩玩手机、啃啃西瓜呢。

其实对于"被游记"，我们都是能感同身受的。因为"久在樊笼里"的我们都曾经很期待和老师同学们结伴扫墓踏青，却不喜欢写年年"迈着沉重的脚步"的扫墓作文；我们对学校组织的各项户外活动都曾那样的欢呼雀跃，也曾对随之而来的征文游记咬牙切齿——还有什么比出行前有人给你布置作文更煞风景的？

一边旅行，一边记录，一边分享，也曾经是我非常享受的旅行状态。沿途遇见的一棵草、一朵花、一块石、一个人抑或一件事或许都能够触动我的情思，让我产生倾诉和分享的冲动。于是就有了大家非常喜欢的桂林系列和青海系列。

青海之后，我前行的脚步从未停止，特别喜欢嘚瑟的我缘何却少有游记与大家分享了呢？忙碌只是一个外在的理由，一些显性或隐性的"被游记"让我这个喜欢写文的语文老师也对游记产生了一些潜意识的抗拒。

"记得写文哦！""期待你的美文哦！"友友们善意而美好的期待竟然让我这个成年人也渐渐失去了我手写我心的原始冲动，更何况正值青春叛逆期的孩子们呢？

"己所不欲，勿施于人"，许多时候，我们问问自己：你怕不怕写文？你喜不喜欢出门旅游时有人给你布置作文？我们自己都怕带着任务出行，我们怎能期望孩子们写出你所期望的旅行日记呢？

旅行，其实就是离开生活熟悉的地方，然后不一样的归来。我们可以在地图上的一个点上，留下自己的脚印，然后慢慢回忆和品味；我们还可以体验不同的地理和文化，体验一种别样的生存方式以及这种别样的人生所构成的多姿多态的文化。

要么读书，要么旅行，灵魂和身体，必须有一个在路上。世界是一本书，不旅行的人只看到其中的一页。所以我们会在适当的时间选择一段适当的旅程，只是为了让我们和孩子的身体有一种在路上的独特体验。

在路上，可以拓宽我们的眼界，浏览风景名胜；在路上，可以体验生活，感悟百味人生；在路上，可以寻找逝去的年华，重温青春的惆怅；在路上，还可以释放负面情绪，换个心情，轻装上阵。今天的出发，都是为了下一段旅程会走得更美、更远。

在路上，我们偶尔会为街头独特的风景驻足，偶尔因高山流水的美丽停留，偶尔被惊鸿一瞥的美丽吸引。当我们见到了那一抹最能打动我们的风景，我们的内心自由而宁静，因为它安抚了我们心底的狂躁；当我们品尝到了风味独特的美食，我们的味蕾会得到极大的满足，因为它填补了我们内心的空虚；当我们在无垠的海边第一次听到自己心跳的声音，在巍峨的高山之巅呼喊自己的名字……

此时，我们以及和我们一起旅行的孩子就会油然而起一种倾诉的欲望，就会产生一种不吐不快的冲动，即使你没有给孩子布置任何写游记的任务，你都能听到来自孩子灵魂深处最真实的声音，当然这种声音未必会形成你想要的文字，但它的意义已经远远超越文字。

人生就是一次充满未知的旅行，在乎的是沿途的风景，在乎的是看风景的心情，不要让"被游记"影响了我们彼此美丽的旅程。享受每一刻的感觉，欣赏每一处的风景，让旅行真正成为旅行。

余秋雨曾经说过："流浪是一种告别，告别的原因，有的付诸言表，有的则难以言表，真正的流浪大多属于后者，被迫言表，只是搪塞。"

我们不要搪塞的"被迫言表"。既然难以言表，咱就不表！

我们永远在一起

"请不要去超市、农贸市场!"
"请佩戴口罩!"
"请勤洗手!"
"请不要去饭店吃饭!"
"请不要去饭店吃饭!"
"请不要去饭店吃饭!"

23日下午,在学校值班的我,刚刚登录上电脑微信,一个素来聊天不多却一直心意相通的微信好友却噼里啪啦给我发来这样的六个"请"!以我对她专业素养和为人的了解,无需多言,我已经知道这六个"请"里包含了太多太多。21日晚才在无限纠结中取消了五家人一起的浙江自驾游,那么半年前就在饭店预定好的四家人一起的年夜饭呢?

"明晚的年夜饭呢?"尽管我知道身为医务人员的她面对来势汹汹的疫情,现在一定很忙,我还是弱弱地追问了一句。

"果断取消!""情况太复杂!武汉回乡人员脑门不会写字,告诉你是从武汉回来的。"

可今年轮到我们家做东呢！即使我现在已经知道防范的重要性，想要取消这对于我们中国人来说都特别重要的年夜饭，我怎么开这个口呢？

图书馆闭馆公告！电影院退票公告！梅花湾庙会暂停公告！朋友圈里各种有关疫情的发布和倡议！……那我们的年夜饭呢？继续还是取消？

关键时刻，大姐打来了电话。"年夜饭还是取消吧！饭店毕竟是流动人员集聚的地方，每家都有小孩呢！还是谨慎些好，不能抱有侥幸心理啊！你们不好说，我是老大，我来说吧！"

"鉴于武汉肺炎疫情形势不容乐观，为了我们这个大家庭每一个人的健康和安全，我建议取消明晚的年夜饭吧！今年的年夜饭各家就在各家吃吧！只要我们各家都好好的，只要我们的心在一起，在哪里吃年夜饭，怎么吃年夜饭都是一样的。"

大姐不愧是大姐啊！大姐一发话，原本都有点纠结的各家自然纷纷响应了。"明天晚上，我们吃年夜饭的时候，发起群聊吧！既能分享美食，更能隔空拜年！姑姑、姑父、姐姐、姐夫、哥哥、嫂嫂你们如果出门，一定要记得戴口罩啊！"我家那位这几天一直紧密关注全国疫情的"神兽"最终提出了"云聚会"的倡议。

今年的年夜饭，因为这场始料未及的疫情，注定将是一次终生难忘的年夜饭！如果说前几天我们看到朋友圈里流传的那个大家戴着口罩一起聚餐敬酒的抖音时，只是觉得好玩，那么当23日已出现武汉旅行史确诊病例的时候，我们还会觉得武汉的肺炎，距离我们这个十八线的小县城还很遥远吗？我们还能肆无忌惮地在公共场合不戴口罩地打喷嚏、咳嗽、吐痰吗？我们的餐桌上还能再上那些所谓的"野味"吗？

"亲，我到你家楼下了！匀几只口罩给你！"这是我今天收到的第二份珍贵的年礼了——下午蓉妹妹特地到学校给正在值班的我送了三只口罩。当姐妹们知道我到现在还没买到口罩的时候,都纷纷"解囊相助"了。

——原来在面对有些令人恐慌的疫情的时候,我们从来都不是孤身一人!——我们有家人,有朋友,我们更有最最坚强的后盾——14亿中国人民!

当我们看到南方医科大学南方医院医护人员那张按满红手印的请战书时;当我们听到团拜会上响彻在人民大会堂里的那句铿锵有力的"团结一心、艰苦奋斗,风雨无阻向前进!"时;当我们在电视机前看到几位资深主持人一起朗诵《爱是桥梁》时;我们不仅泪目,我们越来越坚信:2020,共克时艰,我们永远在一起!

岁月不居,时节如流,我们披荆斩棘,我们奋力奔跑!前行的道路从来都不可能一帆风顺,我们或许会遇到疾病,遇到灾害甚至遇到许多人为的障碍,但我们从来没有畏惧过,从来没有退缩过,更从来没有放弃过!——因为我们永远在一起!我们一起让汶川的人民重建家园,我们一起阻挡过汹涌的洪水,我们一起面对过金融危机,我们一起赢得了中美贸易战的初步胜利。这个春天,我们还将和武汉人民一起等待三月的樱花灿烂。

2020年1月24日 除夕

不一样的春节

即使在武汉封城的那天早晨,也许,绝大多数大丰人都和我一样,对这种新型肺炎的感知只是停留在新闻层面,只是有一些人道主义的同情和扼腕而已,我们怎么都没有想到这个冬天的这场肺炎会给我们的生活带来如此巨大的影响,在这样一个于我们而言最重要的节日之际——总觉得那毕竟是远在千里之外的武汉啊!可就是这样的一场曾经貌似很遥远的肺炎,却随着春节返乡的脚步,一步步向这座宁静宜居的小城逼来,一点点改写了2020年新春的序曲,给我们带来了一个"从来没有"的春节。

2020年1月24日　周五　除夕　一家三口的年夜饭

清嘉庆道光年间苏州文人顾禄在《清嘉录》中曾有这样的记载:"除夕夜,家家举宴,长幼咸集,多作吉利话,名曰年夜饭,俗称合家欢。"年夜饭,承载着一年里最真诚的期许,蕴含着一年里最丰盛的亲情,自古以来,除夕晚上的年夜饭一直是一年之中最有仪式感的一顿晚餐了。

按照惯例,我们家的年夜饭,都是先生兄妹几家一起大团圆的。早几年，还可以在家里围成一大桌团圆，这几年，随着几个姐姐家儿女的开枝散叶，我们这个大家庭的队伍也是越来越庞大了，不太宽敞的商品房里早已容纳不下这些满满的幸福了，我们就会选择到酒店预订两张大桌子，年三十晚上，一大家人团聚在一起，一起热热闹闹地拉开了新年的序曲。

可随着疫情的发展，在丫头的反复科普和医生朋友的善意提醒下，我们不仅取消了初一下午出发的浙江自驾游，我们还取消了一大家人的团圆饭。

"本来还以为要等到明年从浙江回来才能吃到江厨娘的招牌菜的，这下好了，今年就能吃到老妈做的菜啦!"刚从上海回来的丫头看到我因为没能在酒店请一家人吃年夜饭一直觉得遗憾和愧疚，她试图用这样的噱头来抚平我的失落，调动我烧年夜饭的积极性。

好吧，既然我们已经形成共识——此时出去吃年夜饭是对自己、家人和社会的不负责任，那就安心在家享受属于我们一家三口的年夜饭呗。

一向讲究仪式感的我自然不会因为只是我们自家三口人的年夜饭而敷衍了事的。家乡年夜饭传统的猪肝炒大肠、烧芋头、红烧鱼、青菜豆腐汤必须有，丫头喜欢的砂锅老母鸡、西蓝花虾仁和油焖大虾必须有，老公喜欢的蒸咸肉和三文鱼必须有，我喜欢的螃蟹和生菜也必须有。尽管后来三文鱼因为是生鲜硬是被丫头强制下架了，可这并没有影响江厨娘的厨艺发挥。美味的菜肴端上来，幸福的美酒斟起来，知心的话儿说起来——久违的一家三口的年夜饭虽然少了往年的热闹，却平添了许多温馨和美好——许多时候，我们总是在与他人的觥筹交错中渐渐迷失了自己、忽略了家人，却很少能像今夜这样，和自己生命中最重要的家人喝喝酒、交交心、守守岁。

2020年1月25日　周六　大年初一　非同寻常的初一

因为先生是兄妹中唯一的男孩，加之公公婆婆早已过世，按照我们家乡的习俗，大年初一我们家就是姑姐们的娘家。所以往年的大年初一，姑姐们一大早就会拖儿携女齐聚到我家，打牌的打牌、玩电脑的玩电脑、看电视的看电视、聊天的聊天。好在都是自家人，中午吃饭时也就没有年夜饭那样讲究，一张桌子如果坐不下，我就在餐桌旁再加一张小桌子，如果还坐不下的，干脆就站在桌边，因此，大年初一往往是我们家一年当中人气最旺的时刻。

既然昨晚的年夜饭都取消了，大家自然也在群里商量好了今年初一暂且按兵不动，还是各呆各家吧！可翻翻昨晚和今早的朋友圈，姑姐们发现好多人家依然还在饭店吃年夜饭的呀！今天早上还是有许多人出去拜年了呀！要不，我们今天的拜年继续？或者我们小坐一下就撤？——理由自然是：咱大丰人，素来以舅舅为大，舅舅的年总是要拜的撒。

关键时刻，我们家防控办顾主任（她就是我们家始终对疫情最重视和最清醒的小顾同志）发话了："姑姑啊！昨晚的春晚您看了吧？白岩松他们是怎么呼吁我们的？这几天应该是武汉返乡人员活动最频繁的日子，如果我们不能自我保护，可能会很危险啊！今年不拜年，是为了以后能年年愉快地拜年呢！我们就响应政府的号召，'取消聚会、见屏如面'好吗？"

就这样，2020年的大年初一，我们度过了十几年来最为安静慵懒的大年初一。去年一年的忙碌和疲乏似乎都随着2020年庚子鼠年的第一个早觉和午觉的自然醒荡然无存了。或许，老天爷就是通过这种特殊的方式让我们浮躁喧嚣的灵魂慢一慢，静一静？当我午后独坐在窗前眺望这座静谧得有点异常的大年初一的小城时，素来唯物的我竟然有了这样的顿想。

傍晚时分大丰确诊一例的消息以及大年初一下午国家竟然会召开中央政治局常委会议，这些难道还不能给那些依然奔波在拜年之路上的人们一些警醒？

2020年1月26日　周日　大年初二　幸福不延期的婚礼

于我们江家而言,这个春节其实更为不同寻常,因为我们老江家是要办喜事的呢——我唯一的侄子拟定于大年初六在和平饭店迎娶他美丽的新娘呢。可随着疫情形势的不断发展,这几天,二哥和亲家一直处于担心与纠结之中。

婚姻非同儿戏,作为父母,他们多么希望能为自己唯一的儿子和女儿举行一场盛大的婚宴,希望这份爱情能得到所有亲朋好友的见证和祝福啊!毕竟,他们已经为这场婚礼准备了半年之久——而今,万事俱备,只等吉日啊!

然而疫情面前,素来令我敬佩的二哥这次依然在关键时刻做出了十分明智的决断——大年初二一早,他给我打来电话:"我和亲家纠结了一天一夜,还是觉得这种形势下,举办60桌的婚宴太不合时宜了,是对家人、对社会的不负责任,非常时期,非常婚礼!你赶快以最快的速度帮我拟一个延迟婚宴的短信吧!好让所有关心和爱护我们一家的亲朋和领导安心。"

感同身受,那一刻,我太了解他们做出这样的决断是何其之难了!我为二哥能够心怀他人、顾全大局而骄傲,我也为二哥亲家一家的开明善良而欣慰。我想,在这样两个家庭长大的孩子,相信他们的未来一定会越来越好。初六这天,就让我们各自在家为这对新人送上最特别、最真诚、最美好的祝福吧!因为婚宴虽然延期了,但属于他们的幸福绝不会延期,经历过病毒考验的爱情才会历久弥坚。

2020年1月27日　周一　大年初三　致敬最美逆行者

可能是这几天睡眠太充足的缘故,今天凌晨五点就醒了。习惯性地打开朋友圈,竟然传来科比坠机意外身亡的噩耗,于我这样一个没有任何追星情结的中老年妇女而言,这样的消息或许只是再次让我觉得世事无常而已,原来明天和意外你真的永远都不知道哪一个先来——还有什么比活在当下、惜取眼前人更重要的呢？此刻，于我而言，于我们每一个中国人而言，应该有比关心科比坠机更重要的事吧——那就是这个冬天最虐心的这场新型冠状病毒肺炎啊！

昨天晚上十点多钟，先生接到通知今天要到单位参加疫情会议。早上起来对于一直严控我们出门的顾主任的态度如何，我们还是有所顾忌的，毕竟这也算是先生新年第一次上班啊，总得图个吉利撒。谁知道，今天早上的顾主任特别平静，她只是很细心地为爸爸戴好口罩，并一再嘱咐爸爸做好防护，进了会场，口罩都不要摘下来。人家说了：你们因为工作出门我是不会阻拦的，因为这是你们的职责所在，我反对的是非常时期那些诸如吃饭、会友之类不必要的出门。

先生只是今天才开始去开会防控，我和丫头的心竟然都揪了起来，那么这些日子一直奋战在防疫一线的医生、警察和相关部门的领导们呢？他们放弃了休假，离开了家人，坚守在抗击疫情的第一线，守护着我们每一个人的幸福安康，增强了我们抗战病毒的信心和决心。无论是以钟南山院士为首的全国各地的外援专家团队，还是那些始终奋战在一线的全国基层医务工作者；无论是大年初一还在召开中央政治局常委会议的国家领导人，还是走村串户联防联控的基层村组干部；他们都是这个冬天最美的逆行者！——他们值得我们每一个人致敬！

晚上十点左右，大丰发布了《关于全面落实突发公共卫生事件一级响应的通告》，这或许不是一个好的信号，但政府想要打赢这场阻击战的坚定决心却是显而易见的，在这样的非常时期，作为一名普通市民，我们胡思乱想自然无用，只有相信政府、相信党。我想，我们普通人致敬逆行者的最好方式应该就是响应党和政府的号召：好好呆在家里，科学防护，不信谣、不传谣，不增加"逆行者"们的工作负担，不为国家添乱，用我们自己的方式为抗击疫情贡献自己的一份力量吧。

2020年1月28日　周二　大年初四　我们都要"好好"呆着

尽管全国的确诊病例仍然在持续增加,可连续三天没有看到盐城新增病例的消息,这自然可以算是不幸中的小确幸了。加之人民日报、央广新闻不断传来的一些好消息:关于病毒的研究取得了好的进展,各地治愈的人数也在不断增加等等,尽管外面的天空依然阴沉,我心里的天空似乎敞亮了许多。

"好好在家呆着,就是对祖国最大的贡献"这是这几天朋友圈调侃得最多的段子,"好好"这两字委实值得我这个语文老师好好揣摩啊!恐怕再也不能像前几天那样除了做饭和打扫卫生以外,完全就是一床一机足矣的状态了。

"后来,终于在眼泪中明白,有些人一旦错过就不再……"原来是我家顾主任在弹琴哎!自从她上了初中后,家里的钢琴已经好多年没有校过音了,不过我这个音盲但凡有琴声相伴,在这样阴霾密布的日子里,心情也放松了许多,尤其是如此熟悉的旋律,让我不由得跟在后面哼唱起来。看到我们渐渐认可了她对疫情的重视,顾主任这两天再也不要为我们想出门以及出门不肯戴口罩而抓狂了,至于如何"好好"呆着,她又给我们放好了样子——晨起瑜伽、上午练琴、下午看书、晚上玩手机,90后的孩子就这样不疾不徐地"好好"呆着。70后的我,赶快回到书房,捧起那本我年前一直想读却总没有时间读的《张居正讲解〈论语〉》。

2020年1月29日　周三　大年初五　信心是最好的疫苗

今天是大年初五,是我们大丰人迎财神的日子,此起彼伏的鞭炮声从零点一直响到我起床。拉开窗帘,鼠年的第一缕阳光终于为今年春节的片尾曲晕染了一层喜庆的色彩,初五的太阳正努力驱散这些天来笼罩在小城上空的阴霾,一如今早得到的确诊病例数据第一次下降一样。

经过几天的沉淀,大家的恐慌心理渐渐平复;经过各种媒体的宣传,大家的防范意识正在加强。因此,当今天早上盐城发布我市新增五例确诊病人时,与此前第一例确诊消息相比,各种社交媒体的反应都很正常:公开透明的信息让满天飞的谣言不攻自破;科学的防护和积极的引导让群众的心态渐趋平和冷静。

武汉协和医院首批3名被感染医护人员出院!

武昌医院重症医学科两患者出院!

北京两名患者出院!

广西首例患者治愈出院!

江西第3例患者治愈出院!

上海第4例患者治愈出院!

这一则则振奋人心的好消息连同院士那句铿锵有力的"武汉肯定能过关"让大年初五的阳光分外和煦温暖。

我坐在窗前,再次置顶了庚子鼠年零点的那条朋友圈:新年三愿:一愿远离疾疫,平安喜乐;二愿善良自律,不慌不忙;三愿每个人每座城,都被温柔以待!

如果可以

曾经,我是一个一到冬天就会心心念念下雪的女子。因为有一种情怀叫初雪,我们会在初雪里怀恋童年时雪地嬉戏的纯真,怀恋青春时曾经懵懂的初心;因为我们总会在某个朔风劲吹的傍晚,渴望能够就一场白雪,约几个佳人,饮几杯暖酒;因为我们还会在寒冷的冬日里等一场雪,想一些人,温暖流年的每一抹时光。

可是,当2020年的第一场雪伴随着凄风苦雨悄然降落小城的时候,我竟然没有了往年的惊喜——因为2020年的第一场雪来得真不是时候啊!

曾经我们因为冬天的雪多么快乐过,今天我们就会因为这场迟来的雪愈发痛苦。

因为网传雪花可以有效沉降空气中漂浮的细颗粒物,而这些颗粒物往往会窝藏病毒或是细菌,所以曾经晶莹美丽的雪花有可能会成为可怕的冠状病毒的帮凶。

面对这样的帮凶,你还能掬它入口吗?你还能带着孩子在雪地上堆雪人、打雪仗吗?

即使上面真的只是网传，可因为冠状病毒的肆虐，无论今年的这场雪有多大，有多美！我们依然不能让孩子们扎堆堆雪人、打雪仗啊！我们能做的就是站在楼上看雪景吧！

此刻，我站在窗前，窗外，2020年的第一场雪愈下愈大，我的心也愈揪愈紧。

如果可以，还是让这场雪早点结束吧！因为它会让深夜还在村组和居委会排摸情况的工作人员跋涉得更加辛苦。

如果可以，还是让这场雪早点结束吧！因为它会让深夜还在卡口执勤的公安干警值守得更加辛苦。

如果可以，还是让这场雪早点结束吧！因为普通感冒患者的增加或许会让医院的负担更加沉重。

如果可以，还是让这场雪早点结束吧！因为它会让全国各地驰援湖北的运输压力更加巨大。

如果可以，还是让这场雪早点结束吧！因为据说冠状病毒不怕冷只怕热！那就让我们暂且放弃眼前的风花雪月，去迎接"须晴日，看冠状病毒，跪地求饶！"的胜利前景吧！

当我坐在窗前敲下这些碎碎念的时候，抬头看向窗外，2020年的第一场雪好像真的渐行渐止了呢！

原来，只要心怀希望，一切美好总会如约而至！

"风雨送春归，飞雪迎春到。"雪霁天明之后，相信明天的朝霞，足以消融这一段暗淡冰冷的时光，因为，我们经历过风雪的洗礼，就必然会走向温暖。

当2020年的这场雪渐行渐止的时候，寒冷的冬天正慢慢离我们而去，明媚的阳光终会照亮我们深爱的这片土地。

"待到山花烂漫时"，我们会摘下口罩，如以往的每一个春天一样，一起晒太阳、放风筝、赏春景，吃自己喜欢的美食，去自己想去的地方，见自己想见的人。

天使之吻

"为什么我的眼里常含泪水?因为我对这土地爱得深沉!"为什么我的眼里常含泪水?因为这片热土上有太多的人和事让我们感动不已。

看着那一张张感人的照片,听着那一声声深情的呼唤,读着那一篇篇煽情的报道,我的内心一次又一次震颤,我的眼眶一次又一次潮湿。

庚子鼠年2月11日的上午,整个小城都在朋友圈和微信群里为他们送行,为他们祈祷,为他们加油!

庚子鼠年2月11日的上午,16名普通的医务工作者在绵绵细雨中站成了大丰这片热土上最美的风景。

庚子鼠年2月11日的上午,有一张照片让我看了又看,哭了又哭。

照片的中央是一位母亲,一位年轻的母亲,一位蹲着身子紧拥着一双儿女的母亲。这位母亲右手拥着儿子,左臂抱着女儿。儿女双全,"左拥右抱",这本该是多么幸福温馨的画面!可是庚子鼠年2月11日这个阴雨绵绵的上午,这幅画面却戳中了每一个有良知的中国人的痛点和泪点。

画面中的母亲正隔着口罩在和女儿深情地吻别，上小学的女儿或许早已从手机和电视里了解了这场灾难的可怕和母亲此行的不同寻常。当母亲依依不舍地和她吻别的时候，不知怎的，我从孩子镜片后的眼睛里竟然读到了一些恐惧和无奈。左手臂的儿子看起来只有三四岁的样子，或许年幼的他还不太清楚这是一场离别，更不清楚这是一场怎样的离别，他一脸呆萌地看着母亲和姐姐吻别的眼神尤其让人不忍猝看。

"两个宝宝怎么办呢？"

"两个宝宝怎么放得下心呢？"

作为柔情似水的母亲，我想此刻她最放心不下的就是这一双年幼的儿女吧！

可是，作为宅心仁厚的医者，当病人需要她的时候，使命和担当让她毅然选择了"逆行"，主动请缨，成为国家召唤、使命必达的白衣战士。

未着白衣时，他们是丈夫、儿子和父亲；她们是妻子、女儿和母亲；他们中有家中的顶梁柱，有父母的掌中宝，更有孩子的父亲和母亲。然而，当祖国需要他们的时候，他们立即用一纸战书书写他们"敬佑生命、救死扶伤"的医者初心。

鲁迅先生说过，我们这个民族"从古以来，就有埋头苦干的人，有拼命硬干的人，有为民请命的人，有舍身求法的人……虽是等于为帝王将相作家谱的所谓正史，也往往掩不住他们的光耀，这就是中国的脊梁。"今天，这16个白色的背影让我们明白：什么是逆风而行，什么是舍生忘死，什么是人间大爱！这个荒芜的春天，因为他们而熠熠生辉，因为他们将更加璀璨明媚。

直到现在，我都不知道照片中的这位母亲姓甚名谁，小城其实很小，只要稍加打听，一切自能知晓，可是我却认为她姓甚名谁毫不重要，重要的是我知道她是一位母亲，她更是一位医者，这位年轻的医生母亲在驰援武汉的出征仪式上给了她最爱的儿女一个深深的深深的天使之吻。

在这一阶段各种媒体的狂轰滥炸之下,从来没有哪一刻觉得自己如此词穷过,难怪身边许多熟悉的文友都选择暂时性"失言"了。最后就让我引用告别场面中另一个更小的女孩对妈妈的呼唤来结束这篇随感吧!

——妈妈,我等你凯旋归来!

(注:"凯旋归来"严格意义上是犯了重复啰唆的语病,可重复不就为了强调吗?非常时期,就让我们一起祝愿英雄们"凯旋归来"吧!)

今年，我们把团圆留心底

去年学期结束的时候，尽管大家对腊月二十四才开始放假颇有微词，但一想到春节后要到正月十六才上班，心理也就平衡了许多。因为如果非要在节前多放几天和节后多放几天之间做一个选择，绝大多数人肯定会选择后者的——毕竟如果能和家人一起过完了元宵节再上班，这个假期简直就是太完美了。

我当时心里想得最多的就是既然明年元宵节还在假期中，那我就可以在家招待我年迈的母亲了——因为我们家乡有正月十五嫁出去的女儿请母亲吃饭的习俗。往年因为已经开学，白天没有时间在家准备菜肴，我们都只能在饭店请母亲和哥嫂们一起吃顿饭而已，如果有机会，我是很想在家里为我最爱的家人尤其是我的老母亲烧一顿可口的饭菜的，毕竟，我们都是吃着母亲的饭菜长大的啊！

计划永远都没有变化快，今年这个春节自然更甚。我们每个人都经历了一生中最难忘的春节：这个春节不拜年、不串门、不聚会、不聚餐；这个春节人们只关心疫情，不关心其他；这个春节有些人从除夕到十五一天都没有休息过;这个春节有些人从除夕到十五一天都没有出门过;这个春节我们从来没有如此清闲过;这个春节我们也从来没有如此揪心过;这个春节我们流了太多的泪水;这个春节我们也听了太多的流言;这个春节我们的假期一延再延——何止是可以在家里过元宵节,整个正月都可以在家里度过!

这个春节,我有大把大把的时间可以挥霍,却偏偏不能回去看一下母亲,偏偏不能在原本美好热闹的元宵节为我年迈的母亲煮一顿饭!

可是,当我们想到那么多武汉同胞正在饱受病毒的折磨;当我们看到乡村小路上,无数乡镇基层干部没日没夜地排查摸底,交通卡口旁,公安民警们在寒风中检查来往车辆,隔离病房里,白衣天使们穿着厚重的防护服在和死神赛跑……此刻,我和我的亲人们却能够各自安好地宅在家里,这就是一种最大的幸福啊!

"春到人间人似玉,灯烧月下月如银",天上月圆,地上人安。今年的元宵,因为这场突如其来的灾难,或许我们不能和亲人团聚,但我们的祝福只增不减,我们的信心只增不减。我们始终相信,灾难会过去,希望在前方,万家灯火一定会更加辉煌。

世界很大,幸福很小。这个元宵,让我们把团圆留在心底,让我们和太多的逆行者一起守万家灯火,候春暖花开!

最美的春分等到最美的你

"中分春一半,今日半春徂。"今天,一年中最美的节气春分如期而来——春水初生,春林初盛,春风十里,岸柳青青,小麦拔节,油菜花香。

"如约而至"是个很美的词。虽然等得辛苦,却从来也不会辜负。这一个月里,我们说了多少次"盼英雄平安凯旋!"今天,我们终于等到了!今天,我们在晴好的春分时节终于等到最美的你!

你有多美!你是大丰16勇士中年龄最大的逆行者,在湖北需要江苏的关键时刻,你勇于担当,全盘统筹,以高尚的医德和精湛的医术,带领盐城医疗队在阳新打了一场漂亮的攻坚战。你就是江苏省援黄石医疗支援队盐城领队,盐城市大丰人民医院呼吸内科副主任医师夏光进。

你有多美!跟死神赛跑的忙碌和超负荷的工作,让你忘记了日期,忘记了周几,更忘记了自己的生日。不期而遇的"战地生日"一定会成为你此生最难忘最有意义的生日。你就是盐城市大丰人民医院呼吸科护士长"全能护士"柏静。

你有多美!除夕之夜,你守护的不是年迈的父母和年幼的女儿,而是人民医院发热门诊的发热病人。出征前,你连续十几天奋战在家乡抗疫的一线;出征后,你又连续一个月奋战在阳新抗疫的一线。出征前,你美丽善良的妻子用深情款款的家书让你安心;出征后,你深明大义的家人用声情并茂的视频为你加油!你就是盐城市大丰人民医院呼吸内科主治医师葛德芹。

你有多美!你是两个孩子的父亲,一个9岁,上小学2年级,一个5岁,刚上幼儿园小班。这个春节你曾说好多陪陪两个孩子的。可疫情当前,你却再次"失约",只能用一封"纸短情长"的家书来表达对孩子们的歉疚和牵挂。相信孩子们一定会因你的这次"失约"而倍感自豪!因为他们有一个去湖北打怪兽的英雄爸爸。你就是大丰人民医院感染科的主治医师陈素明。

你有多美!你的爱人已经没日没夜地奋战在农村基层的防控一线,在组织需要你的时候,你毅然选择逆行!你深情吻别两个孩子的画面成了这个春天里最动人、最美丽的瞬间,永远定格在大丰人民的心中。你就是盐城市大丰人民医院呼吸内科主治医师、主管护师季娟。

你有多美!因为汗水和雾气常常模糊了镜片,让你看不清病人的脸,你就让病人用手机拍下自己的样子,用微信传给你"望""闻""问""切"。作为阳新专家组两位中医之一,你在阳新让我们的国粹——中医继续发扬光大。你就是16位勇士中唯一的一名中医——大丰中医院感染科副主任中医师王大勇。

你有多美!你是让患者鸿雁传书给人民医院的陈松华,你是坚信"守住一座城,就能守住国家"的康璐,你是接受央视采访时落落大方的徐红,你是最年轻帅气的男护士卞博,你是束丽,你是单燕芳,你是周萍,你是沈晓燕,你是葛陈娟,你是张玲玲——你们都是这个春天里最勇敢的白衣战士!

"春分雨脚落声微,柳岸斜风带客归。"这个春分,我们等得有些煎熬,我们等得有些漫长！谢谢"柳岸斜风"带你们归来！谢谢黄石,把你们好好地还给了我们！

"春风不解意,三月桃花寄",寒极必暖,否极泰来,今天,我们终于在人间最美的时节,迎来了属于你们的也是属于我们的春暖花开。

春暖花开,你们平安归来,是家之盼。脱下防护服,你们也是丈夫、父亲、儿子,你们也是妻子、母亲、女儿。你们的平安归来,是爱人的自豪,是孩子的榜样,是父母的骄傲！

春暖花开,你们平安归来,是民之盼。民之有需,你们挺身而出。在疫情面前,你们毫不退缩,奋战在一线。你们是人民健康的守护之神！

春暖花开,你们平安归来,更是国之盼。国家有难,你们挺身而出,用医者仁心,传递着爱的温暖,更用舍我其谁的担当精神,书写了白衣战士的英雄传奇和无上荣光。

当我从昨晚的朋友圈中得知你们今日凯旋的消息时,"回来真好！"这四个字就一直在我的脑海里单曲循环。

窗外,二卯酉春水荡漾,两岸雪白的玉兰,金黄的连翘还有粉色的红叶李正开成大丰春天最美的模样！春风十里,我们等到了最美的春天,我们更等到了最美的你！